Entre l'eau douce et la mer

Guy Saint-Jean Éditeur
4490, rue Garand
Laval (Québec) Canada H7L 5Z6
450 663-1777
info@saint-jeanediteur.com
saint-jeanediteur.com

•••••••••••••••••

Données de catalogage avant publication disponibles à Bibliothèque et Archives nationales du Québec et à Bibliothèque et Archives Canada

•••••••••••••••••

Nous reconnaissons l'aide financière du gouvernement du Canada par l'entremise du Fonds du livre du Canada (FLC) ainsi que celle de la SODEC pour nos activités d'édition. Nous remercions le Conseil des Arts du Canada de l'aide accordée à notre programme de publication.

Financé par le gouvernement du Canada | Canada
SODEC Québec
Conseil des Arts du Canada | Canada Council for the Arts

Gouvernement du Québec – Programme de crédit d'impôt pour l'édition de livres – Gestion SODEC

Conception graphique et mise en pages : Christiane Séguin
Illustration de la page couverture : Toile peinte par Louise Tremblay d'Essiambre, *Le voyage de Catherine*.

Dépôt légal – Bibliothèque et Archives nationales du Québec, Bibliothèque et Archives Canada, 2019

ISBN : 978-2-89758-742-0
ISBN EPUB : 978-2-89758-743-7
ISBN PDF : 978-2-89758-744-4

Imprimé et relié au Canada
1re impression, juin 2019

ASSOCIATION NATIONALE DES ÉDITEURS DE LIVRES
Guy Saint-Jean Éditeur est membre de l'Association nationale des éditeurs de livres (ANEL).

Louise
Tremblay d'Essiambre

Entre l'eau douce et la mer

Guy Saint-Jean
ÉDITEUR

À mon mari,
avec tout l'amour du monde…

Note de l'auteur

Laissez-vous habiter par les images qui l'envahissent, belles ou laides, d'amour ou de haine. Comme un album de photos qu'elle feuilletterait tranquillement avec vous. C'est une femme toute simple, ni très belle, ni parfaite, ni très riche. Sa vie pourrait être la mienne comme la vôtre. Rejoignons ensemble l'émotion d'une femme qui se rappelle, imagination et mémoire confondues. Oui, je vous invite à suivre Catherine, ou Robert, ou Madeleine dans l'histoire de leur vie. Une vie qui ne chante que l'amour, au fond. Même si certains couplets sont parfois bêtes à pleurer.

« Notre liberté commence là
où se termine celle des autres... »

Jean-Paul Sartre

Catherine

1

Le soleil n'est pas encore levé. Seule une lueur rougeâtre souligne l'horizon embué de sommeil et de vapeurs de rêve. Du lac monte la réplique flétrie d'une lune moribonde. Les maisons renfrognées se recroquevillent entre les pins gris et s'enveloppent d'une écharpe de brume pour prolonger de quelques heures l'illusion de la nuit. Volets clos et cheminées éteintes, elles boudent le chant des oiseaux qui égrènent quelques notes pour convier l'astre du jour à leurs agapes d'automne. Seuls les sous-bois, que la noirceur n'endort jamais tout à fait, s'animent du changement de la garde entre les hiboux et les écureuils. Craquements secs, hululements assourdis, quelques cris... Doucement, en prenant tout son temps, le jour étire ses premières clartés.

Nous sommes à cet instant précis où le veilleur de nuit n'a plus rien à veiller et le gardien de jour encore rien à garder. Les moteurs sont éteints, et les beuveries cuvent leur vin. Seul le clapotis de l'eau entre le quai et la chaloupe est un gargouillis tolérable, un murmure discret qui ne rompt en rien la délicatesse du moment où Catherine se complaît.

Elle ne saurait dire ce qui l'a éveillée, encore moins ce qui l'a poussée à se lever, elle que la nuit a toujours effrayée.

Elle se revoit enfant, blottie contre son père qui expliquait les secrets de la nuit avec ses cris, ses bruits et toute sa vie mystérieuse qui existe, même si on ne la voit pas. Elle entend encore son rire d'enfant devant ses craintes résolues et elle ressent toujours cette chaleur existant entre son père et elle. C'est probablement pour cela que Catherine est sortie de la maison en courant, dévalant la pente d'herbe éclaboussée de rosée. Le sable de leur petite plage lui a bien égratigné la plante des pieds, mais c'était presque douceur.

La barque mollement amarrée semblait n'attendre qu'elle.

Alors, silencieusement, confondant le bruit des rames à celui du frôlement de la vague, elle a gagné le large, traçant un sillon aussi fin que le glissement d'un moustique. Une rayure qu'elle regarde s'allonger derrière elle, griffant la transparence cireuse de l'onde.

Elle ne s'arrêtera qu'au milieu du lac.

Un vieux coussin et une couverture trouée lui font le plus doux des hamacs, et ainsi enveloppée, Catherine se laisse bercer par le faible roulis de l'eau.

L'aube est maintenant translucide. De cette clarté laiteuse conçue du mariage subtil de toutes les couleurs sans qu'aucune ne soit réellement présente.

Catherine se sent légère. Elle respire profondément, et l'air encore piquant de ses fraîcheurs nocturnes la fait frissonner. Elle ramène frileusement les pans de la couverture sur ses épaules et les croise étroitement sur sa poitrine.

« Que c'est beau ! » songe-t-elle en soulevant la tête.

Tout à coup, elle prend conscience que le ciel a pâli, qu'il se dilue, se barbouille d'un restant d'arc-en-ciel. Il a maintenant l'opalescence d'un glacier, le mirage d'une pierre de lune. Comme les billes qu'elle collectionnait, enfant.

« À la création du monde, tout l'univers devait avoir cette transparence onirique », pense-t-elle encore. « Le regard de Dieu se pose un instant sur son œuvre, la caresse respectueusement pendant qu'elle baigne encore dans cet état d'inconscience, entre rêve et réalité. »

À cette pensée, Catherine se rassoit franchement, en retenant un rire.

« Oh là là ! Cette aura me porte sûrement au délire, moi qui ne crois ni à Dieu ni au diable. Pourtant... Pourtant, oui, j'aurais envie de dire que l'air a des senteurs d'apocalypse. Comme si le monde, en se débarrassant de son manteau de noirceur, se jetait tout entier dans un bain de jouvence pour en ressortir vivifié, rafraîchi, purifié des turpitudes de la veille... Oh ! Si je pouvais, moi aussi, fermer les yeux et les rouvrir sur une vie neuve, intacte, libérée de sa routine essoufflée ! Mais, attention ! Voilà, que je divague encore. D'où me viennent ces folles et grandes idées face à un simple lever de soleil ? Décidément, je n'aurai jamais d'aptitude pour la métaphysique. »

Pourtant, malgré cette constatation amère, Catherine se sent l'âme philosophe et le cœur poète. Elle aime cette sensation de rêve éveillé dans un décor qu'elle a inventé, juste pour son bonheur. Elle se plaît à imaginer qu'elle est un morceau d'aurore, ose croire que, sans elle, l'aube de cette nouvelle journée ne serait plus exactement la même. Mais qui n'a jamais eu cette prétention de se croire indispensable ? Catherine pousse un long soupir de bien-être et de contentement. Elle a coutume de dire qu'il ne faut jamais repousser le rêve, car au bout du compte, ce sera peut-être lui qui finira par se refuser à nous.

Et comme elle trouve bon de goûter, à grandes coulées d'air frais, ces quelques minutes de solitude volées à son sommeil !

« Il y a longtemps que je ne me suis pas sentie aussi bien », pense-t-elle en se recouchant lentement au fond de la barque. « Comme si j'étais exactement là où je dois être, nécessaire à l'éveil de cette journée. Grotesque ! » ricane-t-elle intérieurement.

L'ironie sonne faux. Elle se contredit aussitôt.

« Mais non, après tout, ce n'est pas grotesque ! Démesuré peut-être, mais pas ridicule. Chacun a droit à ses chimères ! Alors qu'importe si les miennes sont dans la foulée d'un Don Quichotte ? En garde, moulins à vent… Qu'importe au monde entier, puisque mes croisades ne débordent jamais les frontières de ma pensée ? »

Bref revirement de l'esprit, Catherine se dit que c'est dommage. Puis, aussitôt, elle se ravise, femme d'indécision mais aussi de sagesse. Elle n'est pas née Jeanne d'Arc, mais uniquement Catherine Girard, dite maintenant Lefrançois.

— Et puis, merde, rajoute-t-elle à mi-voix. Comme le dirait Robert, je divague...

Le soleil vient de sauter à pieds joints sur la ligne d'horizon. Avec indiscrétion, il précise les arbres, dessine les recoins de la berge, souligne la silhouette des habitations et allume des paillettes aveuglantes sur le lac. Du bout d'un rayon, il imprime sa marque tiède sur le front de Catherine. Elle se redresse en soupirant. Comment se fait-il que la lumière atteigne tous nos sens, annulant même le silence ?

Maintenant, elle reconnaît leur maison et celle de leurs voisins. Un chien aboie. Une corneille la survole en croassant.

L'espace d'un instant, à peine un souffle, et toute la nature froufroute et se répand en bruissement de fille volage. La réalité reprend ses droits dans un décor qui est sien. Familiarité des choses, logique immuable de ce que l'on connaît si bien. Catherine reprend les rames en soupirant à nouveau, toute quiétude disparue.

Elle a maintenant l'impression d'être un élément de trop dans le spectacle.

Mais que fait-elle ici, à cette heure indue ? Comment se fait-il que le rêve ne se termine pas dans le creux de l'oreiller ?

De comédienne imaginaire, elle redevient spectatrice silencieuse. Le jour a fini de s'éveiller. Il est là, à portée de la main, emplissant les oreilles, la tête et tout le corps de ses clameurs de jeune beau.

La femme regagne la berge, se range contre le quai et amarre solidement la chaloupe. Elle remonte prestement la pente d'herbe que le soleil commence déjà à assécher. Elle ne sait l'heure qu'il est, alors elle se hâte, femme de devoir avant tout. Pourtant, elle ne peut résister au plaisir de s'arrêter un instant sur la galerie. Elle revient face au lac, se met à sourire au chant des oiseaux qui maintenant turlutent, roucoulent et jasent à vous étourdir. Elle aime bien le chant des oiseaux. Ses bras s'étirent dans une profonde inspiration avant de se retourner pour ouvrir la porte. Le soleil s'amuse à semer dans sa chevelure autant de reflets qu'il en jette à la surface du lac. Éclat fugitif, car madame Lefrançois se presse déjà vers sa cuisine.

Six heures quarante-cinq au coucou au-dessus de l'évier.

Rassurée, Catherine sourit et met l'eau à bouillir pour le café. Ensuite, comme elle le fait tous les matins depuis vingt ans, elle ouvre les volets en les faisant claquer contre la maison. Le réveil vient de sonner chez maître Lefrançois, avocat, et maintenant professeur titulaire à l'université de sa ville.

Mais ce matin, ô merveille, Catherine n'a pas besoin de scruter le ciel ni de humer l'air. Elle sait déjà que la journée sera belle de clarté et de chaleur. Sera-t-elle bonne ? La femme secoue la tête. C'est là une question à ne pas poser.

La bouilloire se met à siffler et, au même instant, elle entend Robert qui se dirige vers la salle de bain. En toussant et en traînant ses pantoufles.

Elle se l'imagine...

Épaules légèrement voutées, cheveux gris en broussaille. « Il fume beaucoup trop », pense-t-elle aussitôt en ouvrant une armoire. « Et comme son pas est devenu lourd ! »

C'est vrai, qu'avec l'âge, il s'est un peu épaissi. Pourtant, il est encore ce qu'on pourrait appeler un bel homme. Le craquement d'une planche au-dessus de sa tête lui fait relever le front et une quinte de toux fermer les yeux. Catherine hausse les épaules en plaçant les ustensiles sur la table. Il ne servirait à rien de parler à Robert. Il n'en fait jamais qu'à sa tête.

Un gargouillement d'eau parcourt un tuyau. Des pieds nus flattent le plancher à l'étage. Toute la maisonnée s'éveille avec ses échos rassurants, connus, attendus, jour après jour. Alors Catherine se retourne en fredonnant et vient près du poêle pour ébouillanter les grains de café. Elle sourit, calme et détendue. Aussitôt, la maison exhale son confort du matin.

Odeurs sereines, frôlements intimes, chaleur familière qui font ronronner la demeure. Mais, bientôt, un juron claironnant bouscule le calme, le fait se recroqueviller sur lui-même, agacé.

— Maman ! Dis à Michel de se dépêcher.

Cet éclat de voix fait sursauter Catherine et taire sa chanson.

— Encore ce matin, murmure-t-elle, agacée.

Elle aimerait jouer les patientes, les indifférentes. Mais, instinctivement, ses mâchoires se crispent. D'un geste brusque, elle dépose la bouilloire et ouvre le tiroir pour y prendre le couteau à pain. Michel et Josée, ses aînés, n'ont jamais eu besoin d'avoir le cerveau très clair pour reprendre leur inépuisable querelle. L'accès à la douche a suffi pour réengager les hostilités. Catherine soupire, en se demandant s'ils finiront un jour par s'entendre. Machinalement, elle place les assiettes, sort le beurre, la confiture. Le café est prêt. Le gruau le sera dans quelques minutes. Après un dernier coup d'œil à la table, elle revient à la fenêtre dans le geste inconscient de la routine sans cesse renouvelée.

Combien d'heures a-t-elle passées ici depuis qu'elle habite la maison ? Combien de scénarios élaborés, vécus et soupirés devant le lac indifférent ? Combien d'onces de patience cueillies à la surface placide des eaux et de chagrins étouffés dans sa noirceur profonde ? Catherine soupire à nouveau. Un pas militaire dévale l'escalier et Isabelle entre en coup de vent dans la cuisine.

Petit bout de chou de six ans à peine, elle fut une surprise dans leur vie familiale.

— As-tu vu mon ruban bleu ? Qu'est-ce qu'il y a pour déjeuner ?

Alors Catherine éclate de rire et se retourne. Un petit nez en l'air pour essayer de deviner le contenu du chaudron et un regard confiant en ses capacités à régler tous les problèmes accueillent Catherine. Comment pourrait-elle résister à ce sourire à fossette, à ces deux bras encore potelés qui viennent lui entourer la taille. Elle sourit à sa fille.

— Premièrement, jeune fille, tu aurais pu me dire bonjour.

— Bonjour ! As-tu vu…

— Non, je n'ai pas vu ton ruban, interrompt Catherine. Viens, chaton, on va chercher ensemble.

Et, main dans la main, la mère et la fille partent à la recherche du ruban maléfique qui prend souvent un malin plaisir à dénicher les cachettes les plus extravagantes. Elles le récupèrent finalement dans une des potiches du salon. C'est à n'y rien comprendre. Elles reviennent à la cuisine en riant du mystère.

Michel et Josée les rejoignent au même instant, enveloppés d'un silence boudeur. On passe à table pendant que maman sert la bouillie d'avoine. Puis c'est Robert qui paraît : baiser dans le cou et journal que l'on déploie. Il attend que sa femme serve le café pour disparaître derrière la grande feuille déployée.

C'est l'heure du déjeuner.

Les deux grands se dérident, se décident enfin à parler.

— C'est bon, maman !

On parle de la journée qui vient, on essaie de prévoir. Espoirs, craintes, tout y passe. Et, ce soir, on fera le bilan. Encore une fois autour de la table. Toute la vie des Lefrançois s'étale sur la nappe à carreaux, de la soupe au dessert. Entre les repas, on parle peu de ces choses qui nous tiennent à cœur.

Actuellement, Isabelle pépie comme un petit moineau. Du haut de ses six ans, elle argumente sur sa classe comme un vieux routier de l'éducation. Michel s'amuse à la contredire. À seize ans, c'est presque normal de toujours contredire tout le monde. Mais, chez lui, c'est comme un besoin de s'opposer, de réfuter, de répondre. Comme s'il lui était vital de toujours se justifier, de se défendre on ne sait trop de quoi. Si la mère comprend que c'est le propre des adolescents de protester à tort et à travers, elle trouve pénible de constater que, chez lui, cette tendance est devenue une véritable déformation, un encroûtement. À court d'arguments, Isabelle lance un regard de détresse autour d'elle. Catherine se sent obligée d'intervenir.

— Cela suffit, Michel !

Un regard en point d'interrogation se glisse sous des sourcils en accent circonflexe. La bouche échappe un « oh ! » de surprise.

— Voyons, maman ! Tu sais bien que j'ai raison.

Avoir raison !

Un argument de haute valeur chez maître Lefrançois. Celui qui dicte pratiquement tout dans la maison. Mais est-il vraiment utile, nécessaire, indispensable ? Catherine soupire avant de répondre.

— Je me soucie fort peu de savoir si tu as raison, Michel. Là n'est pas la question, pour l'instant. Je voudrais seulement que tu prennes conscience qu'Isa n'a que six ans et que tu la peines en parlant comme tu le fais.

Michel s'entortille dans son idée, déforme, à sa convenance, les propos de sa mère. D'un geste brusque, il repousse une mèche de cheveux acajou.

— Alors, si j'ai bien compris, il est préférable de mentir ?

— Ai-je dit une chose pareille ? Tu es exaspérant quand tu t'y mets ! Je te pensais assez intelligent pour comprendre ce que je veux dire. C'est pourtant si simple… Entre une vérité trop crue et le mensonge, il reste le silence.

L'adolescent lance un regard étonné. Les grands yeux bruns, habituellement brillants de malice, se plissent d'indignation face à cette mère qui ne comprend rien à rien, qui joue volontairement les trouble-fête. Choqué, un peu méchant même, Michel continue de harceler.

— Le silence, siffle-t-il arrogant. C'est la pire des défaites. Très peu pour moi. C'est un comportement de lâche et tu voudrais que je…

— Tais-toi !

Cette fois le ton est sans réplique, tranchant, déroutant. Il est si rare que maman lève le ton ! Alors Michel ravale sa réponse. D'un œil dilaté, Josée lance à sa mère un avertissement réprobateur. Prise entre son fils et sa fille, Catherine pense qu'il est curieux de voir les deux belligérants se réconcilier dès qu'il s'agit de la contrer. Mais n'est-ce pas là le lot de tous les frères et sœurs ? Pourtant, ce matin, la mère n'a pas envie d'en rire avec eux, et encore moins de plier à leurs arguments. Alors, pour ne pas perdre la face, elle plonge le nez dans sa tasse de café.

« Ils ne m'auront pas », pense-t-elle, s'accrochant à son autorité avec autant d'acharnement que Michel en avait à lui tenir tête. « L'impatience qui répond à l'impatience. Quelle victoire ! »

Mais avant qu'elle puisse se reprendre, Michel, insulté de s'être fait remettre vertement à sa place, quitte bruyamment la table. Sans piper mot, Josée lui emboîte le pas.

« Un repas qui se termine en gâchis, pense alors Catherine. Et c'est de ma faute. »

Isabelle, intimidée d'avoir déclenché ce débordement d'humeur la regarde en reniflant.

La tempête semble n'avoir épargné que Robert. Il n'a même pas levé le front. Devant cette placidité, Catherine éclate. À sa manière, presque poliment.

— Tu ne crois pas que tu aurais pu intervenir ?

Un regard curieux se glisse par-dessus la feuille repliée.

— Est-ce à moi que tu parles ?

Il a la voix sèche et coupante de celui qui veut en rester là. Pourquoi le prend-elle ainsi à témoin ? Ce n'était qu'un incident banal, non ?

Mais sa femme ne l'entend pas de la même oreille que lui. Elle réagit, cherche à imposer le ton.

— À qui veux-tu que ce soit ? Oui, c'est à toi que je parle. Parfois on dirait que tu ne vis pas dans la même maison que nous. Que dis-je ! Sur la même planète que nous. J'aimerais que tu t'impliques, quand c'est nécessaire. Michel est en train de prendre un bien mauvais pli. Mais on dirait que tu fais exprès de ne rien voir.

Robert regarde sa femme, les joues empourprées et les cheveux en bataille. Un agacement le chatouille un instant, puis se traduit par un profond soupir. Alors, calmement, comme il en a l'habitude, il sort tous ses mots de raisonnement.

— Bien sûr, Cathy, j'ai constaté qu'il est un peu nerveux ces temps-ci. Mais que veux-tu ? C'est normal à son âge. Si tu voulais m'écouter…

Justement, elle ne l'écoute plus. Elle déteste qu'on l'appelle Cathy. Alors, elle boit son café à petites gorgées, sans répondre ni porter attention à ses propos.

De toute façon, elle connaît par cœur ce que Robert est en train de lui dire. Comme elle sait, aussi, qu'il finit toujours par avoir raison. Il sait tant de choses, son mari. Il sait surtout comment utiliser les mots en sa faveur. C'est son métier, c'est toute sa vie. Toutefois, ce matin, elle n'a pas envie d'entendre le « tu vois bien que tu divagues ». Alors, profitant d'un bref moment de silence, elle coupe court au monologue de Robert.

— Mais bien sûr, Robert ! Comment n'y avais-je pas pensé toute seule ?

Elle se veut arrogante, on la perçoit raisonnable. Il a un sourire satisfait pour celle dont il retrouve la sagesse. Avant de retourner à sa chronique de sport, il a un court instant de tendresse en pensant à la chance qu'il a de l'avoir pour compagne. Puis, il reprend sa lecture.

Le silence revient, à la grande satisfaction de Catherine, car elle, c'est le culte du silence qu'elle possède. Elle en connaît les attitudes, les sourcillements, les moindres soupirs. Elle l'utilise, en use et en abuse, comme Robert le fait de ses mots qui coulent si facilement de ses lèvres.

Alors, comme l'incident semble clos, Catherine en profite pour se relever et rejoindre Isabelle dans le vestibule où elle attend son autobus. Par un baiser et une drôlerie, elle ramène le sourire dans le petit visage chagrin. À six ans, c'est bien long une journée quand on a le cœur gros.

Bientôt dix heures.

Tout le monde est parti. Michel en claquant la porte, Isabelle en sautillant et Josée silencieusement. Robert, lui, n'a pas oublié le baiser dans le cou et le bonjour marmonné entre les deux portes. Une journée normale, quoi !

Tout à l'heure, Catherine a secoué la nappe du déjeuner et la dispute s'est envolée aux quatre vents avec les miettes de pain. Elle ne connaît pas la rancune.

Lave-vaisselle et laveuse à linge ronronnent, c'est l'heure du deuxième café. Le moment qu'elle préfère, celui où elle prend le temps de ne rien faire, assise sur la galerie, face au lac.

Tout est calme. Début septembre, les vacanciers sont enfin partis. Ce matin en particulier, peut-être à cause de son réveil matinal, elle apprécie cette paix environnante. Pourtant, elle sait qu'il y aura encore de ces matinées d'hiver où le silence feutré des alentours lui sera insupportable ; où l'envie de crier la reprendra pour créer l'illusion d'une compagnie.

« Pourquoi suis-je donc ainsi ? »

Elle a fini de boire son café. La vaisselle n'attend plus qu'elle pour être rangée et le linge guette sa venue pour être plié. Pourtant, Catherine n'arrive pas à se décider. Elle resterait ainsi jusqu'au soir à ne rien faire. Juste prendre conscience qu'elle est bien vivante et qu'il fait beau. Un bref sourire éclaire son visage. Cette moue entre-deux qui ne déride que le coin de ses lèvres et qu'elle a quand elle se sent moqueuse. Elle voit d'ici la figure de son mari, si à son traditionnel « Bonsoir ma chérie ! Qu'as-tu fait de bon aujourd'hui ? », elle répondait : « Moi ? Mais rien. Absolument rien. » Les yeux de Robert s'arrondiraient d'incrédulité, son nez se gonflerait de désaccord et sa bouche déclarerait, sous la moustache hérissée : « Ce n'est pas raisonnable cela ! » Aurait-il raison ? Aurait-il tort ? On y revient ! Pourquoi faut-il qu'il y ait obligatoirement quelqu'un qui ait raison ? Catherine ne le sait pas et ne peut répondre à cette question. La seule chose dont elle est certaine, c'est que le doute viendrait voiler la douceur de ce petit congé qu'elle aurait envie de s'offrir.

— Alors, comme on dit, dans le doute il vaut mieux s'abstenir, soupire-t-elle en se relevant.

Puis, elle s'étire, avant de lancer aux roselins qui se promènent d'un arbre à l'autre :

— Allons ! Un peu de courage, le devoir m'appelle.

À ces mots, Catherine s'arrête devant la porte et fronce les sourcils dans une moue chercheuse.

— Mais qui est-ce qui a déjà dit cette phrase ? Je jurerais que je l'ai entendue quelque part.

Puis elle éclate de rire, de ce rire en clochettes capable de séduire les plus dépressifs.

— Je ne sais plus. Tant pis.

Puis la porte se referme en claquant.

2

La sonnerie stridente déchire le silence. Le cœur de Catherine se débat un instant, irrité de cette agression à chaque matin répétée. Elle entrouvre un œil, étire le bras, cherche le cadran du bout des doigts, puis aussitôt, le silence revient. Robert grogne en se retournant, tandis qu'une clarté fade et triste se glisse entre les persiennes.

Il pleut.

La jeune femme grogne à son tour, s'étire, se frotte longuement les paupières. Il y aura donc de la pluie pour accompagner ce jour de fête. Elle qui espérait une journée lumineuse pour célébrer ses quarante ans dans la joie.

En frissonnant, Catherine repousse les couvertures, cherche ses pantoufles du bout des orteils, les yeux obstinément fermés.

« Non, là, j'exagère un peu. Comment peut-on déborder d'enthousiasme le jour de ses quarante ans ? » Mais elle admet qu'avec un soleil bien franc, elle aurait pu, à la rigueur, être souriante.

En bâillant, elle ouvre les yeux pour de bon et se lève.

La cuisine est sombre, obscure de maussaderie. D'une main nonchalante, Catherine cherche l'interrupteur, et brutalement, la lumière bondit, déplacée et blessante pour ses yeux endormis. Elle bâille encore. Une fois, deux fois, à s'en décrocher les mâchoires. Ce matin d'ombre paresseuse lui chuchote de retourner au lit. Mais elle ne le peut pas. Il y a tous les autres, grands et petits, qui comptent sur elle. Alors, sans avoir faim, maman prépare le déjeuner.

La pluie assaille furieusement les vitres. Le vent se débat dans la cheminée. Catherine frissonne en approchant de la fenêtre. Elle n'a aucune envie de voir la désolation mouillée de la plage, de son jardin. Il lui faut pourtant ouvrir les volets.

Matin triste, matin gris et paresseux. Personne ne parle. On pense à l'oreiller qui serait si douillet. Michel et Josée en oublient de se chamailler et Catherine en oublie de manger. Robert descend en retard et l'épouse se lève pour l'accueillir. Les mains frémissantes d'espoir et le cœur bondissant comme le chevreau qui court au ruisseau pour se désaltérer. Mais elle n'a droit qu'au baiser dans le cou, puis c'est journal et café, comme tous les jours. Alors elle se rassoit, avalant sa déception, cherchant diversion pour refouler une larme idiote. En butant sur les grands titres du journal, elle se demande comment son mari fait pour être d'une rigueur si absolue dans ses habitudes.

Puis, elle replonge le nez dans sa tasse.

Parfois, il lui arrive d'envier cette rectitude, même si elle sait fort bien qu'elle s'ennuierait sans rêve, sans imprévu.

Catherine détourne la tête encore une fois et se heurte à la grande feuille, déployée comme un paravent. Arrive-t-il à Robert de rêver, de fantasmer ? Il n'en parle pas. Pendant un bref instant, elle a l'impression de faire face à un inconnu. Sensation subtile, imprécise, inconfortable. Et lui, que pense-t-il de sa femme ? De cela non plus, ils ne parlent jamais. Catherine a la lucidité de se dire que c'est dommage.

En soupirant, elle prend une autre gorgée de café. Les deux grands ne parlent toujours pas. Michel dévore. Josée picore, et la chaise d'Isabelle est toujours vide. Alors Catherine oublie aussitôt qu'aujourd'hui est un jour un peu spécial et que personne n'y a pensé.

« Mais que se passe-t-il ce matin ? Mon bébé serait-il malade », s'inquiète-t-elle en quittant la table.

L'escalier et le couloir sont plongés dans la pénombre. En contraste, la clarté vive de la chambre de Josée projette violemment son indescriptible désordre. Par réflexe, Catherine trépigne intérieurement. Puis, elle se hâte vers l'autre bout du corridor. Elle entre doucement dans une oasis blanche et rose qui sent encore le bébé. Elle sourit en approchant du lit, en voyant une longue mèche dorée qui serpente sur l'oreiller. Elle s'agenouille et pose sa tête contre celle de sa fille.

— Isabelle ? C'est l'heure de te lever mon chaton !

Elle a murmuré. Un rire argentin lui répond et un ouragan de baisers l'entoure, s'abat sur ses joues, dans son cou.

— Bonne fête, maman !

Merveille de l'amour ! Subitement, il fait moins sombre, et sur le toit au-dessus de leurs têtes, la pluie pianote joyeusement.

— Merci, mon trésor. C'est gentil d'y avoir pensé.

Isabelle, toute heureuse de sa réussite, ne remarque pas le regard embué de sa mère. Elle fait une tête câline au creux de son épaule. Juste le temps d'un bâillement, d'une chaleur entre elles.

— Je pensais que tu viendrais jamais.

Vif-argent, tourbillon, la petite a déjà déserté les bras de Catherine. Elle retire sa jaquette, se bat contre son gilet pour y passer la tête. Son corps encore tout en rondeurs s'offre candidement aux yeux dévots de sa mère. « Comme elle est belle. »

Émotion, attendrissement de la sentir encore si fragile, si proche d'elle. « Ai-je ressenti pareille adoration devant Josée, devant Michel ? » Erreur de la mémoire ou amnésie volontaire ? Catherine doit avouer qu'elle ne se rappelle pas. Comme si un brouillard d'idées confuses s'étirait sur l'enfance de ses aînés, lui causant un vague malaise.

Isabelle a fini de s'habiller. Elle pointe sa mère du doigt.

— Toi, tu bouges pas de là.

Devinant la surprise, maman ferme les yeux avec indulgence sur le fait que ce soit jour de classe et qu'on doive se dépêcher. Elle s'installe contre le lit, genoux relevés, et couve du regard la gamine qui va à sa table de travail, ouvre son sac d'écolière, en retire une grande enveloppe brune. Elle revient en sautillant.

— Tiens, c'est pour toi. C'est mon cadeau. J'ai eu de la misère à garder le secret, mais Ginette a dit que ça te ferait encore plus plaisir si je ne disais rien.

Et on ne sait de quoi elle est le plus fière : du cadeau ou du secret bien gardé ! Catherine ouvre l'enveloppe. Ses doigts tremblent un peu en retirant un cœur aux couleurs vives, en découvrant un « Bonne Fête » maladroitement tracé.

— C'est moi qui l'ai fait toute seule, tu sais !

Comme si Catherine pouvait avoir des doutes. Il n'y a qu'Isabelle pour marier le rouge, le mauve et le vert avec autant d'ingénuité. Elle prend sa fille contre elle, joue les incrédules, sachant à l'avance que la question fera plaisir.

— C'est bien vrai, ça, que tu l'as fait toute seule ?

— Mais oui ! C'est beau, hein ?

— Merveilleux, ma chérie. C'est le plus beau cœur que j'aie jamais vu.

Et Catherine le pense vraiment.

L'autobus jaune qui emporte Isabelle vient de disparaître au tournant du chemin. La maison est vide. La maison est triste. Les autres n'ont pas songé à lui dire qu'ils l'aimaient, qu'ils penseraient à elle, même au loin. Robert l'a embrassée dans le cou avant de partir. Comme hier et comme demain. Un geste rythmique, un cœur qui bat sans qu'on ait besoin d'y penser. À la question d'Isabelle qui demandait ce que les grands lui avaient offert, elle n'a pas hésité. Elle a dit la vérité, mais avec un doigt sur les lèvres comme pour un secret.

— Au cas où ils voudraient me faire une surprise eux aussi.

Réponse qui présageait plaisir et gâterie. Alors la petite est partie en sautant à cloche-pied.

Pourtant Catherine ne croit pas tellement à l'éventuelle surprise. Et même si cela déçoit l'enfant qui habite toujours en elle, elle n'arrive pas à en vouloir à Michel et Josée. Elle-même, à seize ans, pensait-elle à l'anniversaire de sa mère ? Elle s'oblige à ne pas formuler la réponse. « Autre temps, autres mœurs », se dit-elle. Et puis, pourquoi parler si tôt d'oubli ? La journée est encore jeune.

Elle a placé le dessin d'Isabelle en évidence sur la cheminée du salon. Question d'égayer une demeure bien sombre et peut-être aussi pour rafraîchir les mémoires défaillantes.

Puis Catherine décide de s'offrir tout de suite un autre café. La vaisselle attendra. Aujourd'hui, elle peut faire ce qui lui plaît. Elle a quarante ans, c'est un parfait alibi.

Flambée dans l'âtre, cœur souriant et café chaud font oublier la grisaille du temps et de l'âme. Elle se pelotonne dans le sofa en pensant à tous ces autres anniversaires, toujours préparés amoureusement. Elle aurait dû y penser et réveiller les intentions. Qui donc lui chantera, à elle, « Bonne Fête Catherine, Bonne Fê... »

Elle s'était assoupie. La sonnerie du téléphone la fait sursauter. Elle se lève d'un bond, se précipite vers le hall.

« Robert... »

— Ma chère Catherine, c'est à ton tour de te laisser parler d'amour. Ma chère Catherine c'est à...

Elle reconnaît immédiatement la voix de Madeleine Grenier. L'amie de toujours. L'amie qui a pensé à elle.

— Tu es gentille de m'appeler.

Un hoquet indigné lui répond.

— Comment gentille ? Tu ne pensais tout de même pas que j'allais oublier une date pareille !

Catherine ne dit rien en pensant à Robert qui, lui, a oublié.

Madeleine interprète facilement ce silence.

— Toi, ma vieille, ça n'a pas l'air d'aller très fort. Serait-ce que ce cher Robert t'a encore offert un appareil ménager ?

Ça, c'est un vieux gag entre elles. Catherine échappe un sourire un peu malgré elle. Puis elle pousse un long soupir.

— Non, même pas. Il a oublié. Comme les deux grands d'ailleurs.

— Le chameau ! Je te l'ai toujours dit que tu les gâtais trop.

Madeleine, la froide, l'impassible, l'indifférente. Elle ne sait s'apitoyer sur qui que ce soit. Ni sur elle-même, ni sur les autres. Elle arrange sa vie comme une partie de cartes, se fiant autant à la chance qu'à l'habileté. Catherine l'écoute argumenter et disserter sur les vices du mariage. Non, en fait, elle ne l'écoute pas. Elle entend les mots, les laisse passer en se disant qu'elle aimerait mieux parler à sa mère sans savoir vraiment pourquoi. Il y a autant de différences entre elle et sa mère qu'entre elle et Madeleine. Un éclat de colère la ramène au téléphone.

— ... les hommes ne sont qu'un mal nécessaire, et il faut savoir garder ses distances. Hé ?... Est-ce que tu m'écoutes, au moins ?

— Oui, oui. Bien sûr. Même si je trouve que tu exagères.

— Moi ? À peine, ma fille, à peine. Ton exemple en est une preuve flagrante... Mais trêve de morale. Je ne t'appelais pas pour te faire un sermon. Que dirais-tu de venir dîner avec moi ? J'ai un bon moment de libre sur l'heure du lunch et j'aimerais bien le partager avec toi.

— C'est gentil de penser à moi. Mais je ne sais si...

— Comment, tu ne sais pas... Aurais-tu un autre rendez-vous ?

— Tu sais bien que non. C'est seulement que...

— Alors pourquoi est-ce que tu ne sais pas ? Tu es drôle, toi, avec tes indécisions. Il me semble que c'est simple comme tout. As-tu envie, oui ou non, de dîner avec moi ?

— Tu as raison. Excuse-moi. Tu sais bien que tes invitations me font toujours plaisir.

— Il me semblait, aussi. Alors, on se retrouve au Croquembroche. C'est chic, cher, très bon, et j'adore cela. Vers midi quinze, d'accord ? Merde, le cours va commencer. Faut que je te laisse. Ciao !

Elle a coupé avant que Catherine puisse émettre une opinion. Elle reste un moment pensive, le cornet acoustique pressé sur sa poitrine. Il pleut, il fait froid, et elle n'a aucune envie de sortir. Rappeler Madeleine ? Lui dire n'importe quoi pour s'excuser ? Non. Cela ne ressemble pas à Catherine de mentir. Et puis, Madeleine est sûrement dans sa classe. Alors elle raccroche à son tour. Machinalement, elle jette un œil sur sa montre. Bientôt onze heures. Sans plus hésiter, elle s'élance dans l'escalier en se sermonnant à haute voix.

— Allons ma fille, au galop ! Laisse donc ta mauvaise humeur dans le placard. Tu sais très bien que tu t'amuses toujours en compagnie de Madeleine. Et ça va te faire le plus grand bien de changer d'air.

Catherine entre en chantonnant dans la salle de bain contiguë à sa chambre. Elle sort petits pots et pinceaux fins, se décide pour des couleurs douces, une poudre légère, et tout en se maquillant, elle prend plaisir à se détailler : cheveux blonds qu'elle porte encore très longs, de grands yeux bleus qui ont toujours l'air un peu surpris, nez un tantinet trop large et une bouche au pli légèrement moqueur. Puis, se retournant par une pirouette, elle continue son examen dans la grande glace sur pieds. Elle redresse les épaules, question de se grandir un peu. Elle est faite de rondeurs, Catherine en convient aisément. Mais sur ce point purement esthétique, la femme qu'elle est s'en accommode fort bien. Une première maternité a emporté la finesse de sa taille alors qu'elle ne s'y attendait nullement, et la jeune fille n'est jamais revenue, malgré le temps qui passe. Pourtant Catherine en rit en se disant qu'un peu de graisse évite les rides.

Elle se fait donc une grimace gamine, satisfaite de l'image que lui renvoie le miroir.

— Pas si mal pour une vieille de ton âge, grommelle-t-elle entre ses dents en entrant dans la chambre.

Sans hésitation, elle choisit sa robe noire, celle qui met ses cheveux blonds en évidence et affine sa silhouette. Elle veut être en beauté aujourd'hui, juste pour elle. Juste pour le plaisir de se sentir bien dans sa peau. En quittant la maison, elle pense qu'elle va s'offrir une montagne de fruits de mer.

La table que Madeleine a choisie est un peu en retrait. Elle sirote un apéritif en attendant l'arrivée de Catherine, ne sachant plus si elle a vraiment envie de voir son amie, comme chaque fois qu'elle l'invite de la sorte.

Habituellement, c'est une question que Madeleine évite, parce qu'elle n'arrive jamais à y répondre clairement. Elles sont si loin l'une de l'autre, même si elles ont presqu'une vie en commun.

Le cœur de Madeleine se serre sur une vision d'elle-même en Catherine. La maison, les enfants, Robert...

D'un soupir volontaire, elle fait tout disparaître de son esprit.

Elle revient à sa table, à celle qu'elle attend en ce moment.

Catherine Girard !

Elles se connaissent depuis le collège et ont vite sympathisé malgré leurs nombreuses divergences. Catherine, c'est son contraire, l'envers de sa vie. Elle pense souvent à elle comme on pense au revers d'une médaille, d'une pièce de monnaie. Côté face, côté pile. Qui sont-elles vraiment, l'une pour l'autre, ces deux femmes que la vie s'est amusée à rapprocher bizarrement ? Catherine, l'épouse et la mère qui a laissé tomber les études. Madeleine, la femme de carrière, par choix. Catherine et Robert. Madeleine et...

Soudainement, un long sourire adoucit ses traits. Elle vient d'apercevoir Catherine qui s'entretient avec le maître d'hôtel. La douce femme blonde, pas très grande, une femme comme les hommes aiment. Elle est fragile, tendre, et elle appelle la protection. C'est peut-être pour cela que Robert a été attiré par elle. Pour sa douceur, pour sa mine de fleur à peine éclose, délicate, que l'on se doit d'entourer de mille précautions.

Retenant un soupir, Madeleine se lève et vient à sa rencontre pour l'embrasser.

Oui, finalement, elle est contente de la voir. Malgré tout. Elle l'envie, et cette douleur de la voir être le contraire d'elle-même la stimule.

De son côté, Catherine fait mentalement la grimace de se retrouver à la hauteur du cou de son amie. Elle n'aime pas qu'on lui fasse sentir la petitesse de sa taille. Même sans malice, même involontairement. Chaque fois qu'elle est debout à côté de Madeleine, elle se sent inachevée, diminuée, inconfortable.

Alors Catherine ne retrouve son sourire qu'une fois bien assise en face d'elle, ses yeux dans les yeux de son amie. Enfin, elle se laisse aller au plaisir d'écouter le tintement des couverts du repas qu'elle n'aura pas à servir, en salivant de plaisir. Elle aime l'atmosphère qui règne dans les restaurants, le midi. Comme le lui a dit Robert, c'est probablement parce qu'elle n'a pas besoin d'y venir tous les jours. Mais qu'importe ? Elle regarde autour d'elle, fascinée par tous ces gens qui parlent de choses importantes entre deux bouchées. « Et moi, qu'aurais-je d'important à dire ? Oyé, oyé, écoutez-moi tous ! Aujourd'hui, j'ai quarante ans. »

En soupirant, elle ramène les yeux sur sa compagne. Le champagne que Madeleine a tenu à lui offrir lui monte à la tête. Elle sourit à l'image que lui renvoie son amie. Elle est belle, Madeleine. De cette beauté un peu froide, un peu distante qui fascine. On n'a qu'à regarder le regard des hommes qui se retournent sur son passage. Oui, elle est très belle, aussi brune que Catherine est blonde. Elle est élégante, sûre d'elle. Tout lui réussit. Une chaire de cours à l'université, comme Robert, un amant beau comme un dieu grec. « Et ça fait quand même un bout qu'ils sont ensemble », pense-t-elle subitement.

Madeleine, c'est aussi des voyages à travers le monde, des colloques. Oui, tout cela, c'est la vie de Madeleine. Une vie remplie, versatile, enlevante. Riche en défis, en satisfactions, en rebondissements de toutes sortes. Tout est si parfait autour de Madeleine. Jamais de routine, pas d'ennui. Une vie libre, sans amarres, sans obligations qu'elle n'ait elle-même choisies. Catherine admet volontiers qu'il lui arrive d'envier son amie. Alors, elle ouvre la bouche pour le lui dire quand soudain, un cœur aux couleurs vives s'impose à sa pensée. Catherine se dit alors que c'est elle qui joue sa vie sur l'essentiel. Après tout, Madeleine, c'est aussi une vie seule, sans liens, sans amour véritable. Alors si Catherine envie l'image, elle ne veut pas vraiment y ressembler. Ou juste quelques fois, quand tout bascule à la monotonie autour d'elle. Parce qu'au fond, elle tient aux volets que l'on ouvre, aux matins à l'odeur de café et de pain grillé, aux baisers mouillés, à la chicane pour la douche. Isabelle, Michel, Josée. Tout cela, c'est sa vie et celle de Robert. Elle l'aime et ne la changerait pas. Pourtant, malgré cette certitude, il lui arrive d'envier farouchement son amie.

« Pourquoi suis-je donc si compliquée ? »

Tout d'un coup, Catherine n'a plus faim. Elle regarde son artichaut avec une espèce de dédain. Madeleine lève les yeux de son assiette.

— Le moins qu'on puisse dire, c'est que tu n'es pas très jasante. C'est bon, au moins ?

Catherine sursaute comme au sortir d'un cauchemar. Madeleine lui sourit, les gens autour d'elle rient. Alors elle se met à rire.

— Mieux que cela ! C'est divin… Tu sais quoi ? Je ne sais pas ce que je serais devenue sans toi. J'aurais probablement broyé du noir toute la journée en tournant en rond dans la maison. Tu es un amour de m'avoir fait sortir.

— N'est-ce pas que je suis fine ? Remarque que je n'ai aucun mérite : je t'adore ! Par contre, il y en a un que je ne porte pas particulièrement dans mon cœur. Attends un peu que je lui parle à ce cher Robert. Il va en voir de toutes les couleurs.

Et la voilà qui s'emporte ! Avec elle, l'indignation n'est aucunement filtrée par une douceur d'être. L'œil mauvais, la main gesticulante, elle gratte la situation du bout de ses longs ongles. Si elle s'en occupe, tout va s'arranger.

Catherine est une femme discrète, secrète. Elle déteste que l'on se glisse dans sa vie. Pas plus l'amie de toujours que qui que ce soit d'autre, d'ailleurs. Alors elle essaie de s'imposer, consciente de l'inégalité qui existe entre elles.

Sa douceur saura-t-elle vaincre la rage de vivre de Madeleine ?

— Je t'en prie, ne te mêle pas de cela.

Madeleine a un regard surpris, déguisé par un battement de cils. Depuis quand la douce Catherine a-t-elle appris à sortir les griffes ? Elle se répand en chuchotis intimes.

— Voyons ma chérie ! Je veux seulement t'aider. Depuis le temps que je connais Robert, je sais exactement quoi lui dire. N'oublie pas que c'est moi qui te l'ai présenté. Je n'accepterai jamais qu'il te fasse souffrir.

Habilement, elle picosse sa proie. Depuis quand agit-elle ainsi ? Madeleine ne saurait le dire. Avec le temps, c'est devenu une habitude ou, plutôt, un instinct chez elle. Situations maintes fois répétées, Catherine n'y voit qu'intention louable. Pourtant, elle n'est pas touchée. Ce n'est pas le fait de connaître son mari depuis le berceau, ou peu s'en faut, qui l'autorise à venir se fourrer le nez dans leurs affaires. Elle qui dit si bien la comprendre devrait avoir au moins appris cela. Alors Catherine se hérisse, mais juste à fleur de peau. À peine un frisson.

— Madeleine, je t'en prie, n'insiste pas.

Mots bien prononcés, articulés jusqu'à l'exagération. Mais venant d'elle, l'ordre sonne comme une faveur demandée. Peine perdue. L'impétueuse, l'insatisfaite, ne comprend pas ce langage. Elle balaie l'objection du bout des doigts.

— Allons, allons ! Je sais que j'ai raison. Tu pourrais au moins admettre que Robert m'écoute quand je lui parle, non ?

Catherine reçoit ces mots avec douleur car ils sont d'une cruelle vérité. Rien n'est plus vrai. Pour l'écouter, Robert l'écoute ! Il l'a toujours admirée : ce qu'elle dit, ce qu'elle fait, ce qu'elle porte... Et cela agace Catherine. Depuis toujours, peut-être. Alors pourquoi en prend-elle cruellement conscience ce midi ? Un vieux fond tenace d'envie reflue en elle. Comment fait-on pour être comprise ? Cherchant au fond d'elle-même une forme de langage que son amie pourra accepter, elle tente de se mettre au même niveau que la grande Madeleine. Hausser ses silences jusqu'au monde des mots qui lui sont hostiles quand elle sent le besoin de se défendre.

— Écoute ! Ce n'est pas que je n'ai pas confiance en toi... C'est tout simplement que je crois que cela se passe entre Robert et moi. J'aimerais mieux parler moi-même à mon mari. Ce serait plus... plus normal... Oh, et puis merde ! Si on parlait d'autre chose ? C'est mon dîner d'anniversaire, après tout.

Madeleine a un reflet d'indulgence dans le regard. Juste un tout petit éclat qui perce sa pupille. Mais Catherine ne l'a pas remarqué. Seule la certitude d'avoir été enfin comprise domine.

— Tope là ! Tu as parfaitement raison. Je m'en vais te parler du voyage que je compte faire en Suisse à Noël... Oh, mais sais-tu ce qui serait chouette ? C'est que tu m'accompagnes... Depuis quand n'as-tu pas fait de ski ? Au fond, je ne vois pas ce qui pourrait nous empêcher de...

L'atmosphère s'est détendue d'un seul coup. Catherine soupire d'aise et, incrédule, elle se laisse aller à la conversation de son amie. Extravagante, folle, merveilleuse Madeleine qui prend ses désirs pour des réalités. La mère essaie d'imaginer quel serait l'accueil à la maison si elle leur annonçait qu'elle a décidé de partir, comme cela, pendant la période des fêtes... Elle entend d'ici les cris de protestation. Et ils auraient raison. Puis elle revient à Madeleine, se permet d'embarquer dans le jeu. Pourquoi pas, après tout ? Rien ne nous empêche de rêver ?

Seize heures. Il pleut toujours et la maison est de plus en plus sombre. Catherine vient tout juste de rentrer, ne sachant trop si elle est triste ou gaie. La tête lui tourne un peu et elle a mal au cœur. Champagne, homard, gâteau à la crème... Pouah !

« Ce sera un verre d'eau minérale, s'il vous plaît ! »

Sans enlever son manteau, elle court vers la cuisine. Les assiettes sales du déjeuner et les tasses de café froid narguent sa tenue recherchée. Le repas du matin laisse sa trace de saletés en plein milieu d'après-midi. Et Isabelle qui arrive dans moins de trente minutes !

Catherine s'affole, lance son manteau sur une chaise et court à la chambre se changer. Que dirait-on si on s'apercevait de sa négligence ? Soudainement, l'alibi du matin n'est plus une excuse.

Isabelle est arrivée les mains pleines de dessins pour maman. Pommes d'api, arc-en-ciel multicolore, ballons joufflus ont rejoint le cœur souriant. On chiffonne du papier en riant, on empile quelques bûches. Une allumette craque et le papier s'enflamme en crachant un peu de fumée qui sent bon. Blottie contre sa fille devant l'âtre qui chante et qui réchauffe, Catherine est bien. Elle en oublie sa tête en farandole et son estomac barbouillé. « Tiens, c'est vrai ! Je n'ai pas pris mon eau minérale. » Tant pis. Leur intimité douillette est encore le meilleur antidote à une bonne indigestion. Isabelle lui conte sa journée avec force détails, étonnée, émerveillée d'avoir maman pour elle toute seule. Puis, coupant court à ses bavardages, elle l'envisage en plissant le nez, en levant un petit menton volontaire. Elle est drôle à voir ! Autoritaire, elle attaque.

— Maman, il te faut un gâteau !

À peine quelques mots et c'est tout un régiment qui se met en branle. Isabelle est debout, se dandine, implore une réponse du regard.

C'est évident ! Catherine se demande comment il se fait qu'elle n'y ait pas pensé. Une vraie fête, ça n'existe pas sans gâteau.

— Allons, viens, s'impatiente Isabelle. Tu sais bien que je ne suis pas capable de lire la recette. Tu vas m'aider. Mais c'est moi qui le fais.

Ainsi en a-t-elle décidé. Catherine se dit qu'elle aurait dû en acheter un à la pâtisserie, mais il est trop tard pour retourner à la ville... Elle entend son virevent qui fouille déjà à la cuisine. « Pourquoi pas ? » pense-t-elle en se levant. N'avait-elle pas besoin d'un dessert de toute façon ? Elle vient rejoindre sa fille, sort son livre de recettes taché et collant, prépare les ingrédients.

— Tu me laisses faire, d'accord ? C'est moi qui casse les œufs.

— Bon, si tu veux. Mais fais-le doucement.

Elle s'écoute parler, se reconnaît à peine. D'où lui vient cette patience, elle qui déteste qu'on vienne la déranger quand elle cuisine ? « Ce doit être la quarantaine qui me va bien. »

Elle tressaille, regarde sa fille du coin de l'œil sans la voir. Elle imagine la tête qu'elle doit avoir, elle surveille ses propres gestes. Un goût de nausée lui remonte subitement à la bouche. « N'est-ce pas merveilleux ? Je suis en train de préparer mon propre gâteau d'anniversaire ! » Elle contemple Isabelle qui, les sourcils froncés par la concentration et l'effort, essaie de casser les coquilles sans trop de gâchis. Elle a les doigts pleins de blanc d'œuf et une large tache gluante fleurit le devant de sa robe. Alors plutôt que de se mettre à pleurer, Catherine pouffe de rire.

La porte d'entrée vient de claquer. Machinalement, elle pense qu'il est dix-sept heures quarante-cinq. Les grands sont de retour. Le repas est prêt et le gâteau est à refroidir. Isabelle court rejoindre son frère et sa sœur. Il y a un bruit de papier froissé, quelques rires étouffés et un frôlement contre la porte. Il y a aussi un cœur de mère qui se met à battre un peu plus vite. « Se pourrait-il que... »

— Bonne fête maman !

Dans l'encadrement de la porte, Josée et Michel, précédés d'une énorme gerbe d'œillets. Un bouquet superbe qui a dû leur coûter une vraie fortune. Catherine est émue, garde le silence un instant. Le temps d'apprivoiser sa joie. Puis, c'est l'avalanche : mercis, souhaits et baisers s'élancent en même temps, se croisent, s'enlacent dans la cuisine qui résonne et sent bon. Puis, l'espace d'un instant, le visage de Catherine s'éteint. Elle se retire au fond d'elle-même. Comment a-t-elle pu croire qu'ils avaient oublié ? Ils se sont même souvenus que les œillets étaient sa fleur préférée. Elle s'en veut.

Pourtant, personne ne semble s'apercevoir de ce brusque retrait. Josée se dégage, jette un regard autour d'elle et lance une exclamation de dépit.

— Merde ! Tu as fait le souper. Moi qui voulais te donner un petit congé... Tant pis ! Je ferai la vaisselle.

Puis, prenant sa mère par les épaules, la jeune fille la pousse gentiment hors de la cuisine.

— Allez, ouste ! Sors d'ici. Je vais nous préparer un petit apéritif que nous boirons en attendant papa... Je me demande bien ce qu'il fait lui, d'ailleurs.

Catherine ne proteste pas. Elle se demande seulement comment elle a pu envier Madeleine. En entrant dans le salon, elle se rend compte que ses malaises se sont définitivement envolés. Michel l'avait devancée. Il s'active à attiser le feu. Il a le geste sûr et précis de l'homme qu'il sera bientôt. Elle pense qu'elle le trouve beau. Il ressemble à son père. Surtout depuis qu'il s'entête à laisser pousser ce qu'il appelle sa moustache. Attendrie, Catherine prend place sur le divan en le suivant des yeux. Chevelure cuivrée qui se penche vers l'âtre, souffle profond et régulier qui ressuscite la flamme, main ferme et robuste qui replace une bûche. Oui, il est beau le fils de Catherine, comme l'est Robert. Elle est fière de lui, même si parfois il la déroute. Impulsif, spontané, direct, il ne ressemble à personne. Pourtant Catherine se dit que c'est celui de ses enfants qu'elle connaît le mieux. Comme elle, c'est un rêveur, un sensible, un tendre.

Josée arrive avec des jus de tomate assaisonnés juste à point, comme elle les aime. Les fleurs embaument, la flambée monte. On décide de faire éclater du maïs en attendant papa. Puis on choisit de passer à table sans lui. Que fait-il pour tarder tant ? Catherine a une espérance au fond du cœur, une drôle d'espérance mêlée à une vague inquiétude. Il est si rare qu'il déroge à ses habitudes.

Elle vient tout juste de retirer les assiettes quand le téléphone se met à sonner. Un tintement joyeux qui lui sonne aux oreilles et jusque dans le cœur. Elle se précipite.

— Deux secondes. Je reviens.

Mais ce n'était que sa mère. Autant ce matin elle aurait souhaité l'entendre, autant en ce moment elle est déçue. Elle répond brièvement, explique un peu la déception de sa voix. Madame Girard se fait un devoir de lui rappeler que la gratitude des enfants est aussi importante que les attentions d'un mari. Catherine soupire sans relancer le débat. Trop de choses en cet instant la séparent de sa mère. Il y a surtout la différence des générations malgré toute l'affection qu'elle lui porte. Elle se contente d'approuver sans y croire. Elle raccroche sur un « Bonne fête ! » sincère en se disant que ce n'est pas par gratitude que les enfants ont souligné la journée, mais par amour. Elle revient pensivement sur ses pas, même si elle n'a plus faim.

La cuisine est plongée dans la noirceur et le gâteau illuminé l'attend devant sa place. Alors elle redessine son sourire. Elle n'a pas le droit d'être triste. Trop de gens ont pensé à elle aujourd'hui.

— Bonne fête maman, bonne fête maman ! Bonne fête, bonne fête, bonne fête maman.

On mangera donc le gâteau sans attendre Robert.

La soirée s'étire. Normale, semblable à toutes les autres soirées d'automne. Un appel où une voix anonyme lui a appris que « maître Lefrançois est retenu par une réunion importante. Il vous prie de bien vouloir l'excuser » est venu en briser la monotonie. Catherine n'a rien dit. Il n'y avait rien à dire. Elle a compris qu'il n'y était pour rien dans cet imprévu. Mais, ce soir, elle a aussi compris qu'il avait oublié.

Toute une soirée avec une douleur au cœur, une sorte de tristesse emmêlée de colère. Et elle rumine, et elle remâche tout ce qu'elle va lui dire quand il va rentrer. Il n'avait pas le droit de lui faire cela. Quand on aime, on est sensible à toutes ces petites choses qui font la vie belle et bonne.

« Si j'étais sensée, j'irais me coucher », pense-t-elle boudeuse. Mais voilà ! Elle n'est pas sensée et n'a jamais su jouer les indifférentes. Elle pousse un profond soupir qui lui fait croiser les doigts. « Et s'il n'avait pas oublié ? » Elle a besoin de croire qu'elle attend pour quelque chose. Sinon, que resterait-il ? Une habitude, une routine ? Elle tend le bras pour prendre son livre. Peut-être aura-t-elle droit au bouquet de roses jaunes encore cette année. Même si elle n'aime pas les roses et qu'il est déjà vingt-deux heures.

Elle a lu un chapitre de son livre. La maison craque et gémit sous la tourmente. La nuit est là, encore plus froide, lui semble-t-il, que la soirée qui s'achève. Le feu n'est plus qu'un vacillement tiède. Va-t-elle ou non aller se coucher ?

Machinalement, elle se relève et vient poser une bûche sur la braise rougeoyante. Puis elle tend la main vers une deuxième.

La fête est bel et bien finie. Alors pourquoi remettre du bois ? Elle soupire en laissant retomber son bras. Il ne lui reste plus qu'à monter se mettre au lit. Lentement, elle se dirige vers l'escalier quand un éclair zèbre le salon et interrompt ses pas. La lumière des phares d'une automobile, et ce bref éclat annule sa fatigue.

Catherine regagne vivement sa place et reprend son livre.

Il y a une course sur les dalles du jardin et la porte s'ouvre sur le crépitement de la pluie. Robert la referme aussitôt sur la froideur de la nuit. Les pas se rapprochent du salon.

Enfin ! Enfin, il est là.

Cheveux dégoulinants, manteau à demi attaché, comme en équilibre instable sur ses longues jambes, Robert apparaît dans la porte. Un grand adolescent avec à la main un bouquet de roses jaunes.

Le temps arrête sa course pendant que leurs regards se cherchent.

Un bout de bois trébuche dans l'âtre, explose d'étincelles, illumine la pièce. Alors Catherine sourit.

— Excuse mon retard, mais j'ai dû réveiller le fleuriste.

Leurs regards se rencontrent et ils éclatent de rire au même instant. Fatigue, nervosité longtemps retenue ou simple plaisir de se retrouver ? Catherine ne cherche pas à comprendre. D'un élan, elle vient vers lui. Ce soir, le parfum des roses a des douceurs amoureuses, et leur couleur, l'éclat d'un soleil. Est-ce bien elle qui a dit qu'elle ne les aimait pas ?

— Merci, Robert. Elles sont magnifiques.

— Bonne fête, Catherine.

Il se penche vers elle, plie la taille pour se mettre à sa hauteur, l'embrasse dans le cou. Ses cheveux mouillés transpercent la légère robe de nuit.

— Mais tu es trempé mon amour ! Veux-tu un café ? Un bouillon chaud ?

— Oh oui ! Un bouillon. Je n'ai pas soupé.

— Va vite te changer. Je te prépare quelque chose.

Elle s'envole vers la cuisine, légère comme une bulle de champagne, les roses pressées contre sa poitrine. En cherchant son plus beau vase, elle pense que cette journée a été la plus merveilleuse qui soit.

Assis ensemble devant le feu, ils s'appuient l'un contre l'autre. Sandwiches et gâteau se partagent en riant à voix basse pour ne pas réveiller les enfants. C'est depuis toujours qu'ils veillent ainsi, à bruits feutrés. D'abord chez elle, pour ne pas alerter sa mère, puis ensuite ici, pour ne pas déranger les enfants. En respirant le parfum de sa femme, Robert pense qu'elle est toujours jolie, malgré les années qui s'ajoutent les unes aux autres. Il prend sa tête et la couche sur sa poitrine. Geste tendre comme un rituel d'amour entre eux. Une douce habitude.

Catherine aime bien se blottir ainsi contre lui, entendre son cœur battre. Une précision qui rassure, qui lui rappelle qu'au matin de leurs vingt ans, il avait juré que ce cœur ne battrait désormais que pour elle.

La console près du foyer s'est endimanchée de fleurs. Les roses et les œillets. Toute sa vie concentrée dans ces fleurs qui ont transformé le salon en jardin printanier. Catherine n'entend plus la pluie qui frappe à la fenêtre. Elle ne ressent que toute la douceur et la sensualité d'une nuit d'été. Les roulements du cœur de Robert lui emplissent les oreilles et c'est toute leur vie à deux qui bat avec lui. Elle est heureuse. Soudainement, pleinement, merveilleusement. L'espace d'un instant, elle se surprend à envier ceux qui croient en Dieu et peuvent le remercier. Quand elle est heureuse, Catherine a toujours envie de dire merci à quelqu'un.

Elle a baissé les paupières sur l'image des roses pour emprisonner son bonheur. C'est si fragile, si éphémère une vraie joie, une joie de l'âme. Elle ne tient souvent qu'au bruit d'un cœur qui bat ou au parfum volatile de quelques fleurs. Robert ressert l'étreinte de son bras quand elle échappe un bâillement.

— Fatiguée, Catherine ?

Lui aussi a envie de dormir. S'il est encore debout, c'est qu'aujourd'hui elle avait droit à ces quelques instants d'intimité. Même s'ils sont venus bien tard dans la journée. Elle ne répond pas. Sa tête se niche encore plus étroitement contre lui. La chaleur ronflante du foyer lui enlève toute volonté. Elle resterait ainsi toute la nuit à écouter la joie qu'il y a en elle. Alors, c'est Robert qui se répond à lui-même.

— C'est vrai qu'il est bien tard. Mais sais-tu que ça m'a pris presque deux heures pour trouver un fleuriste qui consente à ouvrir à un fou qui cherche des fleurs à dix heures le soir sous la pluie ? Et tout cela à cause de Madeleine qui m'a engueulé comme c'est pas possible quand elle a vu que je rentrais les mains vides. Une vraie furie ! Elle n'a jamais voulu comprendre que demain aurait tout aussi bien…

Et il ose dire cela en riant. Pourquoi pas ? Il connaît bien Catherine et il sait qu'elle ne verra pas de méchanceté dans cet oubli. Il ne l'a pas fait exprès. Sa secrétaire est malade depuis une semaine et il y a eu un cas de tricherie à l'examen de cet après-midi. Il sait que sa femme va comprendre. Ça peut arriver à n'importe qui.

Pourtant, en entendant ces mots, elle s'est imperceptiblement raidie. Dans la poitrine de Robert, l'écho du rire musèle le chant du cœur. Subitement, le parfum soutenu des roses l'agresse, la dérange, lui donne la nausée. Pour lui échapper, Catherine se relève et vient près du feu.

« Ainsi, c'est à Madeleine que je dois mon bouquet. J'aurais dû m'en douter. Elle n'en fait jamais qu'à sa tête. »

Catherine ne comprend pas. Pourquoi Madeleine, l'amie, devient-elle par moment l'ennemie ? Ce soir, elle a l'impression qu'elle n'est qu'une gamine qu'on ne prend pas au sérieux. Elle est terriblement déçue. Bien au-delà de Madeleine ou de Robert. La clarté vivante des flammes danse, diluée et confuse, dans l'eau de ses larmes.

— On va se coucher ?

Lui, il n'a rien vu, rien ressenti. C'est vrai qu'il ne remarque jamais rien. Et cette flamme qui continue de valser, agaçante, tenace, de plus en plus confuse. Elle renifle, incapable de se retenir.

— Que se passe-t-il ? Je t'ai fait de la peine ?

Robert est d'abord surpris, puis irrité. Il s'est donné un mal de chien pour lui faire plaisir et voilà qu'elle se met à pleurer. Il vient la retrouver, l'oblige à relever la tête.

— Dis-moi ce qu'il y a.

Plus qu'une demande, c'est un ordre qui tombe alors qu'elle n'aurait besoin que d'un peu de tendresse. Catherine se bute. Elle taira sa déception. Elle dégage son menton qu'une main ferme tenait en l'air. De toute façon, elle ne se rappelle aucun des mots qu'elle avait si bien mijotés à son intention. Dans son esprit, tout s'estompe derrière le petit « il avait oublié ». Plus rien n'a d'importance. Pas même le fait que Robert ait arpenté la ville sous la pluie pour lui trouver des fleurs. Elle se referme, carapace sa douleur, parce que son mari la lui renvoie comme une faiblesse. Il ne saura pas le mal qu'elle a de le voir si distant de ce qu'elle est. Elle est forte de ses silences, Catherine. Comme Madeleine l'est de ses crises de colère et Robert de ses beaux discours. Elle renifle une dernière fois, redresse le front. Chacun a son orgueil.

— Ce n'est rien. L'émotion, sans doute. Et la fatigue. Alors, on monte ? Va devant, je te rejoins dans un instant.

Catherine n'a pas vraiment menti. Seulement, elle connaît les mots qui parlent sans ne rien dire. Robert s'en contente, trop heureux de voir les larmes tarir. Il ne les comprend pas, alors il en a peur. Il se les refuse et ne les accepte pas chez les autres.

Il est déjà dans l'escalier que son pas lourd fait craquer. Catherine prend les assiettes, la tasse, souffle sur les quelques miettes qui dénoncent leur festin nocturne. Les graines de gâteau glissent sur la table, virevoltent, tombent sur le tapis, disparaissent dans la laine. Bonheur de quelques instants. Bonheur qui n'était qu'une illusion. Elle porte la vaisselle à la cuisine, puis monte à son tour en éteignant derrière elle.

Quand Catherine entre dans la chambre, Robert est déjà au lit. Appuyé contre ses oreillers, bras croisés derrière la tête, il semble dominer la pièce. Son regard plane dans la chambre, suit Catherine de la salle de bain à la fenêtre où elle vient fermer les persiennes, puis ensuite à la coiffeuse où elle peigne longuement ses cheveux. L'espace d'une seconde, leurs yeux se croisent dans le miroir. Il comprend qu'elle lui en veut toujours quand elle détourne la tête. Alors, lui, il se retourne en soupirant.

3

Un vent de folie douce souffle sur l'automne. Hier, une pluie diluvienne et ce matin, un ciel de vacances. Le lac et le petit bois pétillent d'incrédulité joyeuse, éclatent de lumière pour faire oublier qu'hier on a pleuré.

Ce matin, il n'y a pas eu de sonnerie qui brusque le réveil. On dit que la nuit porte conseil. Alors Robert a devancé le cadran et madame Lefrançois a eu droit au petit matin à l'odeur de café et de pain grillé qu'on n'a pas eu à préparer. Elle a mangé dans son lit, assise dans un rayon de soleil. Est-ce bien elle qui pensait amertume et chagrin ? Il paraît qu'il y avait de la pluie pour son anniversaire, mais Catherine ne s'en souvient plus. En regardant par la fenêtre, on ne voit qu'une journée d'or et de bronze.

Elle ne s'est levée qu'après le départ des siens. Lavage, ménage, rangement, tout se fait rondement quand on a le cœur léger. À treize heures, il ne reste que les courses à faire.

— Où est-ce que j'ai mis mes clés hier ? Une vraie tête de linotte !

Aujourd'hui, Catherine se moque d'elle-même.

La route du tour du lac est déserte, alors elle appuie sur l'accélérateur et accompagne à tue-tête la radio qui diffuse un bon vieux rock des années soixante. Quelques chansons et c'est déjà la ville.

Il y a foule au marché. Affluence colorée, grouillante, bruyante. On s'interpelle, on s'exclame, on se renseigne, on compare.

— Chez le voisin, c'est dix sous de moins.

On sourcille, on tâte, on soupèse. Catherine retrouve ce plaisir ancestral de choisir, celui de se laisser guider par les senteurs qui se croisent, qui la sollicitent, qui la tentent. Elle adore venir au marché.

Aujourd'hui, les étalages ont revêtu leur tenue de fin de saison. Les pourpres côtoient les violets, les verts et les rouges se chamaillent. On parle de l'hiver qui s'en vient en offrant une luxuriante abondance. La brillance d'un dernier éclat avant la blancheur silencieuse. Les citrouilles regorgent de soleil et les pommes narguent le gel. Promenade nonchalante, presque sensuelle, avec la sensation d'une richesse débridée qui comble Catherine. Si peu logique, elle prend le pouls du marché, narines frémissantes, paupières mi-closes, avant de décider. Elle décide de respecter son humeur, et en ce bel après-midi, tout ce qui est vif la courtise. Botte d'oignons dorés, sac de tomates juteuses, piments multicolores, aubergines en robe pourprée, courges aux formes bizarres. Légumes à la mode de l'automne qui lui offrent pourtant un parfum de vacances. « Je vais nous faire une ratatouille à la senteur de Provence ! » Un dernier regard, puis un panier de pommes qu'elle voit déjà en tarte. Elle quitte le marché d'un pas de ballerine.

Sans hésitation, elle prend la direction de l'épicerie d'importations.

— Un peu d'agneau serait merveilleux avec mes légumes.

Elle gare sa voiture à quelques rues de la boucherie. Juste pour le plaisir d'une balade devant les vitrines. Librairie, boutiques, bijouterie, bazar... Une affiche haute en couleurs attire son regard, puis ses pas de flâneuse. C'est une agence de voyages, un marchand d'illusions qui, pour quelques sous, promet le plaisir d'un été éternel. Une vague ronflante, écumeuse à souhait, concrétise le rêve et suscite l'envie. Catherine pousse un long soupir. Depuis quand n'est-elle pas allée à la mer ? Deux ans, trois ? Elle se rend subitement compte à quel point lui manquent les longues promenades sur la plage, les deux pieds enfoncés dans le sable chaud. Idée douce, confortable. Idée vague, imprécise. Elle secoue vigoureusement la tête pour effacer l'envie. Les vacances viennent tout juste de prendre fin et c'est d'un commun accord qu'ils ont décidé de s'offrir un yacht cette année. Robert et les enfants en parlaient depuis des mois !

Mais pour elle, un yacht n'est qu'une frivolité sans attrait.

Alors...

Alors, l'idée se précise un peu. Puis, elle hausse les épaules. Avec les frais encourus, pas question de voyager dans le sud cet hiver. Elle s'éloigne de la tentation. Quand le rêve devient douloureux, il vaut mieux se réveiller. Elle reprend sa marche en direction de l'épicerie. Mais cette fois-ci, elle y va d'un bon pas.

Le chemin du retour est enchanteur. Soleil d'automne, soleil d'été, on ne sait pas trop bien. Il est partout, ce soleil ! Paresseux, tiède, gai luron, chaud. Il frétille entre les arbres, se cache derrière un tronc, ressurgit à l'improviste, saute sur la route et frôle malicieusement une joue. Catherine ralentit pour profiter au maximum de cette débauche de couleurs dans laquelle elle s'enfonce. Elle baisse la vitre de la portière et l'air est doux comme une caresse.

Entourée de ce bain de magie, elle est venue s'asseoir au bout du quai sans même passer par la cuisine. Les sacs l'attendent de guingois près de la porte.

Il n'y a aucun vent et nul bruit pour la déranger. Les oiseaux, envoûtés, en oublient de jacasser. Ils ne risquent qu'une note par-ci, par-là, ultime hommage à la chaleur. Et malgré ce silence de connivence, toute la nature semble en mouvement. La montagne flamboyante se dédouble dans le lac comme si sa splendeur ne suffisait plus et qu'il lui fallait l'exagérer.

Orgueil et prétention de cette saison tout en nuance. Jeux d'ombre et de lumière. Valse folle des couleurs et des taches sombres. Verdure des pins contre les troncs gris des érables. C'est beau. La forêt sent bon la terre mouillée et la feuille morte.

Soudain, une senteur de fumée se glisse entre les arbres, se faufile jusqu'à Catherine. Elle la saisit, la respire à s'en étourdir, lui vole tout son parfum. Elle ferme les yeux. Elle est bien et il lui est facile de ne penser à rien. Elle se laisse aller à la chaleur qu'elle ressent sur son chandail, juste pour le plaisir de sentir qu'elle vit.

Mais la sensualité du moment s'enfuit comme elle est venue, sur un souffle d'air. Un seul nuage et brusquement, il fait plus frais. C'est donc vrai que nous ne sommes plus en été ? Un frisson convulsif dérange Catherine. Elle ouvre les yeux, lentement, à contrecœur, un peu inquiète de ce qu'elle va découvrir. Le gros nuage gris a éteint le paysage comme une bougie que l'on souffle. Devant elle, il n'y a que le lac. Noir, calme, placide, comme figé sous une mince pellicule de glace. Tout n'était qu'illusion et fantôme d'un été déjà démodé. Le lac est triste, son eau, trop froide.

Catherine soupire. Elle n'est pas encore prête pour le long hiver silencieux. Elle a peur d'avoir froid. Peur de mourir de froid.

Alors, pour se rassurer, elle laisse revenir l'image de la vague. Juste un peu, délicatement, presque à son insu. Lentement, l'apparition se substitue au mirage du lac. Elle s'intensifie, s'impose, se fait réelle. Partir ! Un mot tout simple, mais qui promène sur son dos des bagages de soleil et des éclats de rire. Partir… Oh ! Ni loin, ni longtemps. Juste pour faire siens quelques jours d'été dans un subit et irrésistible besoin de faire provision d'un peu de chaleur… Ronde folle de ses idées, Catherine s'emballe probablement pour rien. Elle ne veut plus repousser le rêve, elle ne veut plus être réveillée. Ogunquit ! Station touristique du Maine à quelques heures de voiture de chez elle.

Mais, en ce moment, pour Catherine, c'est le bout du monde. Son bout du monde, sa halte de repos. Et comme la plage doit être belle en automne, délivrée de son trop plein de touristes !

« Et pourquoi pas ? Les deux grands peuvent facilement se passer de moi et Robert peut s'occuper d'Isa. Dans le fond, ils sont tous partis pendant le jour. Mon absence ne devrait pas peser bien lourd », pense-t-elle toute emballée.

Elle remonte aussitôt vers la maison, excitée, tentée. C'est une idée folle, imprévue, séduisante, une idée de celles dont elle n'arrive jamais à se débarrasser. Elle n'a jamais eu la sagesse de repousser les folies. Elle n'est pas Robert. Mais qui a dit qu'il fallait être sage tout le temps ?

Dans sa course, elle happe ses sacs d'épicerie, fonce à la cuisine. Ses mains sont déjà à l'œuvre, rapides, efficaces, victorieuses sur la routine. Elles agissent sans que Catherine ait vraiment besoin d'y penser.

Ranger, préparer, mesurer, couper, ajouter, peler, rouler. Les mains s'agitent pendant que la tête planifie. Et en pensée, elle fait un premier voyage à une vitesse folle entre ici et Ogunquit. Il lui faut tout prévoir, ne rien laisser au hasard. Les repas à cuisiner à l'avance, les lainages à sortir avant le départ, les prix abordables en cette période de l'année, le maillot de bain au cas où. Tout doit être prévu, listé, numéroté, étiqueté avant de le présenter à Robert. Tout, jusqu'au moindre détail. Elle connaît son homme.

Un « boum » sonore la ramène brutalement dans sa cuisine. La porte d'entrée s'est refermée avec fracas, éteignant soudainement l'écran de sa pensée.

Mercredi seize heures trente. Les enfants arrivent tous ensemble.

— Bonjour, maman ! Ça sent bon.

Quelques baisers à la volée, une galopade dans la cuisine, une incursion au réfrigérateur, « je meurs de faim », implore Michel. Puis les voilà repartis. Elle les entend rire devant le poste de télévision et elle sourit. Elle aime savoir ses enfants heureux dans leur maison. Un dernier coup d'œil au repas qui cuit. Et, tout à coup, plus rien d'autre à faire que d'attendre. Elle va à la fenêtre. Attendre que le temps passe, que le repas cuise, que Robert revienne. « Comment vais-je lui présenter mon projet de vacances ? » Elle se gratte la nuque, consulte la noirceur du lac, questionne les quelques reflets qui luisent à sa surface.

Curieusement, son enthousiasme vient de baisser d'un cran.

Six heures précises, Robert arrive. Comme tous les mercredis que chaque semaine amène. Catherine vient à lui pour le baiser dans le cou, puis un nez fureteur s'attarde au-dessus des chaudrons, et une satisfaction gourmande frémit dans la moustache. C'est le signal pour passer à table.

Chacun mange et raconte sa journée. Football de Michel, souris blanches d'Isabelle, copains de Josée, étudiants de Robert. Tous ont quelque chose à dire à maman qui écoute, sert, surveille et conseille. Elle, elle ne raconte jamais. Elle n'aurait rien à dire ou si peu. Ce qu'elle pourrait raconter, ils le savent déjà. Les courses, les repas, le rangement... Rien de bien intéressant, n'est-ce pas ? Alors, à la place, elle approuve, discute avec eux, argumente quand il le faut. C'est son rôle de mère et d'épouse, et elle y tient. C'est pourquoi, de la soupe au dessert, Catherine écoute en mangeant, en servant, en empilant la vaisselle sale. Ce soir, comme tous les autres soirs.

— Merci, maman. C'était bien bon.

Le souper est terminé. Par manque d'habitude, Catherine n'a rien dit. Pourtant ce soir, elle aurait eu quelque chose à dire, mais elle n'y a pas pensé.

Puis chacun se retire bruyamment. Course dans l'escalier, grondement du père lorsqu'une porte claque, pleurnichements d'Isabelle devant les devoirs à faire. Catherine en oublie son projet. Il n'y a plus de place pour lui. La mère en elle s'étire, grandit, prend tout l'espace disponible dans le cœur et la tête.

C'est la folie de l'après-souper.

Digestion reléguée aux oubliettes, elle se multiplie pour tous les siens. Vaisselle, conseils pour les leçons, bain d'Isabelle, histoire pour Isabelle. Il ne reste même pas un instant pour reprendre son souffle.

— Maman ? Peux-tu venir un instant ? Il y a ce mot que je ne comprends pas.

— Maman ? Où est mon chemisier neuf ? Demain, on a une sortie avec la classe et je veux le mettre.

Puis, tout aussi vite que l'ouragan s'est levé, le vent tombe. C'est le calme après la tourmente et la maison s'enfonce dans un silence agréable, soutenu par le crépitement de la flambée que Robert a allumée. Isabelle dort, Josée a repassé sa chemise et Michel a miraculeusement terminé sa version latine. Avec un peu de chance, la mère aura le droit de se reposer jusqu'à demain…

C'est ce que Catherine souhaite, en redescendant l'escalier pour venir au salon. Enfin, elle peut repenser à son voyage. Le feu craque, siffle, pète d'une chaleur confortable. Bruit d'une maisonnée qui se détend, qui se prépare au repos, au sommeil. Catherine a le cœur frémissant. Il est si rare qu'elle ait quelque chose à demander. Saura-t-elle dire les mots qu'il faut ? Ceux qui convainquent, comme sait en employer Robert. Elle s'arrête sur le seuil de la porte. Josée lit, Robert corrige. Ce n'est pas le moment de les interrompre.

Nerveusement, elle range quelques revues, porte une paire de souliers dans l'escalier pour les monter plus tard, revient, prend le livre abandonné la veille quand Robert...

Personne ne semble s'apercevoir de sa présence. Elle referme le bouquin d'un geste sec. Comment lire quand on a la tête à des lieues de son corps, l'esprit embobiné autour d'une idée fixe ? Elle soupire, en jetant un regard autour d'elle. Josée lit, Robert corrige. Elle vient à la cuisine pour prendre un peu d'avance.

En deux heures, une sauce à spaghetti, un ragoût d'agneau et une planification soignée. Il ne lui reste plus qu'à annoncer la nouvelle et voir ce qu'on en pense. « Pourvu qu'il soit d'accord ! » Dans le salon, la vie a repris. La voix de Robert répond à celle de Josée. Il semble que l'instant soit venu de les rejoindre. Elle s'amène d'un air conquérant, le cœur battant au rythme de ses pas.

— Fini, mon amour ?

Robert est déjà installé devant la télé. Il est d'excellente humeur ! Pour une fois, il a réussi à terminer l'ouvrage rapporté de la faculté. Il fait un long sourire à Catherine avant de lui répondre.

— Oui. Cela suffit pour ce soir.

Catherine, gênée sans trop savoir pourquoi, est restée dans l'embrasure de la porte. Josée, après un bref mouvement des yeux, s'est plongée à nouveau dans sa lecture.

— Et toi, Josée. Tu ne montes pas ? Il est tard, tu sais.

Un instant d'étonnement surplombe le salon. Depuis quand sa mère lui a-t-elle rappelé l'heure du coucher ? Elle hésite, puis hausse les épaules.

— Ben… J'aimerais terminer ma lecture. J'ai presque fini. On est si bien près du feu.

Que peut-on répondre à cela ? À dix-huit ans, Josée n'est plus une enfant qu'on envoie au lit à heure fixe. Catherine hausse les épaules à son tour. Tant pis. Elle parlera quand même. Robert lui fait signe de le rejoindre.

— Laisse Josée. Elle est assez grande pour savoir ce qu'elle a à faire. Viens plutôt ici. Quelques instants de détente ne nous ferons aucun mal. On n'a pas arrêté depuis le souper. Que faisais-tu à la cuisine ? Il est rare que tu y passes la soirée.

Merveilleux ! Sans même s'en douter, Robert lui offre la chance de parler. Mais Catherine reste silencieuse. Les mots ne viennent pas. Elle ne sait trop comment s'y prendre. Elle se sent hésitante.

— Je… J'ai pris un peu d'avance.

Pauvre phrase imbécile qui ne dit rien du tout. D'un seul coup, sans comprendre ce qui lui arrive, Catherine est intimidée devant Robert. Que va-t-il dire ? Ne va-t-il pas rire comme devant une bonne blague ? Bêtement, elle a l'impression que ce qu'elle a si soigneusement préparé n'est plus qu'une farce. Lentement, elle vient vers lui, s'assoit tout contre son mari, met une main sur son genou. Robert lui jette un sourire attendri et entoure ses épaules d'un bras protecteur. C'est lui qui brise le silence.

— Dis, Catherine, si on allait au restaurant samedi ? Question de prolonger la célébration de ton anniversaire.

L'intonation douce et amoureuse de la voix de Robert déclenche le courage de Catherine. Elle lève franchement les yeux vers lui, toute anxiété disparue.

— Justement… Je suis heureuse que tu m'en parles. Cette année il y a autre chose qui me plairait davantage.

— Ah oui ? Allez-y madame ! Vos désirs sont des ordres.

Une pointe de moquerie gonfle la moustache, traverse le regard amusé de Robert. Il lui trouve un air de petite fille qui se prend au sérieux. Maintenant lancée, Catherine est intarissable.

— Vois-tu, cette année, j'ai pensé à m'offrir de petites vacances. Oh, ne t'inquiète pas ! Rien de dispendieux. Seulement quelques jours à Ogunquit. Parce que, tu admettras avec moi, que le yacht, ce n'est pas moi qui en abuse. Tu sais comme je déteste ces engins bruyants. Alors l'idée de m'offrir des vacances m'est venue en…

Tout y passe. Agence de voyages, vague tentante, hôtel sûrement abordable en cette période de l'année, repos bien mérité… Elle se veut convaincante, y met toute son ardeur. Robert ne l'interrompt pas.

Seulement, il a retiré son bras de ses épaules. Il ne comprend pas.

« Pourquoi a-t-elle envie de partir seule », songe-t-il attristé. À part quelques voyages d'étude qu'il doit faire à l'occasion, jamais ils ne sont partis l'un sans l'autre. Sans trop savoir pourquoi, il ne veut pas qu'elle parte. Il se donne raison en se disant qu'il ne le ferait sûrement pas. Partir seule ! Et pourquoi, je vous le demande ! Une idée comme seule Catherine peut en avoir. Il se frotte longuement le visage de la main. Le temps de reprendre contenance, de trouver les mots pour lui dire de rester. Quand Catherine le voit se prendre le visage à deux mains, elle sait qu'il est contrarié. On ne vit pas avec quelqu'un pendant vingt ans sans en connaître les tics et les manies. Une grosse boule lui bloque la gorge.

Fidèle à lui-même, Robert a canalisé sa première réaction. Le vibrant orateur qu'il est ne sait pas parler d'émotion. Il ne laissera rien paraître de cette crainte inexpliquée. Elle est rangée dans le tiroir de la pudeur. Avec précaution, il recrute ses arguments dans le camp de la raison.

— Ma pauvre Catherine... Je ne vois pas comment on pourrait s'organiser. Isa est si petite encore. Et puis, tu sais comme moi tout l'ouvrage qu'il y a dans une maison. Les repas, le lavage... Vraiment, sans toi, je ne vois pas comment je pourrais m'en tirer.

Argumentation facile qui coule dans un sourire contrit, habillant avec élégance cette peur subite qu'il a de la voir partir. Mais Catherine, tout à la joie d'entendre ses raisons, ne devine rien. Si ce n'est que cela qui l'agace, la partie est gagnée.

— Voyons, Robert ! Croyais-tu sincèrement que je voulais m'en aller en vous abandonnant à votre sort ? Qu'est-ce que tu penses ? Tous les repas seront prêts à l'avance et Josée n'aura qu'à les réchauffer. Pour Isabelle, je vais demander qu'on l'inscrive à l'étude après la classe et tu pourras la prendre avant de rentrer. Et pour ce qui est des lavages, je vais y voir juste à la veille de mon départ et tu n'auras pas à t'en occuper. Dans le fond, la seule chose qui va te demander un certain effort, c'est le coucher d'Isabelle. Mais, encore là, ce n'est pas une gamine de six ans qui devrait te faire peur. Après tout, c'est aussi ta fille.

Comment peut-il réfuter tout cela ? Même Catherine, maintenant, est convaincue que son projet est fort réalisable. Elle se permet donc de surenchérir.

— Je te le dis. C'est à peine si vous allez vous apercevoir de mon absence.

Les mots de Catherine dépassent l'entendement de Robert sur la situation. Il se répète qu'elle ne peut avoir envie de partir sans lui. Comme il ne le ferait pas. Son entêtement à toujours avoir raison revient à la charge.

— Malgré tout ce que tu viens de me dire, je persiste à croire que c'est risqué… Pas pour nous, comprends-moi bien. Mais pour toi ! C'est imprudent, une femme seule sur les routes ! Que ferais-tu si… si tu avais une crevaison, tiens ! C'est à peine si tu dis deux mots anglais. Non, crois-moi. C'est le bon sens qui parle. Il vaut mieux oublier cette idée.

Il n'a aucun remords. De toute évidence, il a raison. Il a même réussi à se convaincre de sa bonne foi. Il attend un signe de reconnaissance, un geste de compréhension. Catherine ne peut faire autrement qu'admettre qu'il a raison. Ce n'était qu'une idée en l'air. Dans un instant, ils vont en rire ensemble.

Pourtant la complicité tarde à se manifester. Catherine use de ses silences comme lui de ses mots creux. La tension s'installe, s'incruste, ternit la sincérité de Robert. Et Catherine qui ne dit toujours rien ! Agacement. La moustache commence à se hérisser, les ailes du nez à battre de mauvaise humeur. Pourtant, ce qu'il perçoit comme une provocation n'est que l'expression de sa tristesse et de son bouleversement. « Une crevaison ? La belle affaire ! Je ne suis ni idiote, ni gâteuse que je sache. Je saurais sûrement me débrouiller. » Cela, elle le sait, tout comme lui. Mais ils ne sont pas sur la même longueur d'ondes. Catherine le ressent jusqu'au fond d'elle-même. Lancinante constatation qui lui laisse un grand vide dans l'esprit. Alors, au lieu des quelques mots de reconnaissance que l'on attend, ce sont quelques larmes qui paraissent. Robert a un premier geste d'impatience. Puis la tendresse le gagne et il admet qu'elle puisse être déçue.

— Ma chérie, pourquoi une telle déception ? Tu ne trouves pas qu'elle est démesurée ? Nous aurons sûrement bien d'autres occasions de nous offrir des voyages… Tiens ! J'ai une idée. Si on remplaçait les vacances par autre chose ? N'importe quoi. C'est toi qui décides. Une robe, un bijou ?

Tentative de réconciliation malhabile, mais sincère. Pourtant Catherine ne perçoit que la voix d'un père pour qui l'affection passe par l'autorité. Il y a comme une injustice entre eux, une démesure. Pourquoi se voit-elle obligée de quémander, d'insister ? La proposition de Robert a le goût du bonbon que l'on offre pour faire oublier la permission refusée. Elle est insultée. Que ne donnerait-elle pas pour se lever vibrante de l'indignation qu'elle ressent au plus profond de son être ? Mais Catherine est une femme de paix. Elle détourne son regard silencieusement pour mettre un peu d'ordre dans ses émotions. Apprivoiser sa colère pour mieux la faire comprendre.

— Allons bon ! Voilà que tu m'en veux, s'emporte Robert. Mais comprends donc que c'est uniquement pour toi que je parle ainsi. C'est ta cause que je plaide. Tu ne sembles pas t'en rendre compte.

— Mais oui, je saisis très bien le pourquoi de tes interventions. Mais je ne vois pas où tu veux en venir. Il… Il ne me semblait pas demander quelque chose d'impossible.

Ultime effort qui tombe dans le vide. Robert a son sourire de conquérant.

— Impossible ! Qu'est-ce que c'est que cette manie de sortir les grands mots ? Mais non, ce n'est pas impossible. Je le sais aussi bien que toi. Tout est possible ! Même se jeter en bas d'un pont. Ça ne veut pas dire que ce soit intelligent… Essaie donc, à ton tour, de faire un effort de compréhension. S'il t'arrivait quoi que ce soit, Cathy, je m'en voudrais terriblement…

Cathy… Elle a un drôle de sourire, une amertume qui lui maquille la bouche, la fait se clore hermétiquement. « Au fond, se dit-elle, ce n'était que dialogue de sourds. »

Comme d'habitude, Robert a trouvé les mots pour donner son opinion jusqu'au bout. Comment pourrait-il en être autrement ? Tout le monde sait très bien que Robert manie le verbe avec élégance. Il pourrait affirmer ce qu'il désire, il y aurait toujours quelqu'un pour l'écouter. Alors, puisqu'il semble qu'on n'en sortira jamais et qu'il faille à tout prix un vainqueur, elle se répète qu'il a probablement raison. Elle renifle ses dernières larmes. Tant pis ! Ce n'était qu'un beau rêve. Le mirage d'une journée d'automne qui ressemblait un peu trop à l'été. Elle lève un regard triste, accueilli par un frémissement de la moustache. « Demain, on n'y pensera plus », songe-t-il enfin, rassuré.

Mais une oreille attentive s'est glissée dans l'arène de leur discussion. Un arbitre qui trouve que la victoire de son père sent trop la tricherie. Quand elle comprend que sa mère a encore abdiqué, elle se décide à intervenir. Elles ne seront pas trop de deux pour faire changer l'avis de cet homme inflexible qu'est son père. Profitant du silence, elle se met à parler.

— Je m'excuse… Mais je ne comprends pas, papa. Que veux-tu qu'il arrive ? Moi, au contraire, je trouve que maman a une très bonne idée. S'il y en a une qui les mérite ces vacances, c'est bien elle !

La bataille est engagée ! Josée sait comment affronter Robert. Elle manie la parole aussi bien que lui. Il s'est retourné vers elle, aux premiers mots qu'elle a prononcés, ses narines frémissantes humant la discussion qui se prépare. Un échange virulent comme ils en ont souvent. Il les aime, s'amuse même à les provoquer. Il sait qu'il a un faible pour son aînée, mais cela ne fait que rajouter au plaisir. Il a un sourire moqueur quand il la voit venir vers lui.

— Il me semblait aussi… Ainsi donc, tu trouves que ta mère a une bonne idée ? Je suppose que c'est toi qui voleras à son secours s'il lui arrivait quelque chose ?

Mais le stratagème ne prend pas avec Josée. Elle sent la justification à plein nez.

— Que veux-tu qu'il arrive ? Tu es alarmiste, mon pauvre papa ! Dirais-tu la même chose si Madeleine t'annonçait son intention de partir ? Oserais-tu lui affirmer que c'est dangereux ? Elle te rirait au nez et elle aurait bien raison de le faire.

Un petit rire rapide, contrarié qu'elle mêle l'amie à la conversation. Josée s'aventure en pays qu'elle ne connaît pas. Madeleine ce n'est pas une femme comme les autres. Madeleine, c'est… Madeleine c'est… Eh bien, Madeleine c'est Madeleine. Un point c'est tout. Et Josée semble l'oublier. Robert se fait un plaisir de le lui rappeler.

— Mais tu mélanges tout, ma pauvre fille. Madeleine, ce n'est pas pareil.

— Ah, non ? Alors là, je ne comprends plus rien. Il faudrait peut-être que tu m'expliques.

Le ton monte. Elle est inflexible, soutient farouchement le regard de son père. Le temps qu'il faudra pour qu'il admette son injustice. Robert hausse les épaules en exagérant son rire.

— Ma parole, Josée ! Tu es montée sur tes grands chevaux. Il va falloir en redescendre si tu veux qu'on s'entende. C'est pourtant bien facile à comprendre et je suis surpris d'avoir à fournir des explications. Tu n'as jamais pensé que Madeleine est une femme qui vit seule, qu'elle a toujours eu à se battre. Cela explique bien des choses, tu ne crois pas ? Mais ce n'est pas le cas de ta mère. Elle ne sait pas ce que c'est que de se débrouiller toute seule, sans l'aide de qui que ce soit.

Josée a un regard d'excuse pour celle dont il ose parler si cavalièrement. Elle échappe un malencontreux « à qui la faute ? » aussitôt regretté. Son père s'enflamme, mettant colère et énervement sur le dos de l'impertinence.

— Minute, papillon ! Je n'aime pas du tout le ton que tu emploies. Tu vas retirer tes paroles. Si notre vie est ainsi faite, ma fille, c'est que nous l'avons choisie ainsi, et cela ne te regarde pas. Ton opinion n'y changera rien. Ta mère, elle, sait très bien ce que je veux dire. Comme elle sait, aussi, qu'elle est libre d'agir à sa guise.

— En es-tu si certain ? Regarde les choses en face, veux-tu ? Moi, au contraire, je suis sûre qu'elle meurt d'envie de faire ce petit voyage et que c'est uniquement pour éviter une discussion interminable et pénible qu'elle dit comme toi. Si tu essayais seulement de te mettre à sa place, tu comprendrais peut-être !

— C'est exactement ce que je fais, me mettre à sa place. Je ne voudrais…

— Ce n'est pas vrai, interrompt Josée, l'œil brillant de colère. Je sais que tu te trompes.

— Mais je viens de te le dire on ne peut plus clairement : ta mère est libre d'agir comme elle l'entend. Quand est-ce que je lui ai dicté la conduite à suivre ? Je ne lui ai donné que mon opinion, rien de plus.

Josée se tait. La discussion prend des proportions qui la dépassent. Trop d'impondérables lui échappent. Ce n'est plus à elle de répondre. Un silence électrique traverse le salon, picosse Catherine au passage. Elle sait qu'on attend un geste, un mouvement de sa part. Elle a la sensation d'être au banc des accusés sans savoir de quoi elle est coupable. Nerveusement, elle tire sur un pli de sa jupe. Sa tête est vide, obstinément vide, et Catherine a l'impression qu'elle virevolte dans le salon sans trop savoir où se poser.

Le silence persiste.

Robert y voit une accusation de plus, alors il se rebiffe aussitôt.

— Qu'est-ce que c'est que cette attaque ? Je n'ai rien fait, moi ! Allons Catherine, parle ! Dis-lui, toi, que tu es d'accord avec moi.

Catherine a un regard de bonté qui frôle la méchanceté. « Tiens, il s'aperçoit que j'existe. » Va-t-elle tuer le veau gras ou éteindre le feu dans ses tisons ? La fille ou le père ? Elle est sarcastique comme jamais.

— C'est trop gentil de me permettre d'exprimer mon opinion. Je commençais à trouver la soirée ennuyante. J'ai même failli monter me coucher.

Le silence revient, chatouillant les esprits soudainement susceptibles. Pour une fois, Catherine n'a pas envie de lâcher le morceau. On veut son idée ? Eh bien, on va l'avoir !

— La seule chose que je pourrais déplorer, c'est que ce soit devenu un débat public. C'est dommage. Mais là, je coiffe le chapeau. Je n'avais qu'à attendre. Je sais reconnaître mes erreurs… Pour ce qui est de la réponse que tu attends, Robert, je dirai seulement que tes objections ont une certaine valeur.

Provocation du regard de Robert qui se tourne instantanément vers Josée.

— Tu vois bien, lance-t-il, narquois.

Mais Catherine n'a pas fini.

— Oui, Robert, je respecte ton opinion, confirme-t-elle en haussant le ton. Tu as le droit de penser ce que tu veux. Mais je ne partage pas tes craintes. C'est Josée qui a raison. Oui, j'ai follement envie de faire ce voyage. Malheureusement, et je dis bien malheureusement, je ne suis pas prête à le faire à n'importe quel prix.

Le sourire de Robert a fondu. Décontenancé, pris au piège de sa propre arrogance, il pose sur sa femme un regard dubitatif. Où est cette sagesse qu'il lui a toujours reconnue ? Il oscille, un instant, entre une sainte colère et une rémission de bon aloi. Puis, d'un éclat de rire, il clôt la discussion. Il aura au moins la dernière réplique.

— Sacrée Josée ! D'accord, j'admets que tu as eu plus de flair que moi. Il faudra que j'apprenne à me méfier. Avec deux femmes dans la maison, cela va singulièrement compliquer les choses. Mais je ne t'en veux pas. Tu as bien fait… Allons, sèche tes larmes, Catherine. Pars si tu en as aussi envie que ça. Ce n'est pas moi qui vais te retenir, si c'est pour te faire de la peine.

Permission accordée qui passe par-dessus la tête de Catherine sans vraiment la toucher. Robert n'a d'yeux que pour sa fille. Il est bêtement fier d'elle. Entre eux, se glisse une évidente complicité d'où Catherine se sent exclue. Elle demeure aux abois, blessure de l'amour-propre qui ne veut pas se cicatriser. Est-ce par jalousie ou par besoin de se défendre qu'elle se hâte d'ajouter :

— Tu vois bien, Robert, que tu es le seul à voir des objections là où il n'y en a pas.

Parole provocante, inutile, qu'elle regrette en la prononçant. Une brusque froideur la reçoit.

— Voilà que tu divagues encore, lance-t-il furieux. Ne viens plus me demander mon avis si tu as décidé à l'avance de ne pas en tenir compte. Tu n'avais qu'à être plus précise et on n'en serait pas là !

Il se retire sur ces mots, monte à sa chambre. Une porte claque. Alors Catherine devient méchante à son tour. Envers lui, envers elle, envers tout. Elle malmène les coussins du divan, bouscule la grille du foyer.

— Voyons, maman ! Pourquoi te mettre dans un état pareil ? Tu sais bien que papa déteste avoir tort. Demain il n'y pensera même plus.

Catherine le sait et cela l'enrage de se le faire rappeler. Subitement, elle se met à en vouloir aussi à Josée d'avoir réussi là où elle avait échoué. Elle, la mère, l'épouse. Celle qui se doit, par convention, d'être de toutes les décisions, de tous les jugements. Une autre porte se fait entendre. « Il veut bouder ? Eh bien, qu'il boude ! »

Injustement, bêtement, toute la rancœur de Catherine s'abat sur Josée. Alors, elle grommelle entre ses dents.

— Toi, fous-moi la paix. Mes humeurs ne regardent que moi.

Manifestation combien inhabituelle d'une agressivité qui sonne faux dans sa bouche. Toute sa colère s'envole dans ces quelques mots.

— Pardonne-moi, Josée. Je ne voulais pas... C'est sûrement toute cette discussion qui m'a énervée.

Josée a un sourire indulgent. Fille de Robert par la parole, elle est celle de Catherine par le cœur. Elle ne connaît pas la signification du mot rancune.

— Ce n'est pas bien grave, tout ça. Ça ne fait que prouver que tu en as besoin de ces vacances.

Un baiser sur la joue de sa mère, une moue câline et un long bâillement. Elle éclate de rire.

— Ouais, c'est bien beau les vacances, mais ce n'est pas moi qui vais partir... Je suis fatiguée. Je monte. Bonne nuit maman ! Fais de beaux rêves.

Josée quitte le salon sur une pirouette, sur un éclat de sa longue chevelure blonde.

Le craquement d'une planche dans l'escalier, puis Josée disparaît. Sa dernière phrase roucoule encore aux oreilles de Catherine. « Fais de beaux rêves ! » Ses premiers mots, ou presque. Le rite inchangé de tous les soirs. Catherine se dit qu'elle ne manifeste pas assez son amour à ses deux grands. La poussière de la routine ternit la tendresse qui existe entre elle et eux. Alors elle se dit qu'on tient trop souvent pour acquis ces choses si importantes.

Un tuyau glougloute, un tiroir s'ouvre et se referme.

— En montant, j'irai l'embrasser, murmure-t-elle en venant à la cuisine.

Un peu de rangement, puis elle monte à son tour.

Malheureusement, Josée dort déjà profondément. Catherine est déçue. Une mélodie de souffles profonds et réguliers l'accompagne jusqu'à sa chambre. Elle se retourne un instant et lance un baiser dans le couloir, du bout des doigts.

— Bonne nuit, mes amours ! Faites de beaux rêves, murmure-t-elle.

Puis elle entre silencieusement dans sa chambre. Toutes les lumières sont éteintes. Seule une clarté blafarde délimite les meubles à cause d'une lune indiscrète se vautrant dans son lit aux côtés de son mari qui lui tourne le dos. Dort-il ou ne manifeste-t-il qu'une persistante bouderie ? Une subite envie de lui reparler s'empare de Catherine. Jamais elle ne pourra s'endormir sans sa compréhension, une entente entre eux. Elle se change à gestes feutrés et vient près de lui. Elle remonte les couvertures, s'approche lentement. Un grognement, puis Robert consent à se retourner. Mais aussitôt, un ronflement avorte le baiser que Catherine voulait lui donner. De tristesse, elle se fait toute petite dans son coin. Comment a-t-il pu s'endormir ainsi sur une chicane, sur une amertume ? N'était-il pas triste lui aussi ? Elle se retourne contre le mur.

Oui, elle va partir, mais ce n'est plus par envie. L'unique besoin de prouver qu'elle aussi peut tenir à ses idées guide sa décision. « Dérisoire », pense-t-elle en s'efforçant de ravaler ses larmes. Elle ne comprend plus sa vie. Elle se concentre à ne pas pleurer. Elle renifle presque de dépit, puis la tristesse pure et dure revient. « Comment se fait-il que ma vie ne soit plus qu'une succession de déceptions ? » Un soupir lui répond. Le sien. Puis elle s'oblige à ne plus penser.

Quand elle s'endort enfin, la lune a déjà tourné le coin de la maison. Elle fouine avec intérêt dans le salon à la recherche d'un indice qui pourrait répondre à la question de Catherine.

4

Lundi matin. Sous un ciel obstinément gris et boudeur, une autre semaine commence. Pétarades d'autobus scolaires, querelles pour la douche, bourdonnements du déjeuner, claquements de portes, vociférations de Robert. Puis, subitement, plus rien. Tout le monde est parti.

Il est neuf heures et pourtant la laveuse oublie de laver et l'aspirateur d'aspirer. Stupéfaite, la maison en oublie de craquer, tandis qu'à la cuisine, Catherine se prépare un goûter pour la route.

Ce matin, elle part en voyage.

Incapable de se résoudre à passer la porte pour de bon, elle remonte à l'étage pour une dernière inspection. Afin de justifier son anxiété, elle se redit que c'est la première fois qu'elle part seule. Un curieux pincement lui dérange l'estomac.

Dans la chambre de Michel règne un fouillis de feuilles éparpillées, maculées de calculs savants. Catherine se souvient que c'est un jour d'examen pour lui.

« Et dire que je ne serai pas là pour l'accueillir ! »

Elle s'en fait presque un reproche. Impulsivement, elle prend un papier vierge, y jette quelques mots fous, de ceux qu'on emploie quand on aime. Puis elle couche son petit message sur l'oreiller. « Il va sûrement rigoler », songe-t-elle en ressortant de la pièce. Mais tant pis s'il se moque un peu d'elle. C'est une merveilleuse contrepartie à ses scrupules, à ses remords.

Chez Josée, c'est impeccable. Comme pour confirmer à sa mère qu'elle peut compter sur elle. Josée, sa fille, son amie, sa sœur…

— Ma grande, murmure-t-elle en replaçant un crayon à maquillage. La prochaine fois, c'est ensemble que nous partirons.

Sur le bureau d'Isabelle, six piles de linge attendent le réveil des six matins où elle sera absente. Elle les revérifie, ajoute un chandail chaud, deux paires de bas. Elle revoit le petit sourire mouillé du déjeuner, entend encore le timide souhait de bon voyage. « Ma puce… » Un ridicule sanglot lui râpe la gorge. Elle se penche pour attraper Clémentine, la poupée préférée, qui joue à cache-cache sous le couvre-lit. Clémentine, c'est un peu Isabelle. Avant de la déposer sur l'oreiller, elle lui donne un baiser.

À sa chambre, aucune dernière visite. Simplement une pensée pour Robert. Elle part pour une semaine et lui, il n'a rien dit, rien fait de spécial. Baiser dans le cou, journal et café. « Bonjour, ma chérie. Bonne journée et sois prudente. » Arrogance, rancune ou sincérité ? Seul le dernier baiser avait été un peu plus soutenu. Catherine hausse les épaules, pis elle redescend.

En prenant sa valise, elle se dit que Robert serait content si elle avait un accident. « Tu vois ! Je te l'avais bien dit ! »

Il aime tellement avoir raison. Oui, finalement, c'est une bonne chose qu'elle parte. Une semaine pour réapprendre l'ennui d'une personne. Le goût doux-amer de l'ennui... En refermant la porte derrière elle, Catherine imagine déjà ce que sera son retour.

Route de la Beauce, grise et sinueuse qu'elle trouve jolie quand même, sous ce ciel d'ardoise. En ce moment, c'est le chemin des vacances, alors au diable les nuages !

Lentement, de soupirs en sourires, elle arrive à se détendre. « Non mais ! Est-ce possible ? Est-ce bien moi qui pars ainsi ? »

Catherine a l'envie un peu folle de se pincer pour être certaine qu'elle ne rêve pas, puis elle éclate de rire. Oui, peut-être bien qu'elle est dans un rêve.

Puis, sans raison, elle pense à Madeleine. À cette heure-ci, son amie doit être aux prises avec une centaine d'étudiants plus ou moins intéressés à ses enseignements. Catherine se dit alors qu'elle ne changerait pas de place avec elle. Même pour une fortune. « Enfin un point où je n'aurai plus à l'envier. Moi aussi je pars. »

Puis elle oublie Madeleine.

— Yahououou...

Un grand cri de joie la libère de ses ultimes tensions. Elle a l'impression de faire une fugue et elle admet, en riant, qu'elle adore cela. Il ne reste plus qu'à souhaiter qu'il n'arrive rien de fâcheux, ni ici, ni à la maison. En arrêtant à un feu rouge elle se dit que, pour une fois, Robert s'est sûrement trompé.

— Ça doit bien arriver qu'il se trompe, lui aussi.

En redémarrant au feu vert, Catherine ne pense plus qu'à elle.

La petite auto bleue vient de franchir la frontière. Elle est maintenant en sol américain. Une démarcation invisible entre chez elle et ailleurs, entre la routine et la liberté. Un pas de géant pour Catherine. Le ciel se déchire et le soleil se darde sur sa voiture. Elle y voit un signe de bienvenue, un heureux présage. La route file devant comme derrière, ruban sinueux entourant un cadeau inattendu aux folles couleurs de l'automne. Toutes les appréhensions de la mère et de l'épouse plongent les unes après les autres dans la rivière Kenebec. En atteignant l'autoroute, Catherine se dit que la vie est tout simplement merveilleuse.

Il n'y a pas eu de crevaison ni de panne d'aucune sorte. L'hôtel où elle est descendue est presque vide et les chambres face à la mer sont d'un prix dérisoire. Que pourrait-elle demander de plus ? Catherine s'installe sans plus tarder.

Elle a laissé la porte-fenêtre entrouverte. Malgré l'heure tardive, l'air a encore des tiédeurs qui font penser à l'été. Les bras chargés d'articles de toilette, elle s'arrête un instant. Son regard survole la plage, une vague, l'océan tout entier, et vient buter sur un ciel parfait. L'horizon est sans limite et le paysage se confond dans tous les tons de bleu. La plainte des goélands la courtise jusque dans sa chambre et la fait se retourner vivement.

— Vite les bagages, lance-t-elle à sa valise qui bâille d'avoir trop mangé. J'ai hâte d'être dehors.

En moins de quinze minutes, la malle a repris sa fine taille et se retrouve au fond du placard pour un jeûne bien mérité d'une semaine. Dans la salle de bain, c'est sa brosse à dents qui trône sur le comptoir et, sur le lit, c'est sa robe de nuit qui prend ses aises. C'est confirmé : elle est ici chez elle. Un chez-soi différent, imprévu, fait exprès pour se reposer. Et, sur ce point, toute la famille était d'accord, Robert en tête.

— Eh bien, reposons-nous !

Agrippant son chandail au passage, Catherine se précipite sur la plage.

La pénombre commence à envahir la dune, estompe le paysage, dissimule la mer, ne laissant que la clameur de la vague. À l'ouest, une lueur orangée à peine tiède persiste. Madame Lefrançois regagne sa chambre en courant.

La soirée est encore toute jeune et la faim se fait sentir. Catherine est perplexe.

— Que faire d'une longue soirée qu'on peut occuper comme on l'entend ?

Plantée au beau milieu de la pièce, elle se gratte le crâne. Elle est embêtée, déroutée de n'avoir personne à consulter. Alors elle pouffe de rire en se jetant sur le lit. Elle s'étire, envoie valser ses souliers à travers la chambre.

— Vous êtes complètement folle, madame, clame-t-elle à son oreiller. Depuis le matin que vous vous gargarisez d'être enfin seule sans contrainte et voilà qu'à la toute première décision à prendre, vous aimeriez avoir quelqu'un vers qui vous tourner... Faudrait peut-être savoir ce que vous voulez !

D'un coup de reins, elle se rassoit, parlementant de plus belle.

— C'est sûrement le manque d'habitude... Tiens, je vais prendre comme règle de me consulter... Moi et moi ça fera deux !

Un formidable fou rire conclut son monologue. Un merveilleux rire d'indécence, comme en ont les écoliers qui font l'école buissonnière. Elle est subitement soulagée d'un grand poids. Elle vient de secouer les dernières tensions.

Finalement, elle décide de marcher jusqu'à Perkins Cove et de s'offrir un bon homard pour le souper.

— Ça va me faire un compagnon idéal, décrète-t-elle en se brossant les cheveux devant la glace.

La promenade est stimulante, faite d'un pas catégorique parce qu'accompagnée d'un vent du large pas chaud du tout. En maintenant sa cadence militaire, elle se dirige vers son restaurant préféré. C'est la première fois qu'elle vient ici sans le brouhaha des vacanciers, sans le meuglement des sirènes des bateaux de plaisance. Un peu comme si elle se promenait dans un décor de théâtre entre deux représentations. Des pêcheurs s'interpellent de l'autre côté de la baie, puis le silence revient. Un calme piquant soutenu par le murmure du vent et de la marée qui clapote contre les rochers et le quai. Quelques commerces ont posé les volets et le restaurant qu'elle aime tant est fermé lui aussi. Une grande déception s'empare de Catherine qui fait volte-face. Curieux comme on tient à ses habitudes, même en vacances.

— Illogique, constate-t-elle à voix basse en frissonnant.

C'est en remontant le col de sa veste qu'elle aperçoit une façade illuminée, où brille une bougie à la fenêtre. Attirée par cette promesse de chaleur, elle se met à courir vers un petit bistro typiquement français, nappes à carreaux et chaises cannelées à l'appui.

Deux ou trois regards se posent sur elle quand elle fait son entrée. Puis les conversations reprennent en sourdine. Sans hésitation, Catherine opte pour une table avec vue sur la mer.

Il fait nuit maintenant. Une nuit froide de lune cachée par de gros nimbus. De la mer, à quelques pieds plus bas, monte une bruine glaciale. Pourtant, elle n'a aucun frisson, elle, l'éternelle frileuse.

L'âtre sue en pétillant et les chandelles bavent sur leurs bouteilles vides. Elle est bien, confortablement assise. Elle se cale sur sa chaise en attendant l'apéritif qu'elle vient de commander.

— On se gâte ou on ne se gâte pas, conclut-elle en soupirant de contentement.

Elle a un sourire pour le serveur qui revient de derrière le bar, apportant un énorme ballon rempli d'un breuvage rose et mousseux. *Love cocktail* qu'ils appellent cela. C'est frais et léger. D'un signe de tête Catherine donne son appréciation, puis le serveur se retire à la cuisine. Alors elle s'applique à siroter ce liquide au goût de limonade. Un peu comme celle qu'elle prépare en été avec de gros citrons juteux et dont les enfants raffolent.

Les enfants…

D'un bond, la mère se retrouve dans sa cuisine, surveillant le repas du coin de l'œil. « Que font-ils à cette heure-ci ? Ont-ils bien mangé ? » L'énormité de la question la fait sourire. Non, vraiment, elle n'a pas à s'en faire à ce sujet. « Comme je les connais, ils sont capables de bouffer en deux jours ce que j'ai laissé pour toute la semaine. » Constatation qui lui dessine une moue. Cette familiarité des choses qui fait qu'on n'a pas besoin de voir pour savoir.

Mais Catherine n'est pas venue ici pour pour contrôler la maisonnée à distance. Alors, elle ferme les yeux dans l'espoir de chasser l'image de sa maison. Pourtant la vision persiste et, sur l'écran de sa pensée, ne défilent que brassées de lavage, restes de rôtis à apprêter, bobos à panser, lits à changer… « Est-ce là l'essentiel de ma vie ? » songe-t-elle avec effroi, trouvant dérisoire d'attacher de l'importance à des choses aussi insignifiantes.

Pendant un instant, elle se raccroche à la bouée du « Comment-pourrait-il-en-être-autrement ? » C'est sécurisant de se dire qu'on ne peut rien changer. C'est la justification facile, sans contrainte, sans responsabilité. Pourtant, c'est en frissonnant qu'elle entend les « Voyons donc Catherine ! » et les « Tu vois bien que tu divagues ! » Un vertige qui tourbillonne en elle… Enfants à laver, linge à laver, planchers à laver. Toute une vie au milieu de petites choses. Jour après jour, semaine après semaine, année après année. Écouter, conseiller, consoler, aimer, aimer, aimer… « Ne serais-je qu'une superficielle qui s'acharne au nom de l'amour ? »

Le cri lugubre de la corne de brume d'un bateau rentrant au port la fait sursauter. Elle regarde autour d'elle, surprise de se voir là, déracinée de son milieu naturel. Puis, elle reconnaît les nappes à carreaux et les bougies baveuses. L'âtre crépite toujours et l'enveloppe de sa chaleur chuintante. Alors Catherine sent monter en elle un formidable fou rire. « Non, mais, faut le faire ! Partir d'un pot de limonade pour se remettre en question… Il n'y a que moi pour passer du coq à l'âne avec autant de suite logique. »

Elle se réconcilie avec elle-même dans un sourire. Sagesse de ne pas tenter de trop s'analyser. On a dit qu'elle était ici pour se reposer et c'est bien ce qu'elle a l'intention de faire. « Je ne vais tout de même pas commencer à m'inquiéter à distance. Je le fais assez à longueur d'année ». En se forçant un peu, elle arrive à se concentrer sur les tiraillements de son estomac. « C'est bien d'un homard que nous avions parlé ? » Sur ce, avec détermination, elle se penche sur le menu.

Le chemin du retour est encore plus long qu'à l'aller. Il fait de plus en plus froid. Et comme le Trolley Bus a décidé de s'offrir des vacances, lui aussi, pendant la saison morte, elle doit marcher les quelques milles qui la séparent de son hôtel.

En passant devant le terrain de stationnement, son auto lui fait un drôle de sourire chromé. Un peu comme ceux de Robert quand il se moque d'elle. Elle prend le parti d'en rire. Elle se charge même de se gourmander puisqu'il n'y a personne d'autre pour le faire. « Ça a parfois du bon d'être quelqu'un de réfléchi, hein, madame Lefrançois ? »

Arrivée à la porte de sa chambre, elle se bat avec des clés on ne peut plus récalcitrantes et une serrure butée. Un long frisson la mène directement à la salle de bain.

— Vite de l'eau chaude, ordonne-t-elle au robinet qui s'entête à ne lui verser sur le dos que de l'eau tiède. Pourvu que je n'attrape pas la grippe !

Longtemps, elle laisse l'eau enfin chaude, calmer ses frissons.

En glissant entre les draps frais contre sa peau brûlante, elle ne peut s'empêcher de soupirer de plaisir. C'est grand un lit quand on s'y retrouve seule ! Elle s'étire dans tous les sens, empile les oreillers. Puis, une vieille habitude de jeunesse lui revient spontanément, et avec un plaisir indicible, elle se couche en diagonale. « Tiens, demain je vais écrire à maman ! Elle va en faire une tête quand elle va savoir que je suis ici... Je crois que je vais m'endormir très vite. Très, très vi... »

Le soleil est levé depuis quelque temps déjà. Depuis un bon moment, même. Habitué à la compagnie matinale de Catherine, il s'amuse à lécher le pied de son lit. Devant son absence de réaction, il remonte tout doucement jusqu'à son visage. Puis, il se décide et maintenant la chatouille sans vergogne. Elle est en retard, il faut qu'elle se lève ! Agacée, Catherine émerge des brumes du sommeil. Une grimace d'impatience, un soupir paresseux, puis elle ouvre précipitamment les yeux. « Merde, le cadran n'a pas... »

La mémoire lui revient brusquement.

Mais non ! Il n'y aura pas de cadran ce matin. Ni demain, ni après... Elle s'étire de satisfaction, bâille et s'étire encore. Puis elle sourit au flot lumineux qui a envahi sa chambre. Machinalement, elle tend le bras pour prendre sa montre. D'un bond, elle est debout.

— Quoi ? Déjà onze heures !

Elle vient de comprendre sa forme superbe. D'une galopade, elle est sur le balcon.

Il fait une journée de soleil éclatant, de diamants sur la mer et de sable qui brille. Une journée toute en lumière blanche et en sable qui poudroie sur la plage. Une journée belle comme l'été, mais froide comme l'automne. Un peu surprise, Catherine revient en courant jusque dans sa chambre.

— Soleil, peut-être, confie-t-elle à ses pantoufles, mais pas chaud du tout.

Peu lui importe. Elle a tout prévu. Du maillot de bain aux mitaines, à tout hasard.

— Aujourd'hui ce sera jour de promenade, décrète-t-elle en enfilant son gros chandail. Mais avant, déjeuner !

Elle meurt encore de faim. Pourtant, d'habitude, elle mange peu Catherine. Elle chipote, elle picore comme Josée. Alors d'où lui vient cet incroyable appétit ? Comme un gouffre sans fond qu'il lui faut absolument remplir. Somme toute, un impératif agréable ! Sans chercher à comprendre le phénomène, elle se présente à la salle à manger de l'hôtel. La bonne odeur du bacon grillé et du café frais suffit à lui creuser encore plus l'estomac.

Elle marche depuis plus d'une demi-heure en bordure de la marée. L'air charrie une forte senteur de varech et de poisson. Nez en l'air, elle se gave de cette odeur marine que le vent lui offre. Essence unique, parure d'océan venues fleurir sa mémoire pour endimancher les longues soirées d'hiver.

La plage est vide. Catherine la voit blonde et dorée alors qu'elle l'a toujours connue noire de monde. La station balnéaire est morte. Il ne reste plus qu'une plage redevenue sauvage pour les oiseaux. L'automne… Quelques goélands relèvent la tête sur son passage, becs en l'air, indifférents ou dédaigneux. Cette présence inhabituelle pour la saison les dérange. Ils dévisagent Catherine en penchant comiquement la tête. Surtout lui, un gros oiseau gris, plus gros que les autres. Catherine essaie de l'approcher, mais il recule en se dandinant. Il la regarde tantôt d'un œil, tantôt de l'autre. Subitement, sans raison apparente, elle se met à penser à Robert. Comme ce bel oiseau lui ressemble ! Aucun cri, aucun déploiement d'ailes inutile. Seulement quelques attitudes précises qui indiquent le mécontentement. Comme un sourcil qui se fronce ou un nez qui se pince dans une avarice de gestes. Un homme et un oiseau qui se ressemblent, qui font partie de la même famille.

Patiemment, à pas discrets, Catherine approche. Maintenant, elle pourrait presque le toucher. Tout doucement, bien lentement pour ne pas effaroucher son nouvel ami, elle tend la main. Mais l'oiseau ne prise guère son manège. Il se met à crier en reculant à petits bonds. Puis, dans un brusque accès de colère, il s'élance et se met à voler ombrageusement au-dessus de sa tête. Il s'éloigne, puis revient aussitôt, toujours sans la quitter des yeux. Il plane un instant, puis redescend et vient se poser à dix pas devant, comme pour la narguer. Il la fixe, tantôt d'un œil, tantôt de l'autre. La voyant aussi immobile qu'une statue, il s'impatiente, crie et reprend son envol. Catherine n'a plus envie de rire. Le trop bel oiseau l'effraie. Dans un geste de désespoir, elle enfonce les mains dans ses poches et retrouve un vieux reste de biscuit datant du printemps dernier n'attendait que ce geste. Soulagée, elle le lance au loin de toutes ses forces. Sans attendre, le goéland fonce sur ce maigre butin et se retire à l'écart pour le déguster.

Catherine pousse un soupir de soulagement. « Mais qu'est-ce qui m'a pris de comparer cet oiseau sinistre à Robert ? »

Elle a peur de l'oiseau. Elle secoue furieusement la tête pour abrutir les idées folles qui commencent encore à l'envahir… D'un pas catégorique, elle reprend sa marche.

Cette curieuse aventure lui a ravi tout son plaisir. Indécision d'un instant, puis elle rebrousse chemin. Elle s'oblige à inventorier tout ce qu'elle rencontre pour ne pas se remettre à penser.

D'innombrables coquillages jonchent le sable humide, creusent des trous minuscules, dessinent des sillons fragiles. Elle s'amuse d'abord à les éviter puis à sauter de l'un à l'autre. Pendant ce temps, le vent au parfum d'océan s'entortille dans ses cheveux, s'ingénie à les lui rabattre sur le visage malgré la résille de ses deux mains. Se moquant alors de cet agacement, Catherine se met à courir plus vite que le vent pour contrecarrer son attaque.

Quand elle arrive devant son hôtel, elle est en nage et elle a un point qui lui transperce les côtes. Elle se laisse tomber sur la plage, se couche sur le sable froid. Posément, elle essaie de se prendre en mains. Elle ne voit plus que le ciel. Un ciel d'un bleu si intense qu'il lui tire quelques larmes. Une main posée sur son cœur en débandade, elle le regarde descendre sur elle. Elle sent distinctement qu'il la couvre, l'enveloppe, la soustrait au reste du monde. « Qui a dit que le bleu est une couleur froide ? songe-t-elle bizarrement émue. Moi, elle me brûle les yeux. » Alors, elle baisse les paupières et se laisse porter par ce rayonnement tiède.

Il n'y a plus rien autour d'elle. Plus rien que le vacarme assourdissant de la vague et le rythme échevelé de son souffle. Catherine n'entend que le battement de la vie en elle. Lentement, un à un, elle bouge les doigts, les pieds, les jambes. Peu à peu, elle retrouve la régularité de son souffle. Son cœur bat à nouveau sagement. Elle pense alors que c'est bon de sentir que l'on vit.

La nuit est tombée. Ce soir, Catherine n'a pas faim. Comme si tout l'air dont elle s'est gavée aujourd'hui suffisait à la rassasier. Elle n'a aucune envie de sortir. Une saine fatigue alourdit ses paupières et l'invite à venir se coucher.

Il fait un clair de lune superbe qui flâne sur la mer et vient courtiser la plage.

— Au clair de la lune, mon ami Pierrot, chantonne-t-elle en poussant une petite table et une chaise devant la porte-fenêtre. Quelques cartes postales et, ensuite, dodo !

Il fait une nuit de songerie et de conte de fées. Plume en l'air, le nez fouillant les entrailles de la plus grosse vague, elle cherche ce qu'elle va écrire. Crayon mordillé et soupir bruyant. Ce soir, il n'y a que les formules impersonnelles qui se présentent à son esprit. Polies, prêtes à l'emploi, elle les déteste.

« Bonjour, il fait froid et beau. Je vais bien. Je vous embrasse. »

Que des mots creux qui lui donnent envie de bâiller d'ennui. Un vertige dans l'âme, elle s'aperçoit qu'elle n'a pas envie d'écrire aux siens.

— Bonjour, je suis très bien seule et j'ai le regret de vous dire que vous ne me manquez pas, murmure-t-elle boudeuse.

Elle sursaute au son de sa voix. Que lui arrive-t-il depuis qu'elle est ici ? Inquiète, Catherine se met à fouiller méticuleusement ses sentiments, les vire dans tous les sens, les secoue vigoureusement pour les éveiller. Rien. C'est le vide total. Nul ennui du mari ou des enfants. Rageusement, elle lance les cartes postales sur le bureau.

— Désolée, mais ce n'est pas ce soir que vous aurez de mes nouvelles. De toute façon, elles seraient mauvaises pour vous.

Puis elle replace la table et la chaise en maugréant.

— C'est la fatigue ! C'est sûrement la fatigue qui cause cet engourdissement. Demain mes idées seront plus claires.

Consciencieusement, elle se brosse les dents, en évitant, toutefois, de se regarder dans le miroir. Elle ne s'aime pas tellement ce soir. Puis elle éteint et vient se rouler en boule dans son lit. Ses jambes sont lourdes, si lourdes... Elle a à peine le temps de songer qu'il lui reste encore cinq longues journées, qu'elle se rend compte qu'elle est brusquement devenue cul-de-jatte et que ses jambes dansent une gigue folle en chantant *Au clair de la lune*. Alors, elle se met à chanter à son tour.

5

Pendant la nuit, tout a basculé. Bruine et brume sont au menu. Un crachin monotone qui fait douter de la journée d'hier. Le ciel, la mer et la plage se confondent dans tous les tons de gris. Pourtant, Catherine n'est pas déçue.

— Gris d'acier, gris d'argile, gris de fumée, chantonne-t-elle en se levant.

Elle s'y attendait un peu et elle avait tout prévu. Un bon livre l'attend. En passant devant la fenêtre, elle pose un regard blasé sur la détrempe extérieure.

— Pouah ! Un temps à ne pas mettre un chien dehors !

Elle revient en courant dans son lit, s'enfonce frileusement dans les couvertures. Pourquoi pas ? Personne ne l'attend. Elle remonte le drap sur sa tête dans cette indifférence des siens qui se poursuit. La nuit n'a aucunement modifié son mode de pensée. Elle a un frisson, un soupir. D'un coup de pied, elle repousse toutes les couvertures. Que ne donnerait-elle pas pour voir s'évanouir cet inconfort de vivre qui la persécute ?

— Madame Lefrançois, vous êtes complètement folle. Essayez donc de ne pas penser, pour une fois. Vous êtes ici pour vous reposer. Alors de grâce, reposez-vous !

Et, remplie de bonne volonté, elle se relève et vient poser son livre bien en évidence sur la petite table.

— Et voilà ! Rien de mieux que de partager la vie d'une inconnue pour oublier la sienne. Comme ça, les idées noires n'auront plus qu'à plier bagage !

Depuis plus de deux heures, elle est installée dans le casse-croûte de l'hôtel. De café en café et de page en page, elle a oublié le temps qu'il fait dehors et celui qui s'est arrêté dans sa vie. De temps en temps, elle lève le doigt et on vient réchauffer son café, toutes dents dehors en imaginant le pourboire.

— Merci.

Elle en a même oublié qu'ici on parle anglais. Une gorgée, un paragraphe, une gorgée…

— Savez-vous que ce n'est pas très bon de lire en mangeant ?

Une ligne, un mot, puis Catherine s'arrête de lire, relève le front. À deux tables d'elle, un homme assez jeune la regarde en souriant.

— J'oserais même dire que c'est très mauvais pour la digestion, ajoute-t-il sentencieux, en levant l'index droit.

Catherine rougit faiblement. « Merde ! Mais de quoi se mêle-t-il celui-là ? Je ne lui ai rien demandé, moi ! » Puis elle hausse les épaules, en décidant de ne pas lui répondre. Elle revient à sa lecture. Un mot, une ligne...

— Et si je vous disais que j'adore lire en mangeant ?

Les lettres se mettent à danser devant les yeux de Catherine. « Ma parole, il insiste ! » Elle détourne à nouveau le regard, avec le cœur battant de celle qu'on n'a pas abordée en public depuis très longtemps. Une seconde rougeur lui maquille les joues. Pourtant, elle trouve sympathique ce que le barbu vient de rajouter. Elle le dévisage donc sans retenue. Châtain de cheveux comme de barbe, bronzé, la trentaine. Ce premier examen la satisfait. Elle lui rend son sourire pendant que leurs regards se cherchent, se mesurent. Le garçon lâche un rire franc, direct, qui chiffonne le coin de ses yeux. Il se lève.

— Vous permettez ? ose-t-il en montrant la chaise devant Catherine.

Permet-elle ? Elle n'a même pas la chance de se le demander. Il est déjà assis et, maintenant, ce sont deux cafés qui fument sur la table. Machinalement, Catherine referme son livre.

— J'espère que vous ne m'en voulez pas de vous avoir abordée de cette façon ? Mais quand je vous ai entendu répondre en français, ça a été plus fort que moi. Ça fait trois mois que j'ai quitté le Québec et c'est la première fois que j'entends quelqu'un s'exprimer dans la langue de Molière.

Catherine pose sur lui un regard étonné, curieux.

— Trois mois ?

— Oui. Je viens de faire un tour complet des États-Unis. Un vieux rêve à moi...

Quelques mots inoffensifs, mais qui sonnent comme une véritable envie dans le cœur de Catherine.

— Chanceux ! J'ai toujours rêvé de parcourir l'Amérique, moi aussi.

Elle s'accoude à la table dans un geste qui invite le barbu à poursuivre.

— Oui, vous avez raison, je suis chanceux. Remarquez que c'est dans ma nature, ce besoin de bouger. Je ne tiens pas en place plus de six mois. Je suis un genre de nomade, mais habituellement, c'est pour mon travail que je pars. Alors, admettez qu'après plus de cinq ans sans véritables vacances, ce n'était pas un luxe. J'avais vraiment besoin d'un peu de solitude... J'ai fait un voyage fantastique. Ogunquit n'est qu'une transition avant le retour au bercail. Et vous ? Que faites-vous ici en plein mois d'octobre ? Sans vouloir être indiscret, bien entendu.

— Oh moi ? Disons que je suis venue me reposer. Moi aussi je m'offre un peu de solitude après vingt ans de fiers et loyaux services.

« Comme une vieille jument », ajoute-t-elle intérieurement d'une voix sarcastique.

Cette réponse lui ressemble si peu que Catherine en reste interdite. Serait-ce là une nouvelle perception, une nouvelle vérité dans sa vie ? Elle ne le sait pas. Toutefois, on semble la comprendre, car c'est sur le ton de la confidence que l'homme poursuit.

— Ça fait du bien de se retrouver seul de temps à autre, n'est-ce pas ? Question d'apprendre à se reconnaître.

Une interrogation à laquelle elle répond silencieusement, d'un simple regard.

Ainsi, elle ne serait pas seule à vouloir faire le point ?

Catherine a un léger sursaut et se met à fixer intensément son voisin de table. Qui donc est cet homme qui lui a dit exactement les mots qu'elle avait besoin d'entendre ? Quelle est cette douceur qu'il dégage ? D'où vient cette sensation de déjà vu alors qu'il n'est qu'un étranger ?

Pour la première fois de sa vie, Catherine, la timide, ne l'est plus. Elle regarde l'étranger franchement, sans fausse modestie ni pudeur maladive. Lui, de se voir observé comme un microbe récemment découvert, se met à rire franchement. Comme une moquerie partagée, de lui, d'elle, des circonstances. Ses yeux, sa bouche, sa barbe ont un pli permanent qui fait penser à la bonne humeur.

— Arrêtez, madame, de me regarder comme cela. Vous allez réussir à me faire rougir.

Catherine est hypnotisée. Au lieu de se mettre à rougir comme elle le fait généralement, elle se met à rire à son tour. Une crise de fou rire qui saute allègrement par-dessus les tasses de café et les atteint d'un direct à la rate. Chaque fois que les regards se croisent, le délire reprend, déborde bruyamment. Irrévérencieux, imposant, merveilleux. Catherine s'essuie les yeux.

— Ouf ! je n'en peux plus.

Tacitement, on s'évite en prenant quelques bonnes respirations. La crise s'éloigne enfin sous l'œil furibond des deux serveuses qui commencent à trouver encombrants ces deux clients qui se transforment en cafetière.

Catherine ose un regard franc vers son compagnon. Pourquoi ou de quoi riaient-ils, au juste ? Elle ne saurait le dire. Tout ce qui lui reste de cet instant de folie, c'est une immense sensation de bien-être. Elle aurait envie de lui dire merci. Mais comprendrait-il ? Elle se contente de lui sourire.

— Parlez-moi de votre voyage.

Le regard de l'homme s'illumine et les lèvres s'étirent dans la barbe pendant qu'il se gratte la nuque comme pour rassembler ses souvenirs. Pourtant, c'est avec une certaine gravité dans la voix qu'il lui répond.

— Mon voyage ? Que pourrais-je en dire ? Ce n'est pas de le raconter qui vous le ferait apprécier. Que seraient, pour vous, les endroits que j'ai visités, les gens que j'ai rencontrés ? On ne peut découvrir un pays par personne interposée. Pour bien vous raconter ce voyage, il faudrait que je parle de moi. Et je ne sais rien de plus difficile. Vous ne croyez pas ?

Il a un petit rire contrit qui demande excuse, compréhension. Catherine comprend fort bien ce qu'il ressent. Elle penche la tête en guise d'assentiment en roulant une graine de pain du bout des doigts. Au bruit d'une chaise que l'on repousse, elle relève brusquement la tête. L'aurait-elle froissé ? Mais il ne fait que s'étirer, les bras en croix, avant de rabattre fortement les poings sur la table.

— Que diriez-vous d'une bonne promenade sur la plage ? Ça va peut-être nous réveiller, par ce temps monotone !

Catherine fait la grimace.

— Justement, par ce temps... Je n'ai pas d'imperméable assez...

Il l'interrompt d'un rire taquin. Il tire déjà sur sa chaise pour lui permettre de se lever.

— Pas de problème. J'ai quelque chose qui devrait vous convenir.

Il appelle alors la serveuse dans un anglais irréprochable et règle les deux additions sans lui demander son avis. Catherine esquisse une moue, pas très convaincue. « Allons-y donc pour la balade sous la pluie ! »

Elle a l'air d'un canard, affublée d'un ciré de vinyle jaune un peu trop grand pour elle, mais elle s'en fout.

Une pluie chagrine matérialise l'air. Ils marchent en silence, à quelques pas l'un de l'autre, sans ressentir ce besoin qu'ont toujours les gens de vouloir meubler ce silence. Comme une sorte d'obligation qui fournit habituellement à Catherine ces mots faciles et inutiles à dire avec les étrangers. Il est vrai, cependant, qu'en ce moment, la mer parle pour tout le monde. Elle clame haut et fort son désaccord devant cette température maussade et elle gronde intensément pour enterrer les lamentations du vent.

Comme la vague est belle ! Bruyante, capricieuse, énorme, elle casse avec fracas. Mouvement perpétuel de force et de défi amplifié, aujourd'hui, par le vent. Symbole grandiose de la force de la nature.

Catherine a un soupir tremblant en se disant que son esprit est aussi tourmenté que cette mer déchaînée. Quelle est-elle cette bourrasque d'interrogations qui la remue depuis qu'elle est ici ? Comme une tension extérieure à ce qu'elle est et qui semble vouloir l'obliger à se détruire, à tout remettre en question. Elle a l'impression d'être écorchée vive. « Ça fait mal hein, ma vie, de perdre ses illusions ? D'essayer d'apprendre à mieux se connaître toi et moi ? »

Une simple prise de conscience, et quelques larmes silencieuses glissent sur ses joues.

Pudiquement, Catherine relève le front pour venir mêler sa tristesse à la bruine qui mouille son visage. Son regard se pose alors sur son compagnon qui marche à grandes enjambées devant elle. L'image qu'ils projètent lui est rapidement insupportable.

« Ne suis-je donc faite que pour marcher à trois pas derrière ? »

Instinctivement, Catherine s'élance, s'approche de l'inconnu, le dépasse en courant. Elle voudrait le perdre dans le sillage de sa course.

— Essayez de me rattraper !

Elle n'est pas dupe et sait fort bien que c'est à elle-même qu'elle lance le défi.

Le barbu bondit à sa poursuite, en riant. Alors Catherine sent ses forces décupler. Elle ricoche sur le sable mouillé. Elle a des ailes. Elle est une biche, une antilope qui court pour sa survie. Personne ne pourra plus la rejoindre. Personne, plus jamais.

Elle ne s'arrête qu'un mille plus loin. À Wells Beach, près d'un amoncellement de rochers, complètement épuisée.

Mais elle a gagné !

L'homme la rejoint presque aussitôt. Essoufflé, il s'arrête à sa hauteur, se plie en deux pour reprendre son souffle. « Robert, lui, aurait continué, pense-t-elle en le regardant. Juste pour prouver qu'il est le plus fort. »

— Bravo ! articule le barbu, interrompant sa pensée.

Puis, curieusement, il trouve la force d'esquisser une ou deux flexions.

— Formidable, cette petite course.

Ensuite, sans hésiter, comme si c'était là l'unique but de la promenade, il se lance à l'assaut du mur rocheux. En quelques minutes, il est au sommet et disparaît brusquement dans une cavité. Un grand frisson secoue les épaules de Catherine dans une sensation d'abandon. Seule. Elle est seule, au bout du monde. Elle a un vertige en regardant la désolation de la plage autour d'elle. Heureusement, le capuchon noir apparaît aussitôt.

— Venez ! Venez voir ! C'est fantastique.

Son angoisse disparaît à l'instant où sa curiosité est piquée. Après une dernière inspiration, elle entreprend l'escalade à son tour. Elle rejoint son compagnon assez facilement. L'homme lui prend la main et l'entraîne à sa suite.

— Regardez, fait-il triomphal, en pointant les bras. Une grotte !

Catherine écarquille les yeux, dessine un sourire indulgent, puis pousse un rire moqueur.

— Ça, une grotte ? Dites plutôt un trou.

Il joue les offensés. Une moue et une bouderie gonflent sa barbe.

Puis le regard brille à nouveau.

— Allez ! Installez-vous. Je reviens dans une minute.

Il est encore parti. Le ciel dense se déchire et le brouillard se transforme en pluie. La brume persiste, calfeutre l'horizon, ne laisse de la mer qu'une formidable clameur qui emprisonne Catherine. Elle s'accroupit tant bien que mal dans la cavité du rocher. C'est petit, mais au moins, elle y est à l'abri.

En regardant droit devant elle, elle s'imagine qu'elle est sur la lune dans un quelconque cratère.

— Regardez ce que j'ai trouvé.

Il revient déjà, les bras chargés de petit bois.

— On va se faire une bonne flambée, lance-t-il, débordant d'énergie. Après cela, vous me direz si ma grotte n'est pas la plus belle du monde !

Catherine ne répond pas. Il roule un regard faussement furieux et, détournant le regard, il s'emploie à empiler le bois de mer aux formes étranges. Bois léger, vidé, poli par tant de marées. Il craque une allumette et son échafaudage s'enflamme assez facilement, même mouillé. En quelques instants, il dégage une douce chaleur. La pluie tisse un rideau devant la grotte et la flamme vive concentre les regards. D'un coup, Catherine repense à la lune. Elle a une subite envie de jouer à faire semblant, comme une enfant.

— D'accord, je m'incline, dit-elle conciliante. Vous avez raison. Votre caverne est tout simplement merveilleuse. Je déclare donc que c'est jour d'inauguration. Et en votre honneur, nous la baptiserons...

Elle s'arrête en pleine envolée. Elle vient de s'apercevoir qu'elle ignore le nom de l'étranger.

Comme elle ignore tout de lui finalement. Bizarrement, son compagnon la rejoint dans sa pensée.

— Curieux, n'est-ce pas, que nous n'ayons pas senti le besoin de nous présenter ? Je m'appelle Étienne Bernard.

Catherine a un sourire joyeux avant de répondre.

— Oui, c'est curieux. Ça ne me ressemble pas, en tout cas.

Puis, après un bref silence, elle poursuit d'une voix lointaine.

— Mais, dans le fond, je me demande s'il est bien nécessaire de connaître le nom des gens pour les apprécier ?

Et, se tournant vers Étienne, elle conclut.

— Dans le fond, ce n'est qu'une convention sociale, rien de plus.

— Oui, vous avez probablement raison. On a trop souvent tendance à tout vouloir classer, étiqueter. Les gens, comme les choses, d'ailleurs.

Le silence s'installe à nouveau. Puis Étienne éclate de rire.

— Malgré ce que l'on vient de dire, j'aimerais bien savoir comment vous vous appelez !

— Catherine. Catherine Lefrançois.

— C'est un beau nom, Catherine. Avec Lefrançois, on dirait un nom de reine.

— Vous trouvez ? Merci. En fait, Lefrançois c'est le nom de mon mari et de mes enfants. Moi, avant, c'était Girard. Comme vous voyez, ça fait un peu moins royal.

C'est un peu fou cette subite envie qu'elle a de ne rien laisser au hasard. Comme si le fait d'avoir brisé la barrière de l'anonymat la poussait à tout dévoiler. La timidité lui revient, accompagnée d'une fragile sensation, celle de se trouver bien loin de chez elle avec un inconnu.

Catherine détourne la tête pendant qu'Étienne la regarde du coin de l'œil. Il la trouve jolie.

Quand elle dit « les enfants », c'est avec une franche admiration qu'il lui fait face.

— Des enfants ? Vous avez des enfants ? À mon tour de vous trouver chanceuse. Moi aussi j'aurais bien aimé en avoir.

Sans le savoir, Étienne vient de dire exactement ce qu'il fallait pour remettre Catherine sur le chemin de la parole. La mère qu'elle croyait profondément endormie se réveille aussitôt, pimpante, grandiloquente, faisant bouffer ses plumes tel un coq de basse-cour qui fait l'inventaire du poulailler.

Madame Lefrançois, épouse et mère de trois enfants, redresse les épaules. Elle connaît tout le vocabulaire qui parle d'une vie comme la sienne. Elle en manipule les mots à la perfection et elle jongle avec eux sans jamais rien échapper.

— Oui, c'est vrai que je suis chanceuse. Il n'y a rien de plus merveilleux que d'avoir des enfants. J'en ai trois, vous savez. Deux filles et un garçon. Je crois bien que…

Parler des enfants, c'est parler d'elle-même sans se compromettre. Alors Catherine trouve des phrases ronflantes pour dire sa vie de maman. Étienne l'écoute, admiratif, recueilli. Du moins, se plaît-elle à l'imaginer.

La femme se sert adroitement de la mère pour se montrer intéressante. Qu'importe, après tout. Ce n'est que plate vanité, elle en est consciente, mais elle s'en fiche. Cette vanité lui fait du bien.

Alors Catherine se raconte. Elle parle du lac et du jardin. Des enfants qui grandissent comme de la mauvaise herbe et du mari professeur de droit. Parfois la femme se glisse dans la conversation de la mère, et Catherine, indulgente, ferme les yeux. On laisse donc le lac devenir trop calme et on rapetisse le jardin à volonté. Qu'importe, puisqu'on parle à un inconnu.

Un flot ininterrompu de paroles. Sérieuses, frivoles, réfléchies, spontanées, en l'air. Un vrai moulin qui repart après un silence de vingt ans, émerveillé de voir que tout fonctionne comme avant. Le moulin tourne et tourne encore, sans jamais être étourdi, et Catherine se livre à travers les volets qu'elle ouvre le matin, et les devoirs d'Isabelle après le souper. Distraitement, elle dessine une spirale sur le sable pendant qu'elle parle et qu'on l'écoute. Catherine trace du bout des doigts une spirale qui raconte une vie traitée du bout des mots.

Il y a eu vingt ans dans sa vie. Presque toute la vie elle-même. Celle que Catherine enfant et adolescente avait attendue avec impatience. Une vie qu'elle voyait comme un gros ballon que l'on gonfle en riant de le voir si rond et si gros. Puis, sans raison, il y a eu un certain matin sur le lac. Une aube pleine de soleil où elle a eu l'impression que le ballon avait éclaté, comme un vieux cuir desséché, craquelé de partout par le temps et l'usure.

Depuis, Catherine a l'impression de ramasser les morceaux du ballon qui a éclaté.

Tandis que Catherine parle, une émotion se glisse dans la grotte, intense et pourtant fine comme une dentelle.

Ue sorte de tristesse qui enrobe une vie que l'on décrit avec intensité.

Le tourment qu'Étienne devine il le comprend, lui qui aime l'humanité et parcourt le monde pour le soulager de ses misères. Tout doucement, il pose sa main sur celle de Catherine et, brusquement, elle retrouve ses silences. Étienne s'adresse trop directement à la femme en elle. Alors Catherine ne sait plus. Elle ramène sa main sur ses genoux, rougissant comme une adolescente. Pourtant, ce simple geste se voulait une preuve d'amitié. Catherine le perçoit comme un reproche. Elle s'en veut d'avoir parlé si librement. Que va-t-il penser d'elle maintenant ? Elle se sent coupable envers la vie qu'elle partage avec Robert. C'est lui qui devrait être là. Lui et personne d'autre. Que valent les mots qu'elle a eus pour un inconnu ?

Cette réticence nouvelle rejoint Étienne. Il la respecte sachant combien il est pénible de parler de soi. Il n'insiste pas, ramène à son tour ses deux mains et les croise sur ses genoux relevés.

— Excusez-moi, Catherine. Je ne voulais pas vous ennuyer.

Plus qu'une excuse véritable ces mots témoignaient de son serrement de cœur d'avoir pu la blesser.

Catherine s'enfonce dans son silence. Elle a un petit sourire sans joie et une ombre traverse son regard.

— Est-ce à cause de moi que vous semblez si triste, tout à coup, murmure Étienne.

Catherine se retourne vivement.

— Non... Bien sûr que non... Pas vraiment.

L'indécision lui revient. Elle se retrouve empêtrée dans ses pensées, n'arrive plus à inventorier clairement ses émotions. Par son dialogue, Étienne lui tend la main.

— Pas vraiment ?

Un froncement de sourcils, une recherche au creux de ses sentiments. Puis Catherine laisse tomber, dans un souffle.

— Mais non, pas vraiment... Je... Je pensais à mon mari.

— Votre mari ?

— Oui, Robert. Je me disais que c'est lui qui devrait être ici avec moi. Vous ne trouvez pas que ce serait plus normal comme situation ?

— Plus normal ? Non, pas nécessairement.

— Alors comment expliquer que je me sente tout à coup si mal à l'aise ?

— Je ne sais pas. Je crois qu'il n'y a que vous qui puissiez répondre à cette question.

Catherine recommence à dessiner sur le sable. Comme si ce qu'elle cherche devait s'y trouver.

Péniblement, elle gratte et creuse un trou. Avec acharnement.

— Comment dire ? J'ai de la difficulté à m'y retrouver moi-même. Disons que j'ai l'impression que je ne devrais pas être ici avec vous... C'est cela, j'ai l'impression que je ne suis pas à ma place. Je me sens coupable. C'est bête, non ?

— Non, je ne crois pas. C'est peut-être la société qui le veut ainsi. Seriez-vous aussi mal à l'aise si j'étais une femme, une amie ?

Catherine a un regard bienveillant pour cet homme qui sait si bien la deviner. Puis la tristesse revient. De se savoir comprise ne change rien pour elle.

— C'est dommage, reprend la voix d'Étienne, car vous semblez malheureuse.

— Oui, c'est vrai, répond Catherine pour elle-même. C'est vrai que je ne suis plus heureuse. Du moins, pas comme avant. Plus rien n'est pareil.

Il y a une déchirure en elle par où s'écoulent tous ses malaises, ses indécisions, ses tristesses. Lentement, goutte à goutte, une suée de ce qu'elle est.

— Non, ma vie n'est plus comme avant. Mais à qui la faute ? J'ai tout ce qu'une femme peut désirer pour être heureuse. Un mari que j'aime, des enfants merveilleux, une situation plus que confortable. Alors ? Beaucoup se disent pleinement heureux avec bien moins que cela. Par moments, je me dis que je ne suis qu'une égoïste, une éternelle insatisfaite...

— Et cela fait peur, n'est-ce pas, de se poser tant de questions ?

Un éclat traverse le regard de Catherine. Un espoir, une gratitude de se voir acceptée telle qu'elle est.

— Peur ? Oui. C'est peut-être le mot qui convient... C'est drôle que je n'y aie pas pensé avant... Peur... Tu as raison. J'ai terriblement peur de découvrir que ma vie ne sert pas à grand-chose. C'est bien beau les enfants... Mais que me restera-t-il, dans quelques années, quand ils auront quitté la maison ? Que suis-je, aujourd'hui, sinon une pourvoyeuse de services ? Pourtant, mon rôle est unique et essentiel. Malgré tout, j'ai peur de décevoir quelqu'un quelque part... Merde ! Qu'est-ce qui m'arrive ? Comment se fait-il que je te parle comme je le fais ? Pourquoi est-ce à toi que je raconte tout cela ?

Le tutoiement s'est imposé pour Catherine. Elle ne peut se permettre de se dévoiler ainsi sans croire que celui qui l'écoute est un ami. Étienne lui répond sur le même ton.

— Tu me parles de la sorte parce qu'il pleut et que nous sommes ensemble dans ce coin perdu. Tu te confies à moi parce que je suis un étranger et que cela ne pourra pas avoir vraiment de conséquences. La peur ne peut exister entre nous. Que t'importe ce que je peux penser ? Dans quelques jours, nous ne serons plus l'un pour l'autre qu'un souvenir de vacances. C'est beaucoup plus facile de parler quand on ne connaît pas la peur.

— Mais je ne savais même pas que j'avais peur !

Un mensonge qu'elle fait naïvement, pour mieux avaler la vérité. Elle revoit le goéland d'hier, se rappelle la comparaison qu'elle a faite. Elle repense à la discussion pénible avant de venir ici. Oui, Étienne a raison. Catherine savait qu'elle avait peur, mais elle ne voulait pas se l'avouer. Comment peut-on dire à l'homme avec qui on partage sa vie qu'il nous fait peur ? Comment trouver les mots pour parler d'une vie qui nous angoisse ? Maintenant, elle ne veut plus ignorer la tempête qui gronde en elle. Il lui faut exorciser sa peur si elle veut guérir un jour.

— Oui j'ai peur. Peur de moi comme des autres. Peur de découvrir que ma vie n'a pas de grande valeur, coincée entre une cuisine et une salle de lavage. Qu'est-elle devenue cette brillante étudiante en droit qui a tout laissé tomber pour donner le meilleur d'elle-même à ses enfants ? Est-ce là ce que je recherchais ? De les empiffrer, de les laver et de les soigner ? Ne suis-je pas en train de me bercer d'illusions en me disant irremplaçable ? J'ai peut-être égaré l'essentiel en agissant de la sorte. C'est la brillante étudiante que Robert a connue, aimée. Peut-il se satisfaire de la femme que je suis devenue ? Dit-on à quelqu'un que l'on respecte qu'elle divague ? Pourquoi use-t-il toujours de mots creux et vagues quand il s'adresse à moi ? Est-ce parce qu'il me juge incapable de soutenir ses réflexions ?

Elle est subitement étourdie par tous les mots qui tourbillonnent dans son esprit. « Bonjour, bonsoir, merci... Baiser dans le cou, journal et café. Je t'aime, baiser dans le cou et correction... C'est bon, je t'aime... Maman, chérie, Cathy... Et Catherine dans tout cela ? L'aurait-on oubliée à un tournant de la vie ? Je déteste quand on m'appelle Cathy. C'est Catherine mon nom, Catherine... »

Quelques larmes ont scellé cette constatation silencieuse. Étienne reprend pour elle, d'une voix éteinte comme s'il n'était pas tout à fait là.

— Il parle si peu, si mal... Pourtant, lui aussi doit avoir quelque chose à dire. Il n'est pas différent de toi. Tout le monde a quelque chose à dire... Vois-tu, je suis médecin et je travaille à l'urgence. J'ai remarqué, bien souvent, que les gens venaient nous consulter pour des bobos insignifiants, parfois même inexistants. Mais, avec le temps, j'ai compris que c'était d'une oreille dont ils avaient besoin. C'est terrible, tu sais, la peur de ne pas être compris. Elle fait se taire presque tout le monde. Ou alors, on invente n'importe quoi pour que quelqu'un s'occupe de nous. Ton mari a peut-être peur, lui aussi.

Image invraisemblable pour celui qu'elle voit comme un géant. L'arrogant, le fort, le sage, celui qui a si souvent raison. De quoi pourrait-il avoir peur ? Catherine secoue la tête. Il n'y a que les faibles qui ont peur. Pas les gagnants, pas Robert.

Mais maintenant elle commence à comprendre ce qui cloche dans sa vie. Au retour, elle va pouvoir en parler. Si elle a réussi à le faire avec un étranger, elle saura sûrement le faire avec Robert. À deux, tout sera plus facile. Lui avec sa force tranquille et elle avec ce qu'elle a découvert. Avec, aussi, tout l'amour qu'il y a entre eux. Brusquement, son mari lui manque. Sa voix grave, ses gestes sûrs, son calme rassurant...

Étienne touche son épaule et lui montre la mer d'un large mouvement du bras.

— Regarde ! La brume est en train de lever. La brume finit toujours par lever.

Alors Catherine a un sourire de joie sincère en se disant qu'elle aimerait avoir un frère comme lui.

Peu à peu, la vague sort de son bain de vapeur. À chaque roulement d'écume, elle croque un morceau du banc de brouillard qui se disloque en longs filaments pour essayer de lui échapper. Un timide rayon de soleil s'unit à la mer pour faire oublier cette matinée de tristesse. De gris sale qu'il était, le paysage retrouve ses reflets d'or et d'azur. « Oui, pense Catherine, Étienne a raison. La brume finit toujours par se dissiper. »

Ils reviennent côte à côte vers l'hôtel. Lentement, à pas comptés, enveloppés de silence. Catherine écoute la mer qui se fracasse au rythme de ses pas et elle pense qu'elle est bien. En relevant le nez, elle constate que la vague est encore plus belle qu'à l'aller. On la voit venir de loin, on peut suivre son roulement avant le déferlement en salve de canon, la libération de son trop-plein d'énergie. Puis, assagie, elle fait le dos rond, soupire et se transforme en mouton blanc qui vient mourir sous les semelles. Catherine aime patauger dans cette mousse savonneuse qui se faufile entre les coquillages avant de disparaître sous le sable gris.

Elle aime tout ce qui bouge et est bruyant. Elle aime la marée qui vibre et frémit comme la pulsation du courant qui bat en elle. Force et mouvement qui pousse au dépassement de soi. Non, pas le lac et son eau trop calme, imparfaite, endormie. Non, ce matin, Catherine ne sent aucune affinité avec cette eau sage. En elle grandit une rage de vivre, de faire plus et mieux, d'aller plus loin.

Le caprice d'une vague les a éclaboussés. Ils reculent en criant, riant comme deux enfants. Alors Étienne lui prend la main et l'entraîne à sa suite.

— Vite, à l'hôtel ! Nous allons nous changer et je t'offre une pointe de pizza. Qu'en dis-tu ?

— Merveilleux ! J'adore la pizza.

6

L'automne est une saison capricieuse, difficile, imprécise. Une vraie girouette qui pointe le nez vers le nord avec, au creux du cœur, la nostalgie des horizons du sud. Ce matin, d'une pirouette, l'automne vient faire un clin d'œil à l'été. Il fait une journée pleine de soleil et presque chaude. En chemise de nuit sur le balcon, Catherine mesure sa chance en respirant à pleins poumons, l'humeur revenue au beau fixe. Ce matin, au réveil, elle a senti une petite pointe acérée au creux des souvenirs. Elle a compris qu'elle commençait à s'ennuyer. Des enfants, de Robert, de la maison. D'abord dans cet ordre, puis tout s'est bien mélangé pour donner un ennui global qui lui chante au cœur la joie du retour. Les siens sont revenus. La distance n'existe plus. Elle les sent vivre en elle. Leurs souffles se mêlent au sien et leurs cœurs s'unissent aux battements du sien. Le soleil chauffe et Catherine est heureuse. Elle se complaît dans son ennui.

Puis, elle se rappelle le rendez-vous avec Étienne. On avait parlé bain de soleil s'il faisait beau et il fait merveilleusement beau ! En deux temps, trois mouvements, elle est prête à le rejoindre pour le déjeuner.

Le repas est croqué en quelques coups de dents et le café avalé d'un trait. En octobre, il est dangereux de narguer la bonne fortune quand elle nous accorde une journée d'été, et on profite de la chaleur quand elle passe. On décide même de s'installer du côté de la baie pour se mettre à l'abri du vent.

Huile solaire, maillots de bain et grandes serviettes. On pousse l'illusion de l'été jusqu'au bout. Étienne a un soupir de satisfaction béate en s'allongeant.

Et, Catherine, une incrédulité dans l'œil en le voyant faire !

« Pas possible ! Un homme qui aime se faire bronzer ! Il faudrait que Robert voit cela ! »

C'est une journée de paresse joyeuse. On se laisse apprivoiser par l'autre, on se découvre mille et une choses en commun. À la baignade, ils sautillent main dans la main dans cette eau cousine de la glace. Une journée bien différente de tout ce que Catherine a déjà connu. Ni contraintes, ni obligations, ni rejets. Nul horaire pour vous bousculer, aucun projet pour l'heure qui vient. Il n'y a que le plaisir du soleil. Un plaisir partagé, que l'on goûte à deux avec avidité. Catherine est heureuse. Sans arrière-pensée, sans remords, sans incertitude. Elle est enfin en paix avec elle-même. Elle vient de se dénicher un jeune frère fait sur mesure pour elle.

Couchée sur la plage, elle sent la chaleur de l'épaule d'Étienne contre son bras et elle pense à Robert. « Ce soir, je vais appeler à la maison. Leur dire que je m'ennuie. Robert... » Une somnolence délectable s'empare de ses pensées.

Vers trois heures, ils sont rappelés à l'ordre par une brise contrariante qui venait de décider subitement que l'été avait assez duré. En frissonnant et à regret, ils remontent vers l'hôtel. Mais la journée est encore jeune et Étienne, qui repart demain, veut en profiter au maximum. On ne sait jamais de quoi demain sera fait. C'est dans sa philosophie de goûter pleinement le moment présent.

Et, pour l'instant, c'est de la présence de Catherine dont il a envie. Sans réserve, avec une pointe d'égoïsme qui n'en est pas vraiment. Il est bien avec elle, tout simplement.

— Madame, fait-il cérémonieusement en s'inclinant devant elle, me ferez-vous l'honneur de m'accompagner pour le souper ?

Une boutade dans le geste, mais l'intention vient du cœur. Étienne est de ceux qui traite la vie avec respect. Les sentiments, les besoins, les droits sont l'essence de chacune de ses décisions. Alors, son envie d'être avec Catherine, il la montre avec le respect de ce qu'elle est. Il y a sa famille, son mari. Mais Catherine n'entend que la blague. Elle répond sur le même ton, en faisant la révérence.

— Bien volontiers, monsieur.

Ils se quittent en riant. Étienne a sa valise à faire et Catherine rêve d'une douche brûlante. À cinq heures, elle est fin prête. Et pour le souper et pour l'appel à Québec. Dans un anglais approximatif, elle réussit à obtenir la communication. Dès qu'elle entend la sonnerie, son cœur et ses mains se mettent à trembler.

Un coup, deux... « Mais, bon sang, répondez ! C'est moi... »

— Oui, bonjour.

Une voix qu'elle ne reconnaît pas. Un grésillement l'empêche de bien la saisir. Pourtant, elle s'empresse de répondre.

— Oui bonj...

Une voix nasillarde l'interrompt cavalièrement.

— *Do you accept the charge from Katreen Lifrançoa ?*

Le temps d'un trépignement intérieur. On lui accorde enfin la permission de parler.

— *O.K. Mrs. You can talk.*

— Bonjour ! C'est Josée ?

Un autre grésillement, un rire qu'elle reconnaît avec surprise, puis une voix joyeuse.

— Mais non, c'est Madeleine. Ça va bien, ma chérie ?

Une montée de bile lui fait faire la grimace. « Madeleine chez nous ? Mais que fout-elle là ? »

Puis, brusquement, Catherine a une crainte idiote, insensée, qui balaie son amertume.

— Les enfants n'ont rien, j'espère ?

— Non, espèce de mère poule ! Que veux-tu qu'ils aient ?

— Je ne sais pas.

Elle est blessée. Elle se sent idiote comme cela lui arrive souvent en compagnie de Madeleine. À cette distance, l'écorchure lui semble encore plus vive. Une haine franche l'envahit. Madeleine semble tout énervée au bout du fil.

— Et toi, ma chérie, comment vas-tu ?

Le « ma chérie » est de trop. C'est une agacerie, une condescendance que Catherine n'accepte pas. Elle répond brièvement.

— Ça va, ça va. Les enfants sont là ? J'ai tellement hâte de leur parler…

— Bien sûr ! Où avais-je la tête ? Je te les passe. À bientôt ma…

C'est Isabelle qui interrompt la phrase de Madeleine. Sa voix aiguë traverse l'espace avec une brillance exceptionnelle.

— Maman ? C'est toi ? Comment tu vas ?

— Ma puce ! Oui, c'est maman. Si tu savais comme je suis heureuse de t'entendre. Je vais bien. Mais je m'ennuie de toi, tu sais.

— Moi aussi je m'ennuiiie ! Tu reviens quand ?

— Dimanche est-ce que ça irait ?

— C'est loin, fait la petite voix pointue. C'est pas bon la cuisine de tante Madeleine.

« La cuisine de Madeleine ? Qu'est-ce que c'est que cette histoire de fou ? » Et la bile de Catherine de décider d'élire domicile dans son esprit. Il faut qu'elle parle à Josée de toute urgence. Isabelle, qui n'a pas suivi le raisonnement de sa mère, lui crie dans les oreilles.

— Hé, est-ce que tu m'écoutes ? Y'a Ginette qui dit que...

— Un instant, Isa. Je n'ai pas le temps de parler de tout ce qui se passe dans ta classe. Ça coûte cher un appel interurbain. Si tu veux, on reparlera de tout ça à mon retour. Et si tu es sage, je te cuisinerai ce que tu aimes le plus.

— C'est bien vrai ? Même du fudge ? Youppi !... Mais y'a Ginette qui dit que...

— Isabelle ! Passe-moi Josée, veux-tu ?

— OK d'abord. Joséééе... Maman veut te parler !

Le tout suivi d'une course et de la voix de Madeleine qui engueule Michel.

— Salut, maman. Ça va ?

Catherine est soulagée en entendant la voix de son aînée. Un début de sérénité malgré l'incertitude. Parce qu'au fond, elle se doute bien qu'elle s'énerve pour rien.

— Bonjour, ma grande ! Moi ça va. Et vous ? Peux-tu me dire ce que Madeleine fait chez nous ?

Un rire cristallin lui répond.

— Madeleine ? C'est à cause de Michel. Il bouffe comme deux. Et avec le prof de philo qui nous a collé une dissertation à remettre dans la semaine, je n'y arrivais pas. C'est papa qui a eu la bonne idée de demander à Madeleine de nous donner un coup de main. Elle est là pour l'heure du souper.

— Ah bon !

Catherine a un regret dans la voix. Elle aurait dû prévoir. En faire beaucoup plus. Puis, aussitôt, elle se dit qu'ils apprennent très bien à se débrouiller sans elle. Puis, ils vont peut-être finir par comprendre ce qu'elle fait à longueur d'année pour eux. Brusquement, elle a envie de rire.

— Comme ça, Michel vous donne du fil à retordre ? Remarque que cela ne me surprend pas. Ça lui ressemble de profiter de mon absence pour s'empiffrer. Et à part cela ? Quoi de neuf à la maison ?

— Pas grand-chose. Sauf que j'ai compris tout l'ouvrage qu'il y a dans une maison. Juré que je vais t'aider avec le sourire quand tu vas nous le demander.

— Que c'est doux à entendre ! J'espère que tes bonnes intentions ont aussi l'intention de durer après mon retour ?

— Je te l'ai dit : c'est juré. Et toi ? Est-ce que tu t'amuses bien ?

— S'amuser ? Oh là, c'est un bien grand mot. Mais disons que je me repose. Ça fait un bien immense de n'avoir rien à faire.

— Pour ça, je te crois sur parole. Tu reviens quand ?

— Dimanche, comme prévu. Je serai sûrement là pour le souper.

— D'accord. J'ai hâte de te… Aïe ! Il faut que je te laisse. Y'a Michel qui me menace avec un verre d'eau si je ne lui laisse pas le téléphone. Sal…

Un cri strident laisse facilement deviner que Michel a mis sa menace à exécution. Catherine retient un éclat de rire.

— Salut, maman ! Ça va ?

— Très bien ! Et toi ?

— Super ! J'ai eu quatre-vingts à l'examen de maths.

— Quatre-vingts ? C'est fantastique ! Félicitations ! Et à part ça ?

— Bof !

En un mot, Michel a résumé ce qu'a été la semaine pour lui. Habituée au langage hermétique de son fils, Catherine en conclut que tout s'est bien passé pour lui. Pourtant Michel s'empresse de rajouter.

— Mais c'est pas pareil quand tu n'es pas là.

— C'est gentil de me dire cela. Moi aussi, j'ai hâte de tous vous retrouver… En attendant, j'aimerais bien dire deux mots à ton père… Est-il là ?

— Bien sûr ! Même qu'il est en train de faire une salade. Tu devrais le voir ! Y'est marrant avec ton tablier à fleurs. Un instant, je l'appelle. À dimanche.

Un « papa » retentissant, puis le tintement de quelques ustensiles tombant sur le sol lui parviennent à l'oreille. Un juron claironnant et, enfin, des pas qui se rapprochent.

— Catherine ? Ça va ?

« C'est fou ce qu'ils ont de l'imagination. Ils ont tous dit la même chose ! » pense-t-elle avant de répondre.

— Oui, ça va. Mais je commence à m'ennuyer.

Robert a un sourire attendri. Pour elle, pour lui, pour ce qu'ils sont en train de vivre. Oui, Catherine avait raison de vouloir partir. Il est heureux, lui aussi, de l'ennui qu'il a d'elle. Pourtant, c'est d'une voix catégorique qu'il s'interpose.

— Faudrait pas ! Après tout, c'est toi qui voulais partir. Et puis, l'ennui, ce n'est pas bon pour le repos. Tout le monde sait cela.

C'est au tour de Catherine d'avoir un sourire attendri. « Où a-t-il pris cette maxime douteuse ? »

Toutefois, malgré tout, la voix de Robert lui monte à la tête comme un bon vin et elle décide de faire sien ce proverbe saugrenu.

— Tu as peut-être raison, mais ne t'en fais pas pour moi. J'arrive à me reposer quand même. Et, à la maison, tout va comme tu le veux ?

— Ça peut aller. Mais remarque que Madeleine y est pour quelque chose.

Le nom de Madeleine a posé un éteignoir sur sa joie. Brusquement, elle ne sait plus quoi dire.

— Bon… Tant mieux. Je… je vais revenir dimanche.

— On t'attend pour le souper ?

— Oui, bien sûr. J'ai… j'ai hâte de te revoir.

Robert a une hésitation, un tremblement dans la gorge parce qu'il a hâte de la serrer dans ses bras.

Néanmoins, au lieu de le dire bien simplement, il prend une profonde inspiration et répond laconiquement.

— Nous aussi, on a hâte de te revoir. Maintenant, il faut que je te laisse. Il y a ma salade...

Pourtant il ajoute précipitamment:

— Je t'embrasse, Cathy.

— ... Moi aussi. Embrasse les enfants pour...

Robert a coupé la communication. Cathy reste suspendue entre Québec et Ogunquit, puis opte catégoriquement pour le séjour au bord de la mer. En raccrochant, quelques larmes lui montent aux yeux. Cathy! Encore et toujours Cathy. Pourtant, elle lui a déjà dit qu'elle n'aimait pas qu'on l'appelle ainsi. Des dizaines de fois. Pourquoi s'entête-t-il? Aurait-il oublié?

La distance qui la sépare de chez elle lui semble à nouveau insurmontable, à l'image d'une longue course à obstacles entre ici et la maison du bord du lac. Ce lac trop immobile, trop calme... La spirale est à nouveau présente et Catherine n'entend plus que le bruit de la mer qui l'engloutit.

Un coup discret frappé à la porte la fait sursauter. Catherine est de retour dans sa chambre. Oui, elle ne doit pas l'oublier, ce soir il y a Étienne. Un dernier soupir, puis une longue expiration de détente. Elle se dessine un sourire, tout en marchant vers la porte. Curieusement, sa peine n'est plus. Son sourire est sincère parce qu'il est destiné à son nouvel ami. Elle ouvre. Étienne remarque ses yeux rougis, mais ne dit rien. Pourtant à cause de ce regard triste, il a un serrement de cœur, douloureux comme une peine d'amour.

Le restaurant qu'il a choisi est à deux pas de l'hôtel, au bord de la rivière. À marée haute, on a l'impression d'être en bateau. La soirée est assez douce pour s'installer sur la terrasse protégée par un auvent.

On a commandé un repas fin et Étienne a insisté pour offrir le champagne. C'est le dernier repas à deux. Se reverra-t-on ? On évite d'en parler. Cela fait partie de demain et, ce soir, on se nourrit du moment présent. On parle peu, mais on se sourit beaucoup. Cette merveilleuse complicité qu'on appelle l'amitié.

Curieusement, la salle à manger est pleine comme aux plus beaux jours de l'été. Les conversations se superposent aux bruits de la vaisselle entrechoquée. En regardant Étienne, Catherine se dit qu'elle reviendra l'an prochain. Mais avec Robert, cette fois-là. « Merde pour l'université ! Merde pour les étudiants ! » Pourquoi pas ? Tout lui semble possible ce soir. Malgré la froideur de l'appel, elle garde en son cœur la joie du retour. Son mari n'est-il pas ainsi fait ? Ne l'a-t-elle pas accepté depuis toujours ?

La vague ondule sous leurs yeux et la lune toute ronde y berce son reflet. Les voix se chevauchent de plus en plus fort, mais elles n'atteignent pas Catherine. Elle sourit à Étienne en se répétant qu'elle est bien avec lui. Le repas est excellent, le champagne aussi. Étienne propose de trinquer. À l'amitié, à l'hôpital, à la famille, à l'espoir de se revoir. Mais on ne parle pas de rendez-vous à Québec. Catherine préfère se dire que le destin y verra.

Puis, soudainement, alors que le repas tire à sa fin, ils découvrent qu'ils ont encore des tas de choses à se dire. Le temps file. Alors ils se mettent à parler en même temps, en se bousculant et en riant. Le vin est bon. Autour d'eux, les éclats de voix sont plus sentis, les rires plus faciles. Pendant un instant, Catherine s'amuse à écouter ces voix qui tourbillonnent tout autour et elle essaie d'imaginer à qui elles appartiennent. Des notes aiguës : une petite femme grêle ; un ton grave : un personnage imposant. Des roucoulements, des gloussements, des chuchotements, des jacassements et des protestations. Et, couronnant le tout, des rires de toutes sortes qui lui donnent envie de rire à son tour, sans raison. Voix éteintes, criardes, brusques, mélodieuses, tendues, joyeuses. Puis, tout à coup, une voix différente. Plus forte, chaude et grave, qui lui rappelle étrangement celle de Robert. Catherine se retient à grand peine pour ne pas se retourner. Il y a un silence en elle. Comme une stupéfaction. Mais quand Étienne lui propose un dernier cognac à sa chambre, elle oublie la voix qui ressemble tant à celle de son mari.

Ils quittent le restaurant, bras dessus, bras dessous. En riant, parce qu'ils sont bien ensemble.

Un cognac ne suffit pas pour dire tout ce qu'on a envie de dire. On en prend un deuxième pour étirer la soirée. Puis on empiète sur la nuit. Étienne décrit l'urgence où il travaille et qui commence à lui manquer. Catherine parle des études qu'elle aimerait peut-être reprendre ou encore d'un travail à mi-temps.

« Mais d'où me vient cette idée ? » pense-t-elle amusée.

Pourtant, elle trouve cette perspective séduisante. Tout est possible, ce soir.

Malgré la douceur de l'instant, la fatigue se manifeste. On se regarde en bâillant. Il est temps de se quitter.

— On se reverra sûrement, répète Étienne, une conviction sincère dans la voix. Québec ce n'est qu'un gros village…

Il est devant la fenêtre et lui tourne le dos. Catherine le regarde. Elle voudrait tout à coup étirer le temps, le suspendre pour une nuit éternelle qui se suffirait à elle-même. Elle a peur des au revoir. Ils ne sont, trop souvent, que des adieux maquillés. Comment être certaine qu'Étienne deviendra l'ami de la famille Lefrançois, tout comme Madeleine depuis toujours ?

Catherine se lève et s'approche d'Étienne. Mais elle ne lui demandera pas de venir à la maison comme elle en aurait envie. Avant, elle doit parler de ce nouvel ami à Robert. Comme un besoin de justification. C'est un peu ridicule, mais Catherine est ainsi faite. Elle s'étire en bâillant et Étienne se retourne.

— Bon, je crois qu'il est temps que je parte, lance-t-elle finalement. Tu as une longue route à faire demain... Sois prudent, Étienne. Je penserai souvent à toi.

— Promis Catherine... Je...

Il prend une longue inspiration quand il se penche vers elle. Il va parler dans cette spontanéité des sentiments qui sont les siens. Il a terriblement envie de la revoir, de connaître sa famille, lui qui se refuse d'en avoir une en raison de sa profession qui est une vocation à ses yeux. Étienne ferme les yeux un instant. Oui, il va parler. Mais quand il redresse le front, il se heurte à la réalité d'un regard pur, franc et sincère. La réalité de Catherine, c'est sa famille et son mari. C'est à elle de dire si elle veut le revoir. Alors il se contente de porter sa main à ses lèvres, et Catherine se hausse sur le bout des pieds pour l'embrasser sur la joue. Comme on embrasse le frère qui part pour un long voyage. Avec tendresse.

— Merci, Étienne, pour ces quelques jours en ta présence. Ils ont été merveilleux... Je... Je ne t'oublierai jamais.

Étienne recueille ces paroles, les place à l'abri dans le souvenir de sa halte d'automne à Ogunquit. Comme une douceur depuis longtemps attendue.

— Au revoir, Catherine. Moi non plus, je ne t'oublierai pas.

Un dernier sourire, puis la porte se referme. La coupure est faite. Catherine a un pincement au cœur, puis la douleur s'estompe. En regagnant sa chambre, elle se laisse déjà porter par le souvenir et espère que bientôt Étienne fera partie de son présent. On n'oublie jamais les vrais amis. Ils vivent en nous, continuent à leur façon de vivre par nous.

7

Enfin dimanche ! À peine huit heures du matin, et déjà les bagages de Catherine s'enlignent en rang d'oignons près de la porte. La chambre ne lui appartient plus. Elle s'est vidée de son âme et Catherine n'y est plus qu'une étrangère.

Ces deux derniers jours, elle s'est aussi éloignée de la plage. Une fois Étienne parti, elle a préparé son retour à la maison. Elle a même dû se retenir pour ne pas prendre la route dès vendredi. C'est la peur de regretter une décision prise sur un coup de tête qui l'a retenue. Catherine a donc laissé l'ennui devenir le compagnon de ses derniers jours de vacances. Aujourd'hui, elle a droit à la sérénité du retour.

Le temps de charger la voiture, de régler l'addition et elle est prête.

Pas de déjeuner ce matin. Elle n'a pas vraiment faim.

Catherine Lefrançois retourne chez elle.

Un grand soleil lui tient compagnie tout au long de la route. Autoroute, chemin de campagne le long de la rivière et douanes refont, en sens contraire, la démarcation entre la liberté et la maison.

Ensuite, c'est la route de la Beauce où elle se sent chez elle. Il est quatorze heures et elle n'a toujours pas faim. La mère a réintégré sa peau.

En une semaine, le bois autour du lac s'est dépouillé de ses joyaux. De la luminosité somptueuse dont elle avait souvenir, il ne reste plus qu'un tapis d'Orient. L'automne se fait discret avant de devenir franchement maussade et de céder sa place à l'hiver. Dans un éclair, Catherine revoit Étienne courant sur la plage. Alors elle se dit que, pour une fois, l'hiver ne lui fait pas peur. Elle a une confortable provision de chauds souvenirs à partager le soir, auprès du feu.

Le sous-bois qui mène à la maison est une cathédrale de branches entrelacées qui défilent au-dessus de sa tête. Des vitraux de lumière blanche qui frissonne dans une nuée d'étincelles dorées. Joyeusement, elle appuie sur l'avertisseur pour saluer Isabelle et Josée qui l'attendent sur la galerie.

Pendant un instant, c'est un enchevêtrement de cris, de galopades sur le gravier de l'entrée, de mains qui se tendent. L'auto est à peine immobilisée que maman disparaît sous l'avalanche des baisers d'Isabelle. Josée la regarde en souriant. Catherine retient quelques larmes. Douceur de ces larmes que la joie nous donne envie de verser. Puis, étroitement enlacées, les trois filles descendent vers la plage.

— Les gars rentrent le yacht, a répondu Josée à son regard insistant qui fouillait les abords de la maison.

Dès que Michel a entendu les cris stridents d'Isabelle, il a lâché le bateau et est sorti en courant du hangar malgré les imprécations de Robert.

Maman… Maman est de retour.

Le jeune adolescent se précipite vers elle. Course de l'enfant heureux et poignée de main de l'homme. Catherine comprend et ne force pas la tendresse de son fils. Le regard qui va de l'un à l'autre vaut mille baisers. Mais, rapidement, Michel s'ébroue, sa chevelure cuivrée dansant dans le soleil. Il s'approche de Catherine et lui plaque deux baisers sonores sur les joues. Le tout suivi d'une ronde endiablée qui lui permet de camoufler la rougeur qui lui monte au visage. Isabelle, ravie, lui emboîte le pas sous l'œil furibond de Josée. Catherine a un large sourire. Non, rien n'a changé pendant son absence. Sauf elle, peut-être… Peut-être, si elle n'a pas rêvé son voyage.

Puis Robert paraît. Lentement, calmement, il sort de l'ombre et vient à elle. Leurs yeux se cherchent, se trouvent, se reconnaissent, se sourient. Robert prend Catherine par la taille, et la joie qu'il a de la revoir se promène sur la peau de son cou, se perd dans sa chevelure. Le temps d'un soupir silencieux. Puis il se retourne vers les deux jeunes qui n'ont pas encore fini leur danse de sauvages.

— Hé ! Ça suffit. Pas besoin d'ameuter tout le voisinage. Isabelle et Josée allez chercher les bagages de maman et rentrez-les dans la maison. Quant à toi, Michel…

D'un index impératif, il désigne le hangar. Catherine se retrouve brusquement seule avec le clapotis de l'eau contre le quai.

Voilà, c'est fait. Elle est de retour.

L'avait-elle imaginé ainsi ? Non, pas vraiment. Il y a comme une absence, un manque à combler. Non pas une froideur, mais simplement un manque de chaleur. Une tiédeur. Elle ravale sa déception en même temps qu'une longue coulée d'air frais qui lui semble insipide après les senteurs salines. Elle n'a plus qu'à réintégrer sa cuisine pour oublier qu'elle en est partie. En remontant vers la maison, Catherine pense machinalement au souper qu'elle aura à préparer. Parlera-t-elle d'Étienne ? Elle ne le sait plus.

« Demain, se dit-elle. Demain, je verrai. »

En refermant la porte derrière elle, elle a l'impression de couper quelque chose d'essentiel dans sa vie. Rien de précis, plutôt un soupçon. Puis, elle sourit.

— Les filles ? Venez voir ce que je vous ai rapporté !

8

La vie a repris son cours. Mais en plus doux, en plus chaleureux. L'impression de vide que Catherine a ressenti au moment du retour n'a duré que ce temps. Ce soir-là, il n'y a pas eu de souper à préparer, Robert ayant décidé de fêter dignement l'arrivée de sa femme. Toute la famille s'est retrouvée au restaurant autour d'une immense pizza.

Robert aussi a connu l'ennui, ce pincement aigre-doux au cœur des émotions. Oh ! il n'a rien dit. Mais Catherine le devine à ses gestes plus tendres, à cette envie de dormir tout contre elle. Alors madame Lefrançois a réintégré son foyer, heureuse d'y être, heureuse de voir les siens heureux. C'est pourquoi elle a décidé de taire sa rencontre de vacances. Elle n'en sent plus le besoin, puisqu'elle a retrouvé l'homme qu'elle aime. Depuis son retour, ils font l'amour toutes les nuits, comme des jeunes mariés. Alors Catherine ne parlera pas, par crainte aussi de voir rompre le charme entre elle et Robert.

En ce moment, elle est à la cuisine. C'est son fief, son royaume. Elle est à préparer le gâteau préféré de la famille, quand le soudain, le téléphone sonne, la faisant sursauter. Elle s'essuie rapidement les mains sur son tablier, puis elle s'élance vers le hall.

— Bonjour ! Catherine Girard, je vous prie.

Un peu surprise de s'entendre interpellée par son nom de jeune fille, Catherine essaie de deviner à qui appartient la voix qui lui parle. Comme un vague souvenir, mais impossible d'y rattacher un visage. Elle répond d'une voix hésitante.

— Elle-même, à l'appareil. À qui ai-je le plaisir de…

Un rire l'interrompt.

— Bonjour, Catherine. C'est Marie Langlois. Te souviens-tu de moi ?

Un large sourire traverse le visage de Catherine. Marie ! Une grande partie de son adolescence reflue aussitôt dans sa mémoire.

— Mais bien sûr, Marie ! Même si ça fait des siècles.

— Et comment ! C'est un peu pour cela que je t'appelle. As-tu reçu ton invitation pour les retrouvailles ? On n'a pas eu de réponse de ta part !

Catherine se mord la lèvre. « Merde ! Les retrouvailles. Je les avais oubliées celles-là. » Elle se hâte de répondre.

— Oui, bien sûr que je l'ai reçue. Mais j'avoue que ça m'est complètement sorti de l'esprit. Tu sais, j'arrive de voyage et…

— De voyage ? Chanceuse ! Il faudrait que tu me racontes cela. Les voyages, c'est mon domaine... Alors, on peut compter sur ta présence ?

A-t-elle envie d'y aller ? Catherine fait la moue, hésitante. De toute façon, c'est toujours pareil ces fichues rencontres : une volée de pies jacassantes qui s'amusent à s'étourdir l'une l'autre par leurs prétendues réussites.

Devant le silence qui persiste, Marie se permet d'insister.

— Allons, dis oui, Catherine ! Je venais tout juste d'accoucher et je n'ai pas pu aller à la dernière rencontre, il y a cinq ans. J'aimerais tant te revoir...

L'intonation est sincère. Et Catherine n'était pas présente, elle non plus, malgré les cris et les reproches de Madeleine qui a tout essayé pour la faire changer d'avis. Elle se décide tout d'un coup.

— D'accord, Marie. Vous pouvez compter sur moi. Moi aussi, ça va me faire plaisir de te revoir.

— Merveilleux ! On se retrouve donc au collège, samedi en huit. Salut, Catherine.

— Oui, à bientôt, Marie.

En revenant à la cuisine, Catherine essaie d'imaginer à quoi peut bien ressembler Marie aujourd'hui. Elle la revoit avec ses cheveux à la garçonne, noirs et bouclés. Son visage rieur, son regard direct. Marie, c'était l'amie de tout le monde. Elle était de toutes les organisations, toujours prête à aider. Une fille formidable qui disait vouloir être infirmière et, surtout, avoir une ribambelle d'enfants.

« Oui, j'ai bien fait d'accepter. Je suis vraiment contente de revoir Marie », se dit Catherine.

Puis, consciencieusement, elle se penche à nouveau sur la recette du gâteau.

Catherine et Madeleine ont décidé de se rendre à la réunion ensemble.

— Viens me prendre chez moi, lui avait dit Madeleine. Comme ça, je suis certaine que tu ne changeras pas d'idée à la dernière minute.

En ce moment, elles sont toutes les deux dans la chambre de Madeleine. Une chambre toute blanche, très moderne, avec quelques tableaux aux couleurs vives. Une chambre de revue, a coutume de dire Catherine. Elles se préparent en pouffant de rire, en se rappelant leurs souvenirs de collégiennes. Catherine a l'impression que c'était hier, ce joyeux temps d'insouciance.

Elle a à nouveau dix-huit ans et se plaît de cette sensation d'intimité qu'elle retrouve avec Madeleine.

— Et sais-tu ce que Robert m'a dit quand je suis partie, tout à l'heure ? lance-telle en rajoutant un peu de rouge sur ses lèvres.

Catherine se retourne et, les deux poings sur les hanches, elle imite la voix bourrue de son mari.

— Surtout, ne parlez pas de moi en mal, les filles.

Elles éclatent de rire en même temps. Catherine, à cause de cette joie de vivre qui est la sienne depuis quelque temps. Madeleine, à cause de cette douceur qu'elle ressent. Cher Robert qui pense toujours à elle, qui cherche si souvent à l'inclure dans sa vie. Catherine, en se retournant pour un dernier regard dans la glace, n'a pas vu le drôle de sourire de son amie. Cette ambivalence entre elles, ce sourire à la fois amical et distant.

Quand elles arrivent au collège, le grand hall d'entrée fourmille déjà de jeunes femmes joyeuses. Rapidement, Madeleine a été avalée par la foule colorée.

— Madeleine ! Madeleine G. Comment ça va ?

C'est vrai que du temps des études on l'appelait Madeleine G. Catherine ne se rappelle plus pourquoi. Elle la regarde, la grande Madeleine, entourée de compagnes qui ont fait l'université avec elle. On parle métier, profession. À leur arrivée, elles ont reçu un carton d'identification qui indiquait leur nom et leur profession. Recul de Catherine. Sur le sien, il n'y a que son nom, « Catherine Girard ». Rien de bien important que cette Catherine. Elle n'a qu'un nom. Ni études savantes, ni métier exaltant. Voilà pourquoi elle se tient un peu en retrait, presque craintive qu'on la reconnaisse, qu'on lui demande ce qu'elle devient. Que dirait-elle ? « Moi ? Voyez-vous, je suis mère à plein temps. » Elle se sent ridicule, intimidée de se voir là, au milieu de toutes ces femmes élégantes qu'elle ne reconnaît pas. Elle survole la salle du regard, dans l'espoir qu'elle saura repérer Marie dans cette foule bigarrée quand, soudain, le rire de Madeleine enterre le bruit des conversations. Ce rire trop fort, provocant, et cette voix catégorique qui la retrouve, la pique de ses mots imprévus.

— Catherine ? Bien sûr qu'elle est ici. Tu ne l'as pas vue ? Attends, je vais t'aider. Tu vas voir : elle n'a pas changé. Elle vieillit bien, Catherine. Comme sa mère. Elle lui ressemble, d'ailleurs.

Sa mère ! Catherine voudrait fondre sur place, disparaître dans le décor. Ainsi donc, c'est là l'image qu'elle projette. Et soudain, comme une apparition, elle revoit clairement sa mère à quarante ans : un tablier à la taille, un stylo à la main. Elle l'entend dire cette bonne occasion à ne pas manquer. Et son père, qui hausse les épaules, ayant un sourire moqueur quand il dit : « Fais comme tu l'entends, Marjorie. » Puis il ajoute, comme chaque fois : « Je te fais confiance. » Ses parents si différents, mais complices. Cet homme d'émotions qu'était Émile rejoint l'entendement que Catherine a d'elle-même. Pourtant Madeleine a dit qu'elle était la fille de sa mère. Cette comparaison avec sa mère : ces enfants bien mis, cette maison bien tenue, ces repas bien préparés, ces aubaines scrupuleusement surveillées. Oui, c'est vrai. Il y a aussi cette ressemblance entre Catherine et sa mère. Une constatation, puis un regret. « Se peut-il, pense-t-elle misérable, que j'aie cette allure de fourmi ménagère ? »

— Catherine ! Enfin !

La bulle du souvenir vient d'éclater. Une jolie femme aux cheveux gris la regarde en souriant. Machinalement, Catherine porte les yeux sur le carton épinglé au revers de sa veste. Marie Langlois. Il n'y a qu'un nom d'inscrit sur le carton bleu. Alors, Catherine sourit à son tour. Un vrai, sincère et soulagé. Elle n'est plus seule.

— Marie ! Comme je suis heureuse de te voir !

— Et moi, donc ! lance joyeusement Marie en lui prenant la main pour l'entraîner à sa suite. Une vraie basse-cour ici. On ne s'entend même pas penser. Viens. J'ai vu deux fauteuils un peu plus loin.

Catherine se laisse emmener, libérée de ses appréhensions. Marie éclate de rire en se laissant tomber sur une chaise à peine rembourrée.

— Ainsi donc, tu n'as qu'un nom toi aussi, fait-elle malicieuse en pointant le carton de Catherine. Comme si c'était là l'important ! Si j'avais été sur le comité d'accueil, je n'aurais jamais accepté cela... Enfin, dit-elle en s'étirant, ce qui est fait est fait. Tant pis... Mais dis-moi, qu'est-ce que tu deviens ?

À part la couleur des cheveux, Marie n'a pas changé. La conversation reprend, entre elles, comme si elle avait été interrompue la veille. Dialogue facile, qui va de soi. Il y a les maris, les enfants, cette importance que l'on donne à la famille. Tous ces points communs qui les ravissent. Ces vies qui se ressemblent, se recoupent, se complètent. Une seule différence : Marie a un emploi. Oh ! un petit travail de rien du tout comme agent de voyages. Deux jours par semaine.

— Par principe, dit Marie en riant. J'ai besoin de voir du monde, de sortir de mes chaudrons. Même quand les garçons étaient bébés, j'ai toujours eu un emploi. Ce n'est pas toujours facile de concilier la vie d'une mère de cinq garçons et celle d'agente de voyages, car je dois partir, occasionnellement. Mais ça me fait du bien de tout laisser tomber pour quelques jours. Carl a appris à se débrouiller sans moi, et c'est une très bonne chose. Et puis, ajoute-t-elle en riant et en levant un index averti, avoir une certaine autonomie financière permet d'équilibrer les forces dans un couple.

Catherine l'écoute monologuer depuis un moment et elle la trouve chanceuse. Cet espèce d'égalité qu'il semble y avoir dans la vie de Marie. Cette assurance, aussi. Elle se revoit demandant la permission de partir pour une toute petite semaine. Oui, c'est vrai qu'elle aimerait sortir plus souvent de la maison, rencontrer des gens. Avoir quelque chose à dire, elle aussi, le soir autour de la table.

— Oui, tu as raison Marie. Ce doit être agréable un travail comme le tien, à temps partiel...

— C'est vrai que tu aimerais cela ? Je peux peut-être parler de toi à...

— Attention, Marie, l'interrompt Catherine en riant et en montrant son carton d'identification, comme tu l'as constaté, je n'ai ni titre ni formation.

— Qu'importe ! Finalement, je n'ai pas fait d'études moi non plus. Carl m'a mis le grappin dessus avant que j'aie eu le temps de dire ouf ! dit Marie en riant encore. Mais ça ne m'enlève pas mes qualités ni mon intelligence. Es-tu sincère lorsque tu dis que tu aimerais travailler ?

Catherine a un léger embarras. Il y a Robert. Que penserait-il de tout cela ?

— Oui, moi j'aimerais bien cela. Mais il y a mon mari. Je ne sais comment…

Marie l'interrompt d'un geste de la main.

— Minute ! Ton mari serait bien mal venu de dire quoi que ce soit, décide-t-elle catégorique. Ça fait combien d'années que tu lui consacres ?

Toutefois, devant la mine triste de Catherine, Marie n'attend pas de réponse et elle ajoute, redevenue sérieuse.

— Excuse-moi, je parle pour ne rien dire. Tu sais, moi aussi je suis comme toi. J'ai besoin de savoir que Carl m'appuie dans ce que je fais. C'est essentiel entre nous. Dans le fond, conclut-elle en éclatant de rire à nouveau, on fait un peu vieux jeu toi et moi. Tu ne trouves pas ?

Mais Catherine ne trouve pas que compter sur quelqu'un soit démodé. Avoir besoin l'un de l'autre… Comme elle s'apprête à relancer le débat, elle est interrompue par une voix forte qui s'adresse à la salle entière.

— Hé, les filles ! Si on allait souper toutes ensemble ?

Quelques exclamations, des rires, un brouhaha dans la conversation, puis Marie se tourne vers elle.

— La bonne idée. On y va ?

Les groupes se sont formés selon les anciennes amitiés. Madeleine, sans demander l'avis de personne s'est jointe à Catherine et Marie pour le souper. Madeleine la volubile, qui parle sans arrêt, qui accapare les attentions, qui prend tout le plancher, qui dirige la conversation. Alors Catherine n'a pas desserré les dents du repas ou si peu... Une habitude quand Madeleine est là. Elle l'écoute vanter les mérites de sa vie de célibataire et Marie qui lui répond vertement. Elle n'a jamais aimé Madeleine G. Sa suffisance, ses prétentions. Elle est forte de ses convictions, Marie. De sa vie heureuse et bien remplie. Elle n'a aucune crainte devant la grande Madeleine. Bien au contraire ! Dire qu'elle n'aime pas ce genre de femmes serait un faible reflet de ce qu'elle pense.

— Laisse-moi rire Madeleine, lance-t-elle, visiblement choquée. T'auras beau dire ce que tu veux, jamais tu ne me feras admettre qu'on peut être heureux sans amour.

— Alors, riposte immédiatement Madeleine, il y a eu des générations de femmes malheureuses. Il n'est pas si loin le temps où les religieuses remplissaient les couvents.

— Mais toi, alors ! Tu le fais exprès... Tu ne comprends rien à rien, ma parole. Ai-je dit qu'il fallait vivre avec un homme pour être heureuse ? Je te parle d'amour, Madeleine.

Puis, se tournant vers Catherine, elle la prend à témoin.

— Essaie de lui expliquer, toi. Tu la connais plus que moi. Et je suis certaine que tu comprends ce que je veux dire.

Catherine n'a pas le temps d'ouvrir la bouche que Madeleine se hâte d'intervenir en riant. Un rire qui ressemble à un grincement de dents.

— Alors là, je vous laisse les filles. Si tu mêles Catherine à la conversation, je suis faite. S'il y en a une qui croit en l'amour, c'est bien elle. Une vraie fleur bleue. À vous deux, vous seriez capables de me convertir et je n'y tiens pas du tout. Pas besoin de me raccompagner Catherine. Je vais prendre un ta...

— Catherine ! La bonne surprise. Comment vas-tu ?

Une voix chaude, manifestement heureuse de la rencontre interrompt Madeleine. Un instant de surprise l'empêche de se lever. Qui est ce bel homme qui semble vraiment content de voir Catherine ? Elle a un froncement de sourcils devant le sourire éclatant de Catherine. Un sourire accompagné d'une subite rougeur du visage.

— Étienne ! Quelle surprise !

Catherine, remarquant l'insistance du regard de Madeleine qui va d'elle à Étienne s'est levée vivement, inquiète. Étienne, c'était son secret bien gardé.

Et Madeleine qui est restée assise, qui a son demi-sourire…

« Mais que va-t-elle s'imaginer là ? » s'affole Catherine. Elle se hâte de faire les présentations.

— Madeleine Grenier et Marie Langlois, dit-elle un peu trop vite en désignant les deux femmes. Des amies de collège.

Puis, sans se retourner vers Étienne, elle ajoute très rapidement :

— Docteur Étienne Bernard. Un ami que j'ai rencontré à Ogunquit.

Il y a un instant de flottement que Madeleine se charge de dissiper, brusquement pressée de s'en aller.

— Enchantée, monsieur, dit-elle vivement en ramassant ses gants et en se levant. Désolée, mais j'étais sur mon départ.

Puis, se penchant vers Catherine, elle lui effleure la joue du bout du doigt.

— À bientôt, ma chérie. Prends bien soin de toi.

Avant que Catherine ait le temps de dire quoi que ce soit, elle zigzague entre les tables et se précipite vers la sortie.

« Tant pis, se dit Catherine. Je l'appellerai pour dissiper ce malentendu. Après tout, je n'ai rien à me reprocher ! » Alors elle refait son sourire, se tourne vers Étienne.

— As-tu le temps de prendre un café ? Viens t'asseoir que je te présente Marie. C'est une vieille copine.

Robert

9

Les volets viennent de claquer contre la maison. Matin à l'odeur de café qui se faufile partout, qui chatouille les narines endormies.

Robert ouvre un œil, s'étire en bâillant, se gratte vigoureusement la nuque. Il a un soupir souriant, satisfait, redevenu capitaine de son navire paisiblement ancré au port. « Catherine », pense-t-il content, ému. Depuis qu'elle est de retour, il y a un renouveau entre eux. D'un bond, il est debout avec en tête le souvenir de la nuit tronquée par l'amour. Une nuit sous le signe du désir. Merveilleux voyage ! En s'habillant, il hume à pleins poumons la bonne odeur du bacon et du pain grillé.

En descendant, son premier geste est le baiser dans le cou de Catherine. Et ce matin, il le donne les yeux fermés pour en savourer toute la douceur. L'épouse aussi, ferme les yeux sur cette intimité qui lui avait tant manquée et qu'elle retrouve gourmande, incrédule. Depuis Ogunquit, elle a à nouveau vingt ans. Le café fume dans la tasse de son mari et le journal l'attend, sagement plié contre l'assiette. Robert survole la cuisine du regard, s'attarde amoureusement sur Catherine en se disant qu'il est, somme toute, un homme chanceux. Puis il se plonge dans ses nouvelles de sport. Instant de banalité qui fait sourire Catherine pendant que les enfants envahissent bruyamment la cuisine.

Dès qu'il a fini de manger, sans un mot, Robert quitte la table et vient au salon. Carnet de notes, copies d'examens, rendez-vous prévus pour aujourd'hui. Il prépare méticuleusement sa journée, en piles distinctes, sur le bureau devant lui dans un coin du salon. Une pile pour chaque moment de la journée. En entendant les enfants qui partent, il pense machinalement qu'il doit se presser. Il glisse adroitement les piles de feuilles dans sa mallette en cuir fauve aux coins tout racornis et c'est toute la journée de Robert qui se glisse dans la mallette, en piles ordonnées. C'est un homme méticuleux, précis, méthodique, ponctuel. Alors il se hâte, même si ce matin, à cause de la nuit qu'il vient de vivre, il n'a aucune envie de partir. Une idée folle d'adolescent qui voudrait succomber à ses caprices lui traverse l'esprit.

Robert hésite un instant. Puis, un long soupir, mélangeant intimement une centaine d'étudiants, un séminaire sur le droit international et une rencontre, balaie cette intention. Avant de partir, il passe par la cuisine pour le dernier baiser qu'il n'oublie jamais.

Catherine, le nez à la fenêtre, rince les assiettes en se disant, elle aussi, combien serait douce une journée à deux. Oui, ce matin elle aurait envie qu'il reste. À cause de la nuit qu'elle a aimée, à cause aussi d'Étienne qu'elle a revu hier. Elle est soulagée de savoir que, désormais, elle ne peut plus taire sa rencontre. Il lui faut parler avec Robert et aussi avec Madeleine. Elle se dit que ce matin, elle saurait les mots pour expliquer sans blesser, seule avec Robert, sans les enfants pour venir les déranger à tous moments.

Quand elle entend le « Bonne journée, ma chérie », Catherine s'oblige à admettre que ce soir sera tout aussi bien. Robert doit partir, c'est évident. Elle étire le cou pour recevoir son dû. Respect des attitudes, des conventions entre eux. Leur vie est ainsi faite. Catherine ne doit pas perdre de vue que les vacances sont bel et bien terminées.

Robert se sauve, pressé par le temps et par l'envie de rester qu'il s'oblige à combattre. On ne fait pas toujours ce que l'on veut dans la vie. Cela, il le sait depuis longtemps. Il se le répète, en jetant un dernier regard sur le lac étrangement calme ce matin.

Il connaît par cœur le chemin du tour du lac, l'autoroute et le boulevard qui mènent à l'université. Depuis près de vingt ans qu'il fait ce même chemin tous les jours, matin et soir. Vingt ans qu'il se dit, à l'aller, que la journée va être longue. Pourtant il sait que le temps passe vite, toujours trop vite. Et le soir, quand il fait le chemin à l'envers, il constate, agacé, qu'il lui reste encore du travail à faire à la maison. Une éternité qu'il se répète les mêmes maudites choses, matin et soir.

Pourtant... Pourtant il était sincère quand il proclamait que l'enseignement lui laisserait plus de liberté que la pratique. Et c'est pour cette unique raison que celui à qui on prédisait une brillante carrière de plaideur avait préféré l'enseignement. À cause de Catherine et des enfants. Il voulait vivre avec sa famille. Catherine n'avait-elle pas sacrifié ses études pour s'occuper de leurs enfants ? Pour elle, il a donc accepté une chaire à l'université comme Madeleine l'avait fait avant lui. En compagnie de cette amie de toujours, le sacrifice était moins pénible. Et puis, il y avait les vacances en été, l'horaire fixe, la sécurité qui, à ses yeux, était gage d'une vie familiale heureuse. Et il semble bien qu'il ne se soit pas trompé. Les enfants ne manquent de rien et Catherine semble satisfaite. Même si la vie a passé comme un éclair et que les enfants ont grandi sans qu'il s'en rende compte. Malgré tout, il s'est habitué à cette vie. Quand il tente de faire le bilan, il se dit qu'il n'a pas trop mal réussi, même si parfois le bonheur ne ressemble pas exactement à l'idée qu'il s'en faisait à vingt ans. Il a fini par admettre que la vie va à son propre rythme sans nous demander notre avis. Que pourrait-il y changer ? C'est probablement la même chose pour tout le monde. Alors Robert se dit heureux, malgré les cours trop longs, les séminaires envahissants, les réunions sans fin et tous ces midis où il mange en vitesse pour essayer de gagner du temps sur l'horaire. Malheureusement, l'horaire de Robert est un ogre insatiable qui finit toujours par le rattraper. Quand on pense à avril qui va enfin arriver, on pense aussi à cette deuxième auto qu'il faudrait bien acheter pour Catherine. Robert a donc accepté de donner un cours d'été. « Juste pour une fois », pensait-il avec conviction. L'année suivante, il y a eu le toit de la maison qui fuyait. Il a alors accepté de donner un second cours d'été. Et c'est devenu une habitude annuelle.

C'est comme cela que sa vie file, coincée entre une classe, un bureau, une salle et un pupitre. Une vie d'enseignement ficelée de corrections, de stylo rouge et de copies qui lui arrachent les yeux et sapent sa patience. Corriger, corriger, corriger... Le cauchemar de sa vie. Malgré l'aide des correcteurs et de son auxiliaire, il en reste toujours trop à faire.

À trente-cinq ans, il a eu l'envie brutale de tout plaquer. Faire n'importe quoi, mais ne plus faire face à une classe. Il était à l'âge où une carrière était encore possible. C'était presque une obsession. Mais ce fut aussi l'année où Josée a parlé de colonies de vacances anglaises, Michel de cours de musique et Catherine de voyage en Europe avant qu'ils ne soient trop vieux. Alors, sans rien dire de ses rêves, Robert s'est remis à corriger. Et il le fait encore aujourd'hui, à quarante-deux ans. En homme raisonnable, il s'est convaincu qu'il valait mieux s'adapter à la vie qui s'offre à nous plutôt que d'essayer d'adapter la vie à ses désirs. Avec rage, il s'est identifié à l'image qu'il projetait et a fini lui-même par y croire. Et quand il regarde Catherine et les enfants, il ne regrette rien. Il est fier de lui et il donne le nom d'habitude à son insatisfaction permanente. Cette espèce de lassitude de lui et de tout, il la nomme routine. Qui peut y échapper ?

En entrant dans son bureau, il pense toujours à Catherine et l'envie qu'il avait de rester avec elle. Depuis son retour, il y a en lui un désir d'elle qu'il croyait endormi par la trop grande habitude d'un corps.

— Cet après-midi, je quitte la boîte à trois heures, grommelle-t-il entre ses dents. Tout de suite après le séminaire. Et tant pis pour la rencontre.

Puis, après cette mise au point essentielle avec lui-même, il se glisse dans la peau du professeur. C'est pour cela qu'il est ici. Geste sec de l'épaule et frissonnement agressif de la moustache. Une pile de feuilles, la baguette pour le tableau et un long soupir qui redresse encore plus sa haute stature. Maître Lefrançois est prêt pour son exposé. À grandes enjambées, l'œil fixe sur la pointe de ses souliers, il se dirige vers l'amphithéâtre. Dès qu'il paraît dans l'embrasure de la porte, le murmure des voix tarit de lui-même. C'est un professeur sévère, que l'on craint. Mais il parle si bien et il est d'une justice à toute épreuve. Alors on se bouscule pour être dans sa classe. Quand il se met à parler, les crayons se mettent à courir sur les cahiers. C'est à cet instant que Robert oublie tout le reste. Il a le feu sacré, un calme communicatif et la parole facile. On ne peut faire autrement que de l'écouter. Il le sait et en abuse avec une candeur désarmante. C'est sa soupape de sûreté. C'est pour cela qu'au fil des ans, ses cours sont devenus de longues plaidoiries. Un jeu qu'il joue autant pour lui que pour la galerie. Mots choisis maintes fois répétés, brillantes envolées. Il n'est plus dans sa classe, mais devant un juge et un jury qu'il doit convaincre.

Robert Lefrançois, homme taciturne quand il ne plaide pas, mène sa vie de façon magistrale.

Aujourd'hui encore, la journée n'a duré que le temps d'un soupir. Mais, pour une fois, Robert ne s'en plaint pas. Dès que le séminaire est terminé, il s'esquive pour ne pas être bombardé de questions et il file à son bureau. Sans prendre le temps de ranger, il happe sa mallette et sa veste avachie sur un bras de la patère. En ouvrant la porte extérieure, il entend son nom proclamé aux quatre coins de la faculté. Hésitation d'un instant qui lui fait ralentir l'allure. Mais aussitôt, indulgent envers lui-même, il se persuade qu'il est atteint d'une subite et inexplicable attaque de surdité. « Une fois n'est pas coutume », pense-t-il en allongeant le pas pour mettre rapidement une distance raisonnable entre son nom toujours clamé par le haut-parleur et son refus de l'entendre. Il se dirige, décidé, vers le stationnement.

Malheureusement, un étudiant qui vient de le voir passer se met à courir vers lui.

— Hé, monsieur ! Monsieur...

Il arrive tout essoufflé d'avoir fait concurrence aux longues jambes de son maître.

— Monsieur, on vous demande chez le doyen.

Un mouvement d'impatience soulève la moustache de Robert, la hérisse imperceptiblement. Une ombre traverse son regard.

« Mais, foutez-moi la paix ! » Puis, il se retourne lentement. Le jeune homme qui lui fait face a encore des allures d'adolescent, tout en bras et en jambes. Il regarde son professeur en souriant, fier du service qu'il lui rend.

À son tour, Robert a un sourire moqueur. « Comment prêcher l'honnêteté quand on ne la pratique pas soi-même ? » Il se contente de lancer sa valise sur la banquette arrière de sa voiture et de claquer la portière.

— Merci, André. J'y vais tout de suite.

Le jeune lui refait un grand sourire. Sur un signe de tête, il se retourne et repart en courant vers le vieux bâtiment. Amusé, Robert fait demi-tour, forcé d'admettre qu'il est plus attaché à cette vieille boîte que ce qu'il veut bien prétendre. Hubert Garneau, le doyen, l'attendait à sa fenêtre.

— Robert ! Content qu'on ait pu te rattraper. Mais entre mon vieux, entre ! Regarde ce que je viens de recevoir.

Et de désigner, du bout de sa pipe, une lettre posée en évidence sur son bureau.

— L'envoi était adressé à ton nom, mais ne l'ayant pas remarqué, je l'ai ouvert par mégarde.

À voir Hubert excité comme une puce, Robert se doute de l'importance de la missive. Son instinct frémit d'un plaisir anticipé.

— De quoi s'agit-il ?

Question banale qu'il pose d'une voix calme. Hubert, cet ami de longue date, se charge d'animer la conversation. Il se promène dans la pièce de long en large, comme un lion en cage qui attend son repas. Il se frotte les mains avec une satisfaction bien visible.

— Te rappelles-tu cet article que tu as écrit l'an dernier pour la revue *Le Droit* ? Si je ne m'abuse, ça portait sur le droit international. Eh bien ! figure-toi que le doyen de la faculté de droit de Harvard en a pris connaissance et ton point de vue l'a impressionné. Il veut te rencontrer.

Et prenant la lettre qui attend toujours sur son bureau, Hubert la tend à Robert en ajoutant :

— En deux mots, c'est une invitation spéciale pour participer à une session sur le droit international. Ils aimeraient que tu te joignes à eux à titre de professeur invité.

À bout de souffle, le doyen consent enfin à se taire. Robert sourit furtivement. Ainsi donc son article a été remarqué et son opinion intéresse ? Comment pourrait-il demeurer indifférent, lui qui dit que le droit est sa maîtresse ? Tranquillement, il savoure sa fierté en lisant la lettre lentement. Il jubile, même si son attitude reste de marbre. Les sentiments sont pour lui chose privée. Et ce que tout le monde appelle froideur chez lui n'est en fait qu'une grande pudeur.

— En effet, approuve-t-il, cela me semble très intéressant. Quelles sont les modalités exactes de cette invitation ?

Il est prudent, c'est dans sa nature. Il aime mieux attendre pour se réjouir que de le faire trop vite et être déçu par la suite. Mais qu'importe sa réaction ? Hubert est volubile pour deux. Il prend un fascicule sur le coin de son pupitre.

— Tout est là-dedans, mon vieux, lance-t-il en secouant le papier sous le nez de Robert comme un prunier au temps des récoltes. Il va y avoir des conférences données par d'éminents confrères ainsi qu'un cours régulier dont tu serais responsable. La session débute en janvier et dure deux mois…

Il a dit deux mois et Robert a frémi. Comment Catherine accueillera-t-elle cette invitation ? C'est long deux mois dans une vie de famille, dans une vie de couple. Lentement, il lisse sa moustache qu'il a encore très blonde, essaie de réfléchir. Et Hubert qui n'en finit plus de s'exclamer !

— Pense donc ! Cela va enfin mettre notre faculté sur la carte, affirme-t-il crûment. On ne peut repousser une chance pareille. Tu n'as pas le droit de laisser passer cette occasion. Bien entendu, nous endossons tous les frais... Allons, bon sang, s'emporte-t-il en s'arrêtant devant Robert qui continue de caresser sa moustache du bout des doigts, dis quelque chose ! Réagis, merde ! Crie, hurle !

— Ça me tente, c'est indéniable...

À ces mots, Hubert se permet de souffler de soulagement. Même si la réponse est brève et imprécise, Robert laisse présager qu'il est d'accord en principe. Le doyen se lève à nouveau, refait quelques pas devant sa fenêtre, tout respectant le silence de Robert. Puis il s'oblige à se rasseoir, se force au calme devant celui qu'il connaît comme un amant de la tranquillité. En se frottant longuement l'arête du nez, il reprend sa pipe et se met à la mordiller en se disant que Robert ne peut refuser.

Évidemment, Robert meurt d'envie d'accepter. Mais il y a Catherine et les enfants. Il ne peut donner sa réponse sans penser à eux. Ils sont trop importants pour qu'il puisse les balayer de ses choix. Pourtant, il sait qu'une telle occasion ne se représentera probablement jamais. Et c'est peut-être là une chance pour eux aussi. Harvard... C'est en se redisant que la chance est une dame qui ne frappe pas deux fois à la même porte qu'il se décide. Il est évident qu'il doit accepter. Pour lui, pour la faculté et pour sa famille aussi.

— Oui, oui... J'accepte. À la condition, bien entendu, que Catherine soit d'accord.

— Alors là, sourit Hubert, soulagé, en lançant sa pipe sur le bureau, la partie est gagnée. Je sais très bien qu'il n'y en a pas deux comme toi pour convaincre.

— Ouais... On verra. Essaie quand même d'obtenir le plus de détails possible pour que je puisse bien me préparer. Tu sais comme je déteste les imprévus.

Hubert se relève bruyamment, contourne son bureau et tend la main à Robert.

— Félicitations, mon vieux !

Un dernier battement des narines, un frémissement de la moustache et les sourcils de Robert se détendent. Il est prêt à la réjouissance, avec Hubert qui partage sa fierté.

— Merci Hubert... Non mais... C'est à peine croyable. Moi ! Moi à Harvard comme professeur. Pendant deux mois, je vais avoir l'occasion de côtoyer certains juristes de réputation internationale. As-tu une petite idée de tout ce que l'on peut aller chercher là ?

Et pendant quelques instants, on se félicite mutuellement, on essaie d'imaginer.

Tout au long du chemin du retour Robert mesure sa chance, l'évalue, la soupèse, l'examine dans tous les sens. Oui, il a eu raison d'accepter. Une offre semblable ne se représentera jamais. Il pousse même la folie à s'imaginer ce qu'il ferait, lui, à Harvard comme professeur permanent. Pourquoi pas ? Ce serait une chance inouïe pour ses enfants. Oui, Catherine va comprendre pourquoi il a accepté. Elle comprend toujours tout, sa femme.

Quand Robert arrive chez lui, il reconnaît l'auto de Madeleine devant la maison. Alors le plaisir qu'il a d'être de retour se double instantanément.

— Bonjour, les filles ! Comment allez-vous ?

Il se penche pour le baiser dans le cou et se retourne pour celui sur une joue. Catherine et Madeleine. Les deux femmes de sa vie. Il n'y en a jamais eu d'autres, parce qu'il n'en a jamais senti le besoin. Elles sont là pour lui, avec lui. Celle qui partage ses sentiments et sa famille ; et celle qui partage une bonne partie du reste. L'épouse et l'amie de toujours, la presque sœur. Robert se sert un café et vient se joindre à elles autour de la table.

— Alors comment ça va ? Vous n'avez toujours pas répondu à cette question banale.

Trop enthousiaste par la proposition de Harvard, Robert déroge au code établi en vertu duquel il ne se mêle jamais de leurs conversations de femme. Catherine lui lance un sourire sans répondre et Madeleine fait une moue sceptique.

— Toi, jeune homme, tu nous caches quelque chose.

— Moi ?

Il joue avec elles, les fait languir pour faire durer son plaisir. Catherine s'installe pour écouter. Il a sa mine des grandes occasions, celle qu'il utilise quand il se prépare aux grands discours. Elle sait aussi qu'il aime que son auditoire soit attentif. Menton appuyé sur ses poings, elle attend. C'est un signal entre eux.

— Peut-être bien, après tout, que j'ai quelque chose à dire.

Le temps d'une gorgée de café, d'un regard de l'une à l'autre. Puis, posément, il sort son paquet de cigarettes, en prend une, l'allume. Madeleine ne tient plus en place et tambourine sur la table.

— Vas-y, décide ! Parle !

Robert sourit à son amie, tout joyeux de la voir s'impatienter. Ils ont déjà partagé tant de joies et de revers comme professeurs, à cause de toutes ces années d'enseignement qu'ils ont en commun.

— Minute, jeune fille. Te voilà bien curieuse.

Puis, il se retourne vers Catherine, lui fait un long sourire. C'est à elle qu'il veut s'adresser en premier lieu. C'est de leur vie à deux, finalement, dont il est question, de leur vie familiale. Il aura tout le temps de se réjouir avec Madeleine après.

— Aujourd'hui j'ai reçu une invitation de Harvard, explique Robert. On aimerait que je me joigne à eux pour une session spéciale sur le droit international. J'agirais comme professeur invité. J'en ai parlé avec Hubert et il accepte de me libérer pour le temps nécessaire.

Catherine a aussitôt une grande fierté dans le regard. Robert, son mari, à Harvard. Elle sait à quel point cette invitation doit le satisfaire. D'un sourire, elle l'invite à poursuivre.

— Le séjour commence en janvier et dure deux mois. Je sais que c'est un peu long, rajoute-t-il devant le sursaut de Catherine, mais je ne pouvais faire autrement que d'accepter. Tu me comprends, n'est-ce pas ?

Sa décision est prise et elle est irrévocable, Catherine le comprend à l'air profondément satisfait de Robert, cet éclat agressif qui proclame qu'il ne changera pas d'idée.

Mais Catherine comprend.

Elle a bien une tristesse dans l'âme en disant que ces deux mois vont être bien longs sans lui, et une légère amertume aussi, devant la décision prise sans la consulter. Pourtant, c'est vrai, elle comprend. Son mari a raison quand il dit que c'est là une chance à ne pas laisser passer. Alors elle lui fait un long sourire.

— Bravo, mon amour. Je suis fière de toi.

L'homme se redresse. Pourquoi avait-il douté de l'évidence ? Catherine ne pouvait réagir autrement. Sa douce, sa merveilleuse épouse ! Et à son tour il a un sourire pour elle. Un sincère, un vrai sourire comme il en a peu. Il pose sa main sur la sienne tout heureux de sentir sa chaleur. Puis il se retourne vers Madeleine qui a bondi comme un diable hors de sa boîte.

— Pas juste, lance-t-elle, faussement boudeuse.

Puis elle éclate de rire et se précipite vers lui pour l'embrasser.

— Félicitations, confrère ! Mais remarque que je ne suis pas surprise. T'es un gars brillant. Fallait bien que quelqu'un s'en aperçoive, un jour !

Un ouragan, une tornade qui se déplace dans la cuisine. Madeleine reprend vivement sa place, pose des tas de questions, s'exclame avec envie. Comme professeur de droit, elle connaît les mots parfaits pour flatter la fierté de Robert. Elle sait comment capter son attention, ses pensées. Un jeu vieux de vingt ans entre les deux, datant de leurs études. Robert lui donne la réplique avec entrain.

Pendant ce temps, Catherine les regarde de loin. Elle se sent dépossédée, écartée. Peu à peu, elle se détache de la conversation et se retire en elle en poussant un long soupir qui se perd dans leur réquisitoire endiablé. Machinalement, elle porte les yeux sur la pendule. Quatre heures trente. C'est l'heure de voir au souper.

— Sais-tu quoi, exulte Madeleine, j'annule mon voyage en Suisse et je t'accompagne pour compléter ma recherche.

Son enthousiasme froisse l'air et enveloppe Robert d'une grande satisfaction. Il s'amuse de Madeleine comme ils le font si souvent ensemble.

— Ben, hésite-t-il, je ne sais pas si Hubert va être d'accord. Deux professeurs qui partent en même temps…

— Mais voyons, Robert ! Tu oublies que je suis en sabbatique à partir de décembre ?

Madeleine ne porte plus à terre. Être avec lui. Deux mois qui ressembleraient à leur jeunesse. L'envie se fait tentation, puis besoin. Elle jette un regard acéré sur le dos de Catherine qui rince la laitue.

« Qu'est-ce qui pourrait bien me retenir maintenant ? pense Madeleine. N'y a-t-il pas un autre homme dans la vie de l'épouse de Robert ? »

C'est d'ailleurs pour cette raison si elle est ici en milieu de semaine. Dès la fin de ses cours, Madeleine a pris le chemin de la maison du lac pour tenter de savoir.

Elle a attendu, mais Catherine n'a rien dit. Pourquoi ? Que veut-elle cacher ? Qui veut-elle épargner ?

Brusquement, Madeleine ne veut plus chercher à savoir. Il y a, en elle, une grande douleur qu'elle veut tout à coup guérir. De toute façon, ne fait-elle pas toujours ce dont elle a envie ? Enfin, presque.

— Mais oui, approuve Robert. Ta sabbatique ! Je n'y avais pas pensé. Tu as raison, ce pourrait être très intéressant de commencer à revoir ce cours sur place, là-bas. Imagine ce que...

Et le voilà qui continue sur sa lancée. Une brève stupeur envahit la pièce, atteint douloureusement Catherine au passage. Madeleine a un dernier regard qui effleure le dos de Catherine, puis elle revient à Robert. Elle le voit vibrant de joie et elle est heureuse pour lui, avec lui. Robert ne tarit pas.

— Oui, ce serait une très bonne idée d'y aller ensemble. Tu sais, tout comme moi, à quel point ce cours a besoin d'être modifié, modernisé.

Tout d'un coup, plus rien n'existe pour lui en dehors de ce plaisir partagé. La conversation reprend entre lui et Madeleine. Amplifiée, démesurée, indécente aux oreilles de Catherine.

« Et moi, pense-t-elle malheureuse, je n'existe plus ? »

Chaque mot qu'ils disent monte au-dessus d'elle et retombe sur ses épaules lourdes de tristesse, d'incompréhension. Alors, elle permet à la mémoire de venir la consoler. Elle repense à Étienne, ses mots, son sourire. Puis Catherine se dit que, finalement, ce n'est pas encore aujourd'hui qu'elle va en parler à Robert.

Pourtant, quoi qu'on puisse penser d'elle, Catherine n'est pas dupe et elle sait fort bien pourquoi Madeleine est ici. Mais c'est à Robert qu'elle désire parler en premier. Madeleine viendra après. Dans son esprit, c'est d'une logique implacable.

— Tu restes à souper, ordonne Robert en se levant et en s'adressant à Madeleine.

La situation lui appartient. Tout va pour le mieux. Catherine a compris et Madeleine sera du voyage. Il est tout à sa joie, à sa fierté.

— Viens au salon, Madeleine. On va mettre quelques idées sur papier.

Il aime tant que tout soit précis devant lui ! Madeleine est debout, se dirige déjà vers le salon.

Et cela ressemble à une fuite devant Catherine. Elle est soulagée de se soustraire à sa présence. Robert s'apprête à la rejoindre, mais il a un instant d'hésitation. Dans son emballement, il lui semble qu'il a oublié quelque chose. Il rejoint Catherine, lui met les deux mains sur les épaules.

— Ça ne dérange pas si j'ai invité Madeleine ?

Catherine a un haussement d'épaules. Ce n'était que cela ? Elle se force à lui sourire avant de détourner la tête pur revenir à sa tâche.

— Merci, tu es gentille.

Un baiser dans le cou et il est déjà parti pour le salon.

Les enfants ont réagi bruyamment à la nouvelle. Avec eux, le souper a pris des allures de foire. Ils parlent tous ensemble sans que personne ne cherche à les retenir.

— C'est où Harvard ?

— Tu y vas comment ?

— Pourquoi c'est Madeleine qui y va ?

— Est-ce qu'on pourra aller te voir ?

Des tas de questions auxquelles Robert et Madeleine répondent en riant. Seule Catherine est incapable de participer à l'euphorie générale. Elle a une tristesse dans l'œil quand elle se tourne vers Robert et une jalousie dans l'autre face à Madeleine. Elle l'envie comme elle ne l'a jamais enviée. Tout lui fait mal chez sa grande amie. Sa prestance, sa grandeur, sa beauté, son indépendance, sa facilité à parler. Pourtant, elle sait que Robert et elle se connaissent depuis leur plus tendre enfance. Leur amitié à trois n'est-elle pas au-dessus des mesquineries ? Les mots confiance et sincérité n'existent-ils que dans les livres ? Malgré tout, c'est avec un vif soulagement qu'elle accueille l'heure des devoirs. Elle bondit au premier coup de sept heures à la pendule du salon.

— Allons, Isa. Dis bonsoir, c'est l'heure de monter.

— Oh, maman, encore un peu… implore la gamine tout simplement ravie qu'il se passe enfin quelque chose d'important chez elle.

Robert vient même à sa défense.

— Mais Catherine…

— Pas question ! Isabelle, dis bonsoir et viens.

Catherine est intraitable. Cette intransigeance lui ressemble si peu qu'elle touche Madeleine au passage. D'un clin d'œil, elle conseille à Isabelle d'obéir. Il ne faut surtout pas d'accrochages… Tout doit se faire en douceur face à Catherine la douce… Dans cet état d'esprit, Madeleine exagère un bâillement.

— Ouf ! Je suis éreintée. Je crois que je vais me retirer, moi aussi.

— Mais je croyais qu'on allait discuter de…

La déception de Robert lui est douce comme du velours. Pour lui, elle a son plus beau sourire.

— Allons donc, se moque-t-elle gentiment. On a deux mois pour voir venir. On en reparlera demain au lunch.

Tout de suite après son départ, la maison reprend son rythme normal, habituel. Devoirs, bain et vaisselle ont reconquis leurs titres de noblesse. Peu à peu, le crépitement de la flambée inonde la maison qui plonge avec volupté dans l'heure creuse de la journée. Les grands sont dans leur chambre et Isabelle s'est finalement endormie. Robert essaie de corriger, mais il n'y arrive pas. Quand il lève la tête et voit Catherine assise devant la télé, il repousse la copie qu'il a devant lui et vient la rejoindre, brusquement conscient que deux mois sans elle vont être terriblement longs. C'est le revers de sa joie. C'est le sacrifice à faire pour pouvoir goûter aux possibilités qui s'offrent à lui.

Harvard !

La flambée crépite comme la fierté que Robert ressent. Alors qu'importe deux mois dans une vie ? Ils sont à la fois tout et rien. Il a surtout envie qu'ils soient tout. Il s'assoit contre sa femme, lui entoure les épaules de son bras.

— Je vais m'ennuyer, fait subitement Catherine.

Sa tristesse rejoint celle de Robert. Il la comprend, la partage.

— Moi aussi, je vais m'ennuyer.

Il a sa voix rauque des grandes émotions et Catherine sent la chaleur de ce bras autour d'elle. La haine ressentie devant Madeleine s'estompe. Ce soir, dans les bras de son mari, Catherine est plus forte que toutes les belles phrases de son amie. Elle n'est rien, Madeleine, dans leur histoire à deux. Une amie, une compagne de travail, sans plus. Robert et Catherine ne se parlent peut-être pas beaucoup, mais ils ne se sont jamais mentis. C'est ce qu'il y a d'important, cette confiance totale, sans faille.

Ensemble, l'un contre l'autre, ils observent le feu. Robert sent sa femme si fragile dans ses bras. Une femme qu'il trouve encore terriblement femme, malgré les années qui passent. Oui, il la trouve belle. Même s'ils ont beaucoup changé, certaines choses demeurent immuables. Tout aussi réelles que le temps qui passe. Elle est son bien-être, sa chaleur. Il l'attire plus étroitement contre lui et Catherine se laisse faire. Elle est bien ainsi, comme à l'abri dans un nid douillet. Elle aime cette main qui frôle ses cheveux avec la délicatesse d'un geste amoureux. Cela lui est doux.

Robert est ému de la sentir si petite contre lui, d'entendre son souffle léger, de percevoir son cœur qui bat un peu vite ce soir, comme celui d'un oiseau. Sa femme... Celle qui partage, qui accompagne, qui écoute, qui comprend. Catherine, c'est son repos du guerrier, sa douceur silencieuse, sa raison d'être. Il le sait même s'il n'y pense pas souvent.

Toutefois, ce soir, dans le confort de leur demeure, Robert ressent comme un grand besoin d'elle, depuis sa tendresse maternelle à ses soupirs d'enfant. Un long silence amoureux s'étire entre eux. Et, curieusement en ce moment, Catherine ressent ce silence comme une preuve de plus de leur amour. Une compréhension mutuelle qui se situe bien au-delà des mots. Une complicité qui ne peut se vivre que dans le creux des sentiments.

Et, justement à cause de ce silence, Robert resserre encore son étreinte. Catherine sa douce, sa femme, sa sage. C'est pour tout cela qu'il est si bien avec elle. Pour sa douceur et sa présence tranquille.

10

Novembre est arrivé, traînant ses sanglots un peu partout sur la région. Cette année, on a droit à de longues journées de lamentations entre les arbres, de gémissements répandus autour de la cheminée, de pleurs versés contre les vitres de la maison. L'humeur de Catherine en a profité pour se mettre au diapason de cette saison lugubre qui grelotte lamentablement de nostalgie, en souvenir des heures dorées qu'on a connues. Chaque jour qui éloigne la douceur des vacances de madame Lefrançois lui fait regretter leur brièveté. Robert n'est plus qu'un fantôme qui erre entre la cuisine et le salon, entre un repas pris distraitement et la liste pointilleuse et interminable qu'il compte remettre à son remplaçant. Parle-t-on à un revenant qui s'aperçoit à peine que vous existez ? Alors Catherine qui s'était sincèrement promis de tout dire de ses découvertes du bord de mer, Étienne y compris, n'a finalement rien dit du tout, par manque de courage, par manque de temps. Elle se promène comme une souris affairée à travers la maison, évitant soigneusement de penser à autre chose qu'au moment présent. Il n'y a qu'au moment précédant le sommeil qu'elle succombe à la tentation de se demander ce que devient Étienne. Sa pensée ne va jamais plus loin. Cette escapade d'automne est restée un doux souvenir qu'elle protège jalousement depuis qu'elle contemple Robert et Madeleine se préparant fébrilement à leur voyage. Malgré les meilleures intentions du monde, Catherine n'arrive pas à s'y faire : la jalousie lui tord le ventre.

Heureusement, un bon matin, on a changé de planète, car durant la nuit, le ciel s'est enfin décidé à poudrer ses flocons. Décembre est là !

Cette blancheur feutrée, silencieuse, semble presque chaude après les pluies glaciales qu'on a connues.

Alors, ce matin, Catherine a poussé un profond soupir de soulagement en ouvrant les volets. Il est temps de penser à Noël. Elle n'aura plus le loisir de se morfondre ni le temps non plus. Il y a tant de choses à préparer ! Robert, lui, a poussé un soupir d'anxiété en écartant deux lamelles de la persienne. Il faudrait bien qu'il prépare ses cours. Et les enfants, eux, ont fait la grimace en pensant aux examens qui s'amènent.

Décembre, c'est le mois qui passe indéniablement trop vite. Une espèce de course folle contre la montre. Cependant, c'est aussi la période merveilleuse des confidences chuchotées à l'oreille, des joyeux secrets. La maison sent bon la pâtisserie et le sapin. On sort tuques et mitaines, skis et raquettes. Le bonhomme de neige reprend sa faction devant la maison. On oublie le voyage de papa : le cinq janvier, c'est encore loin. Avant, il va y avoir Noël et les vacances.

On sort les guirlandes et on pense aux invitations. Il y a grand-maman et oncle Marc...

— Tiens, c'est vrai ! Je n'avais pas pensé que je serai près de chez mon frère, remarque Robert en levant le nez et la plume.

Alors il s'empresse de rajouter, sur la belle carte enneigée, que bientôt il sera à quelques pas de Boston. Il a, au cœur, une raison supplémentaire de se réjouir.

Comme d'habitude, grand-maman Girard accepte avec joie de se joindre à la famille de sa fille. Oncle Marc refuse poliment.

— Curieux, remarque Catherine devant la brièveté de la réponse.

Pourtant, d'habitude, il aime bien venir à la maison.

On s'interroge un peu. Le temps de placer sa carte sur le manteau de la cheminée. Puis on oublie oncle Marc. On a bien d'autres choses en tête. Des milliers de frivolités qui soudainement prennent une importance capitale. D'abord, il y a la poupée pour Isabelle.

— Pas encore cette année, s'indigne Robert.

Un regard de Catherine et il se tait aussitôt, s'étranglant presque dans son indignation. Allons-y donc pour la poupée. Puis il y a aussi le petit quelque chose pour grand-maman et cet autre pour Madeleine. Et les deux grands et...

Toute la maison pétille d'effervescence heureuse, d'ébullition joyeuse, de concoctions savoureuses. Débordé, tiraillé entre deux attraits, Robert s'en remet aveuglément à sa femme. Il a ses cours à mettre au point. Pour la première fois en vingt ans, Catherine ira courir les magasins seule.

Toutefois, elle ne s'en plaint pas. Un peu malgré elle, petit à petit, elle a senti fondre ses réticences au même rythme que montait le banc de neige devant la fenêtre de la cuisine. Remplie de bonne volonté, elle a décidé de soutenir Robert jusqu'au bout, se fiant sur la confiance mutuelle qui a guidé leur union jusqu'ici. Elle accepte cette joie qui est la sienne et la partage du mieux qu'elle peut. N'est-elle pas sa compagne, pour le meilleur et pour le pire ? Qu'importe si présentement elle a l'impression de faire les frais du pire ! C'est une chance inespérée qui se présente à lui et il doit saisir cette opportunité sans hésiter. Elle le sait.

Par contre, face à Madeleine…

Cette année, elle ne l'a pas invitée pour le réveillon. Catherine la voit comme un imposteur, et c'est allègrement que la grande amie est dépositaire de sa froideur. La complice a maintenant le regard de la rivale. Cette femme un peu trop belle, un peu trop sûre d'elle va partager la vie de son mari pendant deux mois. Pire, elle s'est imposée à lui. Pourquoi ?

Catherine évite la question.

Madeleine va vivre les joies et les fiertés de Robert. L'épouse le voit comme un viol de son rôle auprès de lui.

Instinctivement, une surveillance des gestes et des paroles s'est glissée entre les deux femmes. On se regarde en chiens de faïence. On s'accepte du bout des mots, ceux qu'on ne peut éviter.

C'est dans cette atmosphère de tension, sise quelque part entre tristesse et joie, entre colère et résignation, qu'arrive le vingt-quatre décembre.

« Dans quinze jours je serai parti. »

À cette pensée, un frisson d'ennui, d'excitation et de nervosité parcourt l'échine de Robert pendant qu'il range ses précieux documents dans sa mallette.

— Fini pour aujourd'hui, marmonne-t-il en se dirigeant vers le vestibule.

Pour lui aussi, c'est Noël. Comment ne pas sentir l'appel aux réjouissances ? Toute la maison en est imprégnée, saturée. Alors, à son tour, il se rend dans les magasins. Il veut trouver un cadeau princier pour Catherine. Quelque chose de spécial qui fera pardonner à l'avance la désertion prochaine.

Au Québec en décembre, les journées sont grignotées par les deux bouts. Dès seize heures, il fait nuit. Et c'est à cette heure qu'on mange la veille de Noël chez les Lefrançois, par habitude. Aussitôt après, les trois jeunes montent à leurs chambres. Cela aussi fait partie de la tradition et personne ne songerait à y changer quoi que ce soit.

Catherine et Robert se retrouvent au salon. En chuchotant, ils sortent les cadeaux de leurs cachettes et les empilent au pied du sapin illuminé. Puis Robert fait jouer quelques vieux cantiques et, sans attendre, fait sauter un premier bouchon de champagne. Celui qu'ils boivent à deux, en tête-à-tête, en procédant à l'échange de leurs cadeaux. Depuis la naissance de Josée qu'ils agissent ainsi pour avoir le temps de goûter à la joie de donner et de recevoir. Avec la présence bruyante des enfants, il est impossible de penser à soi.

Robert prend tout son temps pour déballer une énorme boîte dorée que Catherine vient de lui remettre, un sourire malicieux sur les lèvres. C'est une mallette en cuir fauve.

— Pour un professeur invité, cela me semblait important, souligne-t-elle. J'ai eu un mal fou à en trouver une identique à la tienne. Mais je sais que tu l'aimais beaucoup.

Merveilleuse femme qui pense toujours à ces petits détails. Alors qu'elle s'apprête à se relever, Robert la fait basculer sur ses genoux. Il l'embrasse longuement, les yeux fermés. Catherine se laisse faire durant un moment, puis elle se dégage en riant.

— Ce n'est pas tout. Ouvre-la !

À l'intérieur, il découvre un petit paquet tout en longueur, un peu bête avec son gros chou rouge tel un nœud papillon. Ému, Robert retire un stylo en or avec leurs initiales gravées dessus.

— Ce cadeau-ci, c'est pour que tu ne m'oublies pas quand tu seras au loin.

Le message est à peine voilé et Robert le reçoit comme un avertissement qui le plonge, un instant, dans l'embarras. Il comprend, tout à coup, qu'il peut y avoir bien des manières de tromper quelqu'un. Alors, pour lui prouver qu'elle n'a pas à s'en faire, il rampe à travers les cadeaux au pied du sapin pour trouver celui qui lui est destiné. Un petit quelque chose choisi avec soin qui saura dire qu'elle n'a pas à s'en faire. Une drôle d'émotion fait briller son regard et trembler son cœur. Il tend gauchement son cadeau.

Catherine le prend vivement et se retire auprès du feu. Elle aime faire durer le plaisir. Elle le soupèse, l'examine, le retourne dans tous les sens. Puis, lentement, elle ôte le ruban, fend le papier collant du bout d'un ongle. Robert, impatient de partager sa joie, la presse de se dépêcher.

— Allez ! Ouvre !

Catherine soulève le couvercle de carton bleu et découvre un écrin de velours émeraude. Tremblante, elle recueille au creux de sa main une chaîne en or portant une larme de diamant sur ses mailles. Le message de Robert est aussi clair que le sien. C'est un cadeau d'amant, comme elle n'en n'avait reçu qu'à la naissance des enfants.

— C'est pour te rappeler que mon amour est éternel, chuchote la voix grave au creux de son oreille.

Le symbole a aidé à trouver la phrase. Elle est venue spontanément, avec une ferveur dans la voix. Leurs regards se noient l'un dans l'autre. Leur amour a peut-être changé, évolué, mais il est bien présent. Le souvenir ne peut à lui seul, faire vivre des moments aussi intenses. Alors, plus que le cadeau, les mots de Robert sont arrosés par les larmes de Catherine. Bien au-delà du bijou, son mari vient de lui offrir une phrase comme il n'en dit pas souvent. Elle sera sa douceur dans l'attente de son retour. Longtemps, ils restent enlacés devant l'âtre qui chauffe, dans la maison qui sent bon le sapin et la tourtière.

Puis, sans crier gare, c'est l'invasion. Les enfants ont décidé que l'attente avait assez duré. Toute la maison frémit, bourdonne, craque de partout. C'est la ruée ! Vite, il faut se dépêcher avant l'arrivée des visiteurs. Se laver, s'habiller, faire les chambres... On pousse même la mansuétude à tolérer quelqu'un d'autre dans la salle de bain. Ça n'arrive qu'une fois par année. Ce soir, c'est Noël !

Et, encore une fois, on se retrouve au salon. Les trois jeunes ne tiennent pas en place. Ils s'assoient, se relèvent, tournent en rond, regardent la pendule. Il leur semble que les invités tardent ! Il y aura grand-maman, avec ce drôle de monsieur chauve à lunettes qu'elle leur a présenté à Pâques en rougissant comme une jeune fille.

— Tu sais, avait-elle dit à sa fille sur le ton de la confidence, à nos âges, c'est bien agréable de pouvoir compter sur un ami. Et c'est plus prudent !

C'est pourquoi, quelques semaines plus tard, le vieux monsieur avait déménagé ses pénates chez Marjorie. Catherine avait ravalé son rire. Le droit au bonheur est de tous les âges. De veuve sévère, Marjorie était redevenue la femme autoritaire, mais joviale, que Catherine reconnaissait avec émotion. Toute la famille a donc adopté Maurice Lavertu. Il est charmant, gentil et il traîne toujours, au fond de ses poches, un petit quelque chose pour les enfants.

Et puis, ce soir, il y aura aussi Madeleine.

Envers et contre tout !

Toutefois, cette année, l'invitation n'est pas venue de Catherine. C'est Robert qui en a parlé et Catherine n'a rien dit, ne voulant surtout ps soulever de polémique.

Puis, dans le fond, peut-être bien qu'on s'ennuierait de sa verve intarissable et de ses remarques à l'emporte-pièce. Robert n'a pas tout à fait tort quand il affirme qu'elle fait partie des meubles.

Alors, Catherine a cédé sans discussion.

C'est pourquoi, en ce moment, elle attend aussi Madeleine, un peu crispée, songeuse, boudeuse. Machinalement, elle porte la main à son cou et le sourire revient.

Les enfants s'impatientent, lorgnent les cadeaux et l'horloge grand-père.

— Mais que font-elles ?

Litanie régulièrement répétée sur tous les tons. Gagnée par la nervosité des jeunes et piquée par le désir de voir sa réception réussie, Catherine se relève, va à la cuisine pour un autre regard sur la dinde. À sa façon, elle aussi, elle veut briller de tous ses feux. Robert la suit sur les talons.

— Si elles n'arrivent pas, je l'ouvre quand même, menace-t-il en entrant une deuxième bouteille de champagne mise à refroidir dans la neige.

Catherine rigole doucement.

— Ma parole, tu retombes en enfance ! Attends quelques minutes encore. Tu sais que maman va toujours à la messe de minuit et que Madeleine ne sait pas ce que le mot ponctualité signifie. Viens plutôt m'aid…

Un cri de sauvage l'interrompt.

— La voilà !

Et les trois têtes qui s'étaient précipitées à la fenêtre au premier ronflement suspect s'unissent à trois paires de jambes pour se précipiter vers l'entrée. La fête peut enfin commencer.

Un bouchon pète joyeusement à la cuisine.

Grand-maman arrive, les bras chargés de cadeaux de toutes formes et de toutes couleurs. Il faut trois voyages pour vider la malle arrière de sa voiture. Isabelle n'a pas assez de ses deux yeux pour exprimer sa curiosité et les deux grands se retiennent à grand-peine pour ne pas en faire autant. Puis c'est Madeleine qui fait son apparition, enveloppée de son vison et des effluves de son Chanel, suivie de Jean-Pierre qui disparaît sous une montagne de colis. Jean-Pierre aussi fait partie de leur décor coutumier, depuis le temps que Madeleine le trimbale un peu partout à sa suite. Alors, quand tout le monde est arrivé et bien installé, que le champagne pétille dans les flûtes sur le beau plateau en argent et que l'atmosphère est à la joie, Robert lance la blague traditionnelle.

— À quand les noces ?

À quoi Madeleine répond invariablement par son rire inimitable. Sur le sujet, personne ne sait ce qu'elle pense. Pourtant, cela doit bien faire quatre ans que Jean-Pierre partage la plupart de ses sorties et de ses voyages. Robert ne comprend pas. Et encore moins ce soir.

« Quand on aime, on a envie de toujours être ensemble, non ? pense-t-il. Elle ne fera jamais rien comme les autres ! »

Puis, oubliant Madeleine et ses amours, il distribue le champagne. Ce soir, c'est la fête. En levant son verre, il propose de trinquer au bonheur. C'est en regardant Catherine qu'il prend une première gorgée. Au cou de sa femme brille le diamant et, dans la poche de son veston, il sent la pointe du stylo. Il se dit que, somme toute, c'est probablement cela, l'histoire d'un véritable amour.

Noël, jour de l'An et vacances culbutent dans un tourbillon de neige folle et se bousculent dans un grand éclat de rire face à l'hiver. Patins, traîneaux et promenades le jour. Soupe brûlante et veillées au coin du feu pour se réchauffer et refaire ses forces pour le lendemain. Cette année, les vacances sont un formidable fou rire à cinq. Mais alors qu'on ne s'y attendait plus, l'école revient pointer le bout de son nez insolent et fureteur. On interrompt le bal, car le voyage de papa devient l'unique priorité.

Catherine dresse une liste. Deux mois, c'est vraiment long. Il ne faut rien oublier. Pendant ce temps, Robert se penche sur ses notes et Madeleine court les magasins. Deux janvier, trois... Peu à peu, la valise posée sur le rebord de la fenêtre de la chambre se remplit.

— Et il lui faudrait un pyjama neuf, énumère Catherine en comptant sur ses doigts. Et des bas bleus, et des gants...

Elle essaie de penser à tout, sachant à quel point Robert déteste magasiner pour lui-même.

Quatre janvier.

Les exposés sont enfin prêts et il ne reste qu'à boucler la malle. Dehors, il fait un froid sibérien et le vent maussade se bat avec tout ce qu'il rencontre. En frissonnant, Robert s'approche du foyer. « La dernière flambée avant mon départ ». Et la nostalgie de ralentir la main qui se tendait vers une bûche. Brusquement, il se relève, court vers la cuisine où Catherine, indécise, se demande ce qu'elle va faire pour le repas du soir.

— Laisse tomber, ordonne-t-il en refermant la porte du réfrigérateur. Ce soir, nous allons tous les deux au restaurant. Les enfants n'auront qu'à se faire des sandwiches.

Alors Catherine sort sa plus jolie robe, comme pour le rendez-vous que l'on attend depuis longtemps. La soirée frissonne à la lueur des bougies et des « je t'aime » mille fois répétés par les lèvres de Catherine et les yeux de Robert.

C'est le lever d'un soleil glacial qui ramène avec lui l'énervement du départ.

— Mais où est-ce que vous avez mis mon billet d'avion ? Isa, ferme la bouche quand tu manges. Qui a pris ma brosse à dents neuve ?

On grignote le déjeuner du bout des dents, on ne parle plus que du bout des lèvres. Les enfants trépignent de devoir se présenter à l'école comme si de rien n'était.

— Moi aussi je veux aller à l'aéroport, s'obstine Michel plus grognon et entêté que jamais.

— Pas question, réplique Catherine. Ce matin, c'est la rentrée et tu prends le chemin de l'école.

Elle est catégorique. Cette intransigeance satisfaisant l'impatience de Robert, celui-ci ordonne à son fils d'obéir. Michel quitte la maison en claquant la porte. Tant pis. Il a envie d'être seul avec sa femme. Encore quelques remous, puis c'est le silence. Les filles viennent de partir à leur tour.

Robert monte à l'étage pour prendre ses bagages. Le vague à l'âme, il sent une déchirure en lui. Il a mal de s'en aller et il a terriblement hâte d'être parti. Il ne se comprend plus. Quand il revient à la cuisine, Catherine est en train de rincer les assiettes du déjeuner et de les mettre dans le lave-vaisselle. Image de tous les matins qui lui fait mal. Comme il va s'ennuyer de ce calme rassurant, de sa maison, de sa femme et ses enfants… Malhabile, il cherche à briser le silence. Dire quelque chose de drôle qui saura tuer cette envie idiote qu'il a de pleurer. Dire n'importe quoi, mais chasser ce mal-être qui l'envahit.

— Dans le fond, deux mois ce n'est pas si long.

Mais il ne sait plus qui il essaie de convaincre! Catherine se retourne vivement.

— Pas si long? Parle pour toi! Moi, j'ai l'impression que c'est l'éternité.

— Allons, allons! Tu ne crois pas que tu divagues un peu. L'éternité!

Cela va te faire du bien de te reposer de moi. Après vingt ans, tu as bien droit à de petites vacances!

Il se veut drôle, mais ne fait rire personne. Pourtant il en remet et tombe dans le ridicule.

— Profites-en! Deux mois de liberté, Cathy…

Catherine se raidit et ses larmes figent avant même de paraître. Pour qui parle-t-il ainsi? Elle redresse les épaules et revient face à l'évier.

— Peut-être bien, après tout. J'en ai pour un instant et nous pourrons partir.

Du salon, lui parvient le bruit d'une paperasse que l'on consulte. Catherine sait que Robert se prépare à la séparation. À sa manière, sans un mot. Alors elle sait, que pour une fois, elle ne pleurera pas.

Le trajet leur semble trop court. De temps en temps, une main s'égare sur la banquette, agrippe les doigts de l'autre. On fait semblant de s'accrocher comme pour retarder l'échéance. Robert gare la voiture, porte ses valises à la consigne, choisit sa place sur l'avion. Puis ils viennent s'asseoir pour l'ultime attente. En regardant par la fenêtre le gros avion gris au repos, Catherine se dit que, dans la vie, on passe un temps fou à attendre quelque chose.

Il y a peu de gens autour d'eux. La salle d'attente est vaste, impersonnelle, remplie de chuchotements, parce qu'on tente de créer un peu d'intimité. Alors, eux aussi, se mettent à chuchoter. Dernières recommandations, derniers propos. On parle de la maison, des enfants, du temps idéal pour un voyage en avion. On évite l'essentiel. Il reste trop peu de temps pour l'aborder et on préfère s'en remettre aux souvenirs.

Une heure, quarante-cinq minutes... Madeleine arrive en courant, à la dernière minute comme toujours. Ses joues sont rougies par le froid, son regard brille d'excitation. Pourtant, Madeleine G. a l'habitude des voyages. D'où lui vient ce regard de feu ? Catherine a une raideur aux épaules et à l'esprit.

— Salut, les enfants, lance Madeleine. Pas trop énervé Robert ? Moi, je ne tiens plus en place...

Et, devant le sourire provocant de l'amie, Catherine comprend subitement d'où lui vient sa méfiance. Son regard à elle se change aussitôt en banquise. Devant la rivale, madame Lefrançois retrouve ses silences. Madeleine est restée debout, comme par exprès, pour que Catherine se sente petite, insignifiante.

— Mais assieds-toi, fait Robert en lui souriant. On en a bien pour une demi-heure encore.

— Non, je préfère rester debout. Je ne serais pas capable de tenir en place sur un banc.

Madeleine a un regard pour Catherine, un effleurement des yeux qui enveloppe celle qu'elle ne voit plus comme une amie. Il y a tant de choses qui ont changé en quelques mois à peine. Dans la vie de Catherine, comme dans le sienne.

Un espoir insensé fait battre le cœur de Madeleine.

Catherine ne lui a jamais reparlé d'Étienne comme elle s'y attendait. Qui est ce bel homme qu'elle semblait ravie de rencontrer ? Ravie et inquiète, Madeleine en est certaine.

Blessée par une vie de demi-mesures, elle n'a cependant pas cherché à comprendre. Pour elle, le premier acte de cette comédie à trois est bel et bien fini. Aujourd'hui, c'est l'intermède tant souhaité, celui qu'elle n'osait plus espérer. Alors elle reste debout, très femme, très belle.

Robert a bombé le torse et s'est mis à parler avec elle. Et Catherine se gave de son silence pour ne pas hurler sa peur et sa colère. Et Robert qui parle, et parle, et parle…

Il semble désinvolte, indifférent. Va-t-il s'ennuyer de sa femme ? Il ne veut plus y penser. Il ne doit pas y penser. Quand il a vu Madeleine, il s'est obligé à concentrer ses pensées sur le but à atteindre. Il est excité et heureux comme le gamin à la veille de son anniversaire, comme un adolescent sur le point de succomber à une tentation très forte. Mais sa tentation, à lui, est bien inoffensive, se dit-il. Il va partager avec son amie ce qu'il partage déjà depuis toujours : leur rage pour l'étude et le droit. Peut-on lui en vouloir de réaliser un rêve ?

Il tient les épaules de Catherine et parle de droit avec Madeleine. Toute sa vie se résume ici, en quelques mots, dans quelques gestes. Il joue pour son public habituel. Tantôt, dans un instant, il sera le premier à applaudir. Robert et Madeleine jasent et Catherine écoute. Image conforme à ce qu'ils sont, tournant à la caricature grotesque. Chacun semble jouer son rôle. Pourtant, seul Robert est sincère. Madeleine s'oblige à jouer le jeu et Catherine s'y conforme par habitude, par peur de l'inconnu. Une peur incontrôlable devant la belle et grande Madeleine.

Au premier appel pour l'embarquement des passagers en partance pour Boston, le silence revient. Instant de flottement où Catherine s'agrippe au bras de son mari. Geste de possession dérisoire rapidement repoussé par Robert qui saute sur ses deux pieds et se précipite sur sa mallette. Madeleine en fait autant, s'approche de Catherine pour l'embrasser, courbe la nuque pour atteindre son front.

— À bientôt, ma chérie. Prends bien soin de toi.

Catherine ne lui répond pas. Seul un long regard se dresse entre elles. Une seconde, deux, trois... Puis Catherine se tourne vers Robert.

— Sois prudent, Robert.

— Toi aussi, Catherine. À bientôt.

Un premier adieu des yeux, puis un baiser rapide qui scelle la séparation. Robert se retourne brusquement. On déteste les adieux dans la famille. Il rejoint Madeleine de son long pas élastique et, sur un dernier geste de la main, ils s'éloignent côte à côte dans le couloir. Sans se retourner une seule fois.

C'est à cet instant que Catherine goûte à l'amertume de celui qui reste. Durant un moment, elle fixe le vide devant elle, autour d'elle.

Il ne reste plus que cette image de son mari partant avec Madeleine.

Les émotions de Catherine sont chamboulés. Elle n'a plus qu'une grande inquiétude jalouse en elle. La piste est figée sous le gel. Sans pudeur, et enfin sans témoin, elle laisse couler ses larmes en regardant l'avion qui roule sur la piste.

« Enfin, c'est fait », pense Robert en entrant dans l'appareil, avec la facilité de celui qui file vers l'aventure, vers l'inconnu qui attire. Il n'aura plus à diviser ses sentiments. Seule l'exaltation peut demeurer sa fidèle compagne. Un rêve, une folie qui devient réalité avec un arrière-goût de liberté retrouvée. Rien d'autre à penser que le droit. Un voyant lumineux leur demande d'attacher les ceintures. L'avion roule sur la piste pendant que l'hôtesse leur fait la démonstration habituelle des règles de sécurité.

Quelques instants de vol et Québec n'est plus qu'un point derrière eux.

Madeleine pousse un profond soupir de soulagement.

— Enfin, partis ! Je déteste les décollages.

Maintenant, elle peut laisser tomber le masque. Elle est enfin seule avec Robert. Une réalité si fragile encore, qu'elle lui donne le vertige. Impulsivement, elle prend la main de son ami, la serre affectueusement.

— Et vous, maître, lance-t-elle joyeusement en lui brandissant un micro imaginaire sous le nez, comment vous sentez-vous à la veille de cette exaltante aventure ?

— Moi ? Chanceux, mais diablement nerveux.

En disant cela, Robert a une moue d'inquiétude. Mais le sourire revient aussitôt.

— Pourtant avec toi, je sais qu'on va les épater ces Américains.

Puis il revient à la fenêtre, dans un silence méditatif que Madeleine se garde bien d'interrompre. Elle le connaît depuis quarante ans, accepte ses mutismes, ses réserves.

Une dernière fois, Robert écoute l'écho de sa maison qui se fond à l'énervement. Ensuite, dans un profond soupir, il fait la coupure. Elle sera nette et franche, tandis que le père et l'époux se retranchent derrière l'homme de loi, le professeur. Il peut remiser ses images. Il n'en n'aura pas besoin. Pas avec Madeleine qui le connaît depuis toujours. Pas avec des étrangers qui l'accepteront tel qu'il est. Pas avec Marc, ce frère qu'il ne voit pas assez souvent. « Sacré vieux renard », pense-t-il soudainement ému.

Une hôtesse vient leur proposer un apéritif. Le dîner leur sera servi dans quelques minutes. Un peu surpris, Robert constate qu'il est onze heures et qu'il meurt de faim.

11

Le soleil se disperse peu à peu, perd de son intensité, se faufile de nuage en nuage pour finalement se résigner et se laisser avaler par la brume. L'avion perd graduellement de l'altitude. Au-dessous, on aperçoit Boston qui se niche dans un brouillard dense. De longues fibres laineuses entortillent la ville. De la mer, Robert ne devine qu'un remous grisâtre, une houle froide et menaçante qui ne ferait qu'une bouchée du DC 8. Maintenant qu'il touche au but, Robert appréhende ce premier contact. Harvard la grande, la convoitée. Demain, tout à l'heure, il va se mesurer à elle. Saura-t-il la convaincre avec ses beaux discours ? Maintenant qu'elle se trouve à portée d'ambition, maître Lefrançois retrouve l'étroitesse de son rôle de professeur de petite ville. « David qui affronte Goliath », se dit-il.

— Alors, Robert ? On est prêt ?

Madeleine lui sourit, témoin de son anxiété. Spontanément, elle lui offre le soutien de son amitié, de sa présence. Alors Robert se redit qu'il a de la chance de l'avoir à ses côtés. Il lui rend son sourire.

— Oui, je crois que je suis prêt. Mais nerveux comme tu ne peux l'imaginer.

— C'est normal. Même les plus grands artistes ont le trac avant d'entrer en scène. Moi, à ta place, je tremblerais de la tête aux pieds. Attention, attache ta ceinture. On arrive…

Le voyant vient de se rallumer. L'appareil amorce un large virage, se rapproche de la mer à une vitesse vertigineuse. Robert se raidit. Le temps d'une contraction des paupières et, alors qu'il s'attend au pire, les roues touchent le sol. Robert est blanc comme un linceul. Madeleine éclate de rire.

— Aurais-tu eu peur par hasard ? ose-t-elle goguenarde.

— Ma parole, tu te moques de moi ! Non mais… Tu as vu ? Un peu plus et on se posait sur la crête des vagues. Il devrait au moins prévenir, au cas où on aurait le cœur fragile.

L'arrivée se fait dans un grand éclat de rire. Un professeur que Robert avait rencontré lors d'un colloque est venu à leur rencontre. Il se charge des formalités et les mène à une voiture qui les conduira à Harvard.

Avant qu'ils aient eu le temps de pousser un soupir, ils sont en train de traverser la ville. Robert, le nez à la portière, admire silencieusement alors que Madeleine, assise à l'avant, s'exclame pour deux et entretient la conversation avec leur collègue. Mais dès qu'on atteint l'autoroute, la discussion se fait à trois. Avec Madeleine qui argumente et conseille, avec Jason qui approuve, Robert reprend confiance en lui. C'est donc un homme en apparence détendu qui se présente chez le doyen de la faculté. L'accueil est chaleureux.

— *Welcome ! My name is William Walsh. But you can say Bill.* Vous êtes ici chez vous, conclut-il dans un français plus qu'acceptable, en secouant énergiquement la main de Robert.

Tête grisonnante, regard d'aigle, visage sévère à demi caché par de lourdes lunettes noires, costume sombre et cravate grise aux armoiries du collège : Bill est la réplique d'un doyen d'une université prestigieuse, tel que l'imaginait Robert. Pourtant, malgré la rigidité des apparences, Bill dégage une bonhommie toute simple qui fait penser à un curé de campagne. Un homme qui mène ses ouailles à grand renfort de gueule et de menaces apocalyptiques, mais qui les aime profondément. Robert, bien qu'un peu intimidé, se sent immédiatement à l'aise. Le doyen se retourne vers Madeleine.

— *Hello,* lance-t-il en lui tendant la main. Madame Lefrançois, je suppose ?

Un léger embarras s'empare de Robert. Madeleine fronce les sourcils, puis éclate de rire. Elle ne connaît pas la timidité. Elle prend la main du doyen en clarifiant spontanément la situation.

— Non monsieur, je ne suis pas l'épouse de maître Lefrançois. Mon nom est Madeleine Grenier. Je suis le professeur de droit qui accompagne Robert.

— *Sorry*... Je suis désolé. Vous savez, ici, il est... Comment dire... *Usual,* oui, c'est cela, habituel. Il est habituel que les épouses accompagnent nos professeurs dans leurs déplacements. Je m'excuse encore. Soyez la bienvenue, Maître Grenier.

Robert se met à rougir légèrement. Comment se fait-il qu'il n'ait pas pensé à demander si Catherine pouvait l'accompagner, lui qui craignait tant l'ennui ? Avec un peu de bonne volonté et d'organisation, la chose aurait été possible. Pourtant, il ajoute en haussant les épaules :

— Vous savez, nous avons trois enfants. Il aurait été assez difficile de les laisser seuls pour une si longue période.

Excuse pour lui ou pour Bill ? Il ne cherche pas à creuser la question.

Il est ici pour travailler et la famille n'a pas de place, pour le moment.

— *I see,* approuve Bill en secouant énergiquement la tête. Je sais ce que c'est, les enfants... Vous allez donc profiter d'un cottage pour vous tout seul. Nous avions pensé que vous y seriez plus confortable que dans une chambre d'hôtel. Nous pensions également que celui qui vous accompagnerait pourrait le partager. Il est parfois bien utile de poursuivre, dans la soirée, les discussions entamées pendant la journée.

Je ne pensais pas que maître Grenier était une femme. Veuillez m'excuser encore une fois. Je vais demander que l'on prépare...

— Un instant, monsieur Walsh. Ce que vous aviez prévu peut très bien nous convenir. Vous avez entièrement raison. Nous sommes ici pour travailler. Alors, si cela ne vous dérange pas, je crois que nous allons partager le cottage.

Sincère et droit, Robert se fout des qu'en-dira-t-on. Mais, pour dissiper le léger sourcillement qu'il croit percevoir, il ajoute :

— Nous sommes de vieux amis, depuis l'enfance. Le fait d'habiter la même maison ne nous offusque pas.

— *Are you sure ?*

— *Absolutely*. Ne changez rien pour nous.

Avec un sourire de victoire, Madeleine a tranché la question. Immédiatement, on passe à autre chose. Avec enthousiasme, le doyen se met à décrire la session d'études qui va s'ouvrir le lendemain.

Et, peu à peu, le bureau se remplit. Bob, Mathew, Michael, Andrew... Un brouhaha de voix qui entremêlent allègrement le français et l'anglais. Des tas de visages nouveaux dont Robert essaie d'enregistrer les noms. Il est à nouveau intimidé. On discute fort, on rit bruyamment et l'homme réservé qu'il est se retranche un peu. Cela lui ressemble si peu de s'exclamer, de manifester grandement. Du coin de l'œil, il observe Madeleine et lui envie cette facilité de dialogue qui a toujours été la sienne. Mais, bientôt, il doit se rendre à l'évidence. L'homme important ici, celui dont on attend les jugements et les opinions c'est Robert Lefrançois. Il est le professeur invité. Alors, satisfait, il rejette cette frustration de n'être qu'un petit professeur de province. Il est ici pour mettre l'université de sa ville en relief. Il se permet donc de hausser le ton. On l'a invité pour parler de droit international, et c'est ce qu'il a l'intention de le faire. Il expose habilement son point de vue en réservant l'essentiel pour ses cours. Un peu en français, un peu en anglais. Qu'importe, on parle tous un même langage. Les cravates se dénouent, les fauteuils sont tous occupés. On ne voit pas l'heure qui avance. Le doyen sort une bouteille de scotch et des glaçons. C'est l'incontournable « Happy Hour ». Les glaçons tintent dans les verres, les voix s'apostrophent en riant, les jambes s'allongent devant les fauteuils et la fumée stagne au plafond. Puis les verres se vident, se rangent les uns après les autres sur le bureau de Bill. C'est l'heure de rentrer. Eux, ils ont une famille qui attend. Les mains se tendent, se serrent amicalement.

En quittant le bureau du doyen, Robert sait déjà que le voyage sera à la hauteur de ses attentes. Et peut-être même davantage.

Le cottage qu'on leur a réservé est en bordure du campus, près d'un grand parc où l'étang gelé a été transformé en patinoire. Deux chambres, salon et cuisine. C'est petit mais confortable. Et il y a un foyer comme à la maison. On s'installe rapidement puis avec un ouf ! de soulagement, Robert se laisse tomber dans le premier fauteuil venu. D'une main ferme, Madeleine vient le tirer de là.

— Ce n'est pas le temps de se reposer, monsieur. Il y a bien des provisions de base dans la cuisine, mais ce n'est pas avec ça qu'on va pouvoir manger. Allez, ouste ! Debout. On va faire les courses.

— Les quoi ?

— Les c-o-u-r-s-e-s, épèle Madeleine comme à un enfant. Il faut bien manger et je ne suis pas Catherine pour connaître tous tes petits caprices.

Pendant un instant, Robert regrette la présence calme de Catherine.

Il lève un regard accablé vers Madeleine.

— Achète ce que tu voudras.

Puis brillamment inspiré, il ajoute avec fougue et conviction.

— Moi, j'ai mes notes de cours à re...

— Si tu prononces encore ces mots devant moi, je te jure que je m'enfuis en courant jusqu'à Québec et que je t'abandonne à ton triste sort. Ils sont parfaits tes cours. Allons, debout ! Cela va te faire du bien de prendre un peu d'air frais. Il faisait une chaleur suffocante dans le bureau de Bill.

Et, sans attendre sa réponse, elle lui tend son manteau. Robert se lève pesamment. « Allons-y donc pour les courses », pense-t-il mi-figue, mi-raisin. Cependant, il doit vite admettre que Madeleine avait raison. L'air est doux et lui coule au fond des poumons, apportant un bénéfique regain de vigueur. Il a un sourire amusé, un regard en coin pour son amie, mais aucun son ne sort de ses lèvres. À chacun son orgueil !

Autour d'eux tout est blanc, propre comme sur une carte de Noël. Quelques enfants se poursuivent en riant. La brume a cédé sa place à une neige fine qui poudroie faiblement dans la pénombre. Une petite fille qui fuyait ses amis en criant a trébuché sur Madeleine et se retrouve assise dans la neige. D'un geste maternel, celle-ci l'aide à se relever, à épousseter son manteau.

— Elle est mignonne, n'est-ce pas ?

L'image de cette femme tendre, toute en nuance, surprend Robert. Madeleine l'impétueuse, la froide, qu'il n'a jamais vue se pencher sur le berceau de ses enfants.

Décontenancé par la douceur qu'elle dégage, il acquiesce. Se peut-il qu'il connaisse si mal son amie ?

Pour lui, Madeleine a toujours été une espèce d'hybride, une femme aux réactions d'homme. Madeleine c'est le confrère, le copain. Madeleine, une mère ? Elle n'a jamais laissé voir ce côté de sa personnalité, se moquant même des sentiments trop mielleux en riant à gorge déployée.

Elle s'attarde cependant sur l'enfant qui s'éloigne, puis, elle se rapproche de Robert et lui prend le bras comme ils le font si souvent quand ils discutent en marchant. Pourtant, en ce moment bien précis, Robert est troublé par cette intimité, et il se sent vulnérable comme devant une inconnue.

Cela ne dure que le temps d'un soupir.

En arrivant devant l'épicerie, ils ont retrouvé leurs gamineries l'un envers l'autre.

Néanmoins, dès qu'ils sont de retour au cottage, Robert se précipite au salon pour appeler chez lui. Il a besoin d'entendre la voix de Catherine, envie de parler aux enfants.

— Déjà ! se moque Madeleine. Je ne te savais pas si ennuyeux.

La plaisanterie agace Robert et le soulage en même temps. Madeleine n'est plus dangereuse, redevenue étrangère au monde des émotions. Alors, il répond sèchement.

— Non, ce n'est pas que je suis ennuyeux. C'est juste que je veux rassurer Catherine. Lui dire que je suis bien rendu, que le voyage s'annonce stimulant.

À la maison, tout le monde veut lui parler en même temps. La voix de sa femme est comme un baume sur cette drôle de blessure qu'il ressent à l'âme. Grâce à elle, Robert se sent à nouveau invulnérable.

— Catherine, que dirais-tu de venir faire un tour ?

Il l'a interrompue pour lancer cette idée folle dans un brusque besoin de protection. Il y a un silence, puis un soupir tremblant, incrédule.

— Moi ? À Boston ?

— Mais oui ! Pourquoi pas ? Le doyen m'a dit que c'est la coutume ici. Je demande mon emploi du temps et je te rappelle. Tu vas voir comme c'est beau !

— Oh, oui ! Si tu savais comme je serais heureuse. J'en parle à maman pour voir si elle peut venir garder les enfants et j'attends de tes nouvelles.

— Parfait ! Je t'embrasse Catherine et je te rappelle le plus tôt possible.

— D'accord. À bientôt.

Robert a un sourire heureux. Catherine va venir. Il est soulagé. En jetant un regard sur Madeleine, il admet brusquement qu'il pourrait être faible. Peut-être. Surtout si la femme qu'il a entrevue cet après-midi n'est pas une apparition. Mais personne n'en saura rien, car personne n'a besoin de savoir. Il n'y aura que lui face à lui, pour savoir être prudent. Et, ce soir-là, malgré le creux dans l'estomac en pensant au lendemain, il réussit à s'endormir assez facilement. Le nom de sa femme s'entortille au sommeil qui le prend par surprise.

12

Janvier, mois de froidure, de soleil figé et immobile, d'haleines fumantes et brèves, de pas pressés mais prudents. Janvier a toujours été le mois le plus long de l'année pour Robert, avec ses nuits étirées dans les deux sens, ses clartés racornies et ses ombres immenses. Mais cette fois-ci, janvier est un peu moins froid, un peu moins pénible, un peu moins sombre. Le mois déboule ses journées comme une avalanche de montagne au ravissement de Robert, lui qui déteste l'hiver. Conférences, séminaires et cours se succèdent à un rythme effréné, avalent le temps, le digèrent rapidement. Maître Lefrançois est de toutes les rencontres, parfois comme spectateur, souvent comme maître d'œuvre. Les étudiants sont nombreux à s'être inscrits à son cours. Ils se bousculent pour lui parler dans une qualité d'écoute que Robert n'avait jamais cru possible. Tous ces jeunes font preuve d'un sérieux qui l'enchante. Il a enfin la certitude qu'il peut donner sa pleine mesure sans avoir à la distiller pour la rendre accessible. Oubliée cette frustration de n'être qu'un professeur, remisée cette impression de pis-aller. Ici, l'enseignement est perçu comme un don, un talent, une prédestination réservée aux plus grands. Robert est brillant comme jamais, heureux comme il ne pensait pas que ce fût possible. Il éblouit tous ceux qui se déplacent pour l'entendre. Il donne enfin un sens à tout ce chemin parcouru jusqu'ici.

Dans le cottage, la routine s'est installée, mais sans lassitude, sans relâchement paresseux de sa part. Il ne le pourrait pas, car Madeleine fait régner un ouragan permanent. Ici aussi, il doit se surpasser pour être à la hauteur des attentes. Il ne peut se laisser aller, car Madeleine a tout pris en main. Une vraie main de fer.

— Robert, il n'y a plus de crème. Irais-tu en chercher ?

Et Robert y va de bon gré.

— Je n'ai pas que cela à faire, entend-il clamer cent fois par jour. Ton discours est prêt. Ferais-tu la vaisselle ?

Et il fait la vaisselle, avouant que ce n'est pas si dérangeant d'être dérangé, appréciant même cette participation, ce partage à tous les niveaux. Madeleine n'est pas Catherine et le lui a vite fait comprendre. L'image est différente et le rôle aussi. À ses côtés, Robert ne se reconnaît plus et il aime ce qu'il découvre de lui. Comme s'il retrouvait une nouvelle jeunesse ponctuée d'échanges virulents autour de la table, bien sûr, mais aussi près du feu, le soir à la veillée. Robert se laisse emporter par l'agressivité de vivre de Madeleine. Son amie le dérange sans crainte, le bouscule quand elle juge qu'il ne va pas assez vite, assez loin. Robert se sent obligé de se renouveler sans cesse, de s'imposer comme le meilleur. Mais même si Madeleine est à l'antipode de Catherine, il lui arrive presque d'être sa copie conforme. Bruyante, le geste et la décision rapides, directe et sans complexe, elle sait aussi être tendre et prévenante à ses heures.

Robert se plaît beaucoup en sa compagnie au quotidien. Elle l'oblige à se dépasser et il aime cela. Avec elle, il n'y a jamais de larmes ou de confusion. Elle n'a que faire des lamentations mouillées. Elle sait ce qu'elle veut et le dit carrément. Que celui qui veut bien comprendre comprenne et tant pis pour les autres...

Ils parviennent toujours à s'entendre.

Malgré l'horaire harassant et les contraintes, Robert a l'impression d'être en vacances.

Et, dans deux jours, Catherine sera là. Comme un comble à sa joie, même s'il éprouve une légère crainte. Sa femme si douce et si sage ne va-t-elle pas ramener à sa suite cet alizé tout en tiédeur qui lui est propre ? Ne va-t-elle pas éteindre le feu qui couve dans le cottage depuis leur arrivée ? En un mois, bien des choses ont changé, même si ces choses-là appartiennent au monde du quotidien. Pourtant, il a hâte de lui faire visiter le campus, de la présenter aux confrères de Harvard. Il sait qu'elle va aimer le charme suranné de l'endroit.

Oui, il a hâte de la revoir, de sentir son parfum et de l'embrasser dans le cou.

— Et en plus, confie-t-il aux pommes de terre qu'il est en train de peler avec l'adresse d'un maître queux, je vais lui faire une petite surprise. Demain, je vais lui cuisiner un petit repas à ma façon !

Il est fier de lui comme un collégien qui offre son premier bouquet. Il attaque les carottes en sifflant sa bonne humeur, songeant à son frère Marc qu'il n'a pas eu l'occasion de rencontrer encore, mais qu'il retrouve samedi avec Madeleine et Catherine. Une réunion à quatre, comme au temps de leurs études à l'université.

Une à une, les carottes tombent en rondelles bien égales au fond du chaudron.

— Et voilà, c'est fait. À la cuisson, maintenant.

Au même instant, la sonnerie du téléphone se fait entendre. La voix de Madeleine répond, murmure feutré qui lui parvient du salon. Puis, un éclat.

— Robert ! C'est pour toi.

Il se dirige vers le craquement de la flamme dans le foyer, vers la douceur d'une musique de Brahms diffusée à la radio. Madeleine, revenue à sa table de travail, lève un regard perçant dans sa direction.

— C'est Catherine, souffle-t-elle avant de ramener son attention sur sa copie.

Robert redresse les épaules, puis sourit dans sa moustache.

— Bonjour Cather…

— Oh ! Robert, enfin !

Sa voix est tendue, impatiente et détruit le calme environnant.

— Mais qu'est-ce que tu as ? Calme-toi, voyons !

— Me calmer ? C'est Isa. Elle a eu un accident.

La phrase se termine dans un sanglot que l'on essaie de retenir. Le cœur de Robert fait un bond. Sa paternité endormie sursaute, lui coupant la parole.

Mon Dieu, Isabelle…

Habituée maintenant à ne compter que sur elle-même, Catherine a déjà repris ses esprits. Elle poursuit, plus calme.

— Excuse-moi, Robert, je ne voulais pas t'inquiéter. C'est sûrement la nervosité et la fatigue. C'est long attendre à l'urgence sans savoir… Maintenant, ça va. Ne t'inquiète pas, ce n'est pas très grave.

— Tu es bien certaine ? Je peux…

— Oui, je suis certaine.

À nouveau, la voix de Catherine est impatiente, cassante. Puis elle se radoucit.

— Ce n'est qu'un accident bête à la classe de neige. Une mauvaise chute. Sa cheville droite est passablement enflée et le médecin croit qu'il s'agit d'une fracture. Ils veulent la garder pour la nuit et faire les radios demain. Ils vont probablement être obligés de l'endormir pour réduire la fracture avant de lui faire un plâtre. Avec un peu de chance, elle devrait être de retour à la maison dans deux jours.

— Et ton voyage ?

— C'est aussi pour cela que je t'appelle. Je crois que je ne pourrai venir. Il ne…

— Retarde le départ de quelques jours, tout simplement. Tu dis toi-même que dans deux jours, elle…

— Je ne peux pas, interrompt brusquement Catherine d'une voix dure qu'il ne lui reconnaît pas. Je ne demanderai certainement pas à maman de trimbaler dans ses bras une gamine de l'âge d'Isa. C'est impensable. Je vais rester. Je n'ai pas tellement le choix.

— Je suis déçu.

Alors Catherine s'emporte.

— Et moi, qu'est-ce que tu penses ? Ne t'imagine surtout pas que je suis heureuse de la situation. Je me faisais une fête de te rejoindre et, maintenant, je vais rester à la maison à continuer de m'occuper des enfants.

L'agressivité de Catherine est entière. Elle traverse les ondes avec virulence et éclate dans le salon du cottage. Depuis un mois elle est à la fois père et mère. Catherine, aussi, apprend à explorer des avenues qu'elle ne connaissait pas. Elle reprend, toutefois, plus calmement.

— Excuse-moi, Robert. Je ne voulais pas… Isabelle m'attend… Tu comprends, n'est-ce pas ?

Robert reconnaît enfin la douceur de sa femme. Cette incertitude qui est la sienne. Du coup, sa voix se fait paternelle, rassurante.

— Bien sûr que je comprends. C'est évident que tu dois rester avec Isabelle.

Catherine a un soupir de soulagement.

— Merci, Robert. Je te rappelle demain pour te donner des nouvelles et je vais essayer de trouver un moyen pour que tu puisses parler à Isabelle.

— Bonne idée. Je serai là tout l'avant-midi… En attendant, embrasse-la pour moi.

— D'accord, Robert. À demain.

Un déclic et le retour du craquètement du bois qui se consume, tandis que Debussy a remplacé Brahms. Robert est triste. Il en veut brusquement à Catherine de ne pas venir comme si cela était de sa faute. Il quitte précipitamment le salon en lançant derrière lui :

— Isabelle a eu un petit accident. Catherine reste avec elle.

Madeleine a une pointe de gaieté dans l'œil, un soulagement. Elle n'avait aucune envie de voir Catherine. La voix de Robert revient, parvenant de la cuisine.

— Le repas va être prêt dans cinq minutes.

Robert et Madeleine ont décidé de s'offrir quand même leurs quatre journées de vacances, tel que prévu. Elles sont pleinement méritées, en toute liberté de conscience. Le soleil est de la partie, faisant naître une nonchalance justifiée. On pense récréation en ces jours de liberté à deux. Dès le vendredi midi, Robert a pu parler à Isabelle qui lui a fait part, non sans une certaine fierté dans la voix, qu'elle avait eu droit à un plâtre énorme et que le docteur qui s'était occupé d'elle était « trrrrrès gentil ». Définitivement rassuré, Robert s'est laissé aller à la douceur d'un repos qu'il avait bien mérité.

Ils ont loué des patins et glissé sur l'étang gelé pendant de longues heures sous les arbres givrés par un récent verglas. Madeleine est drôle, exquise de gestes et de paroles. Non plus acerbe et piquante comme Robert a l'habitude de la voir, mais tendre et douce, comme libérée d'une contrainte visible d'elle seule.

Une journée de complicité facile, de franche gaieté, de grand air épuisant, de repas au restaurant. Tout complote à créer une journée harmonieuse. On est bien ensemble de ses idées communes, de cette réussite que Robert voit comme un succès à deux. C'est Madeleine qui le stimule, l'oblige sans cesse à se renouveler. Il la regarde glisser sur la glace, élégante, jolie, et c'est comme s'il la voyait pour la première fois. Une femme déroutante, si différente de la Madeleine de tous les jours.

Puis samedi s'amène, tout aussi déconcertant, embrouillé de réalisme et de chimères.

Comme prévu, l'avant-midi balade ses heures à la découverte de Cambridge. Et Robert, ce père dominateur, cet époux rigide, se laisse remorquer par Madeleine et prend plaisir à le faire, heureux d'être celui qui suit sans obligations, sans devoirs. Il pousse même la confusion à inventorier une boutique d'artisanat comme une vieille fille désœuvrée.

Pour un fois, maître Robert Lefrançois se donne le temps de vivre.

C'est aujourd'hui qu'ils vont revoir Marc. Ce soir, tantôt. Son frère, son meilleur ami, le seul pour qui il n'a aucun secret ni mensonge. Pour faire la route, Madeleine tient à prendre le volant.

— Allez, ouste ! ordonne-t-elle en lui prenant les clés de la main. C'est moi qui suis allée louer cette voiture, c'est moi qui la conduis. Profite de la balade.

Il n'insiste pas parce qu'il sait que cela ne servirait à rien et parce qu'il n'en a pas envie. En regardant par la fenêtre, il prend conscience comme il est bon, parfois, de faire uniquement ce qui nous tente sans avoir à demander, à expliquer. Madeleine le devine, va au-devant de ses envies, de ses besoins. Et, au niveau de son travail, elle le complète à merveille. Cela, il doit le reconnaître : la vie, ici, est pour lui un plaisir incessant. Comment va-t-il faire pour reprendre la routine entre la maison et l'université ? Saura-t-il se réveiller sans heurt du rêve où il est plongé depuis un mois ? Pourtant, il le faudra bien. Dans quatre petites semaines, la vie va reprendre ses habitudes.

Catherine, la maison, les enfants, c'est aussi son choix, n'est-ce pas ? Robert est conscient qu'il a besoin d'eux pour être pleinement lui-même.

Et Madeleine dans tout cela ? Quelle sera sa place dorénavant au sein de la famille Lefrançois ?

En regardant devant lui, Robert n'ose répondre à cette question. La femme en elle, celle qu'il apprend à découvrir, cette femme-là lui fait peur. Retrouvera-t-il le copain, l'amie innocente? Saura-t-il oublier cette escale dans sa vie?

En se détournant, il aperçoit le profil de son amie. Ému, il doit avouer qu'elle n'a pas tellement changé depuis leur adolescence. Maintenant, ils vont vers Marc, indissociable du trio qu'ils formaient à l'époque. Il a une brusque bouffée de tendresse pour tous ces souvenirs qu'ils partagent ensemble. Oui, ce soir, il a envie d'oublier qu'il va y avoir un retour. Il ne veut pas penser à ce que l'avenir lui réserve. Il le saura bien assez vite. Il ne veut vivre que le moment présent et pour ces souvenirs qui remontent avant Catherine. C'est facile, rassurant. Catherine n'est pas encore dans sa vie. Elle n'existe plus. Il est avec Madeleine et il va rejoindre son frère. Comme à l'époque où la maison du bord du lac n'était qu'un chalet. L'époque des bières prises en cachette et des premiers frissons de plaisir, en arrière de la remise.

— Hé! Madeleine, s'esclaffe subitement Robert, te souviens-tu de la fois où on a pris la chaloupe du curé et que…

Ils arrivent chez Marc en riant, excités et heureux de se retrouver ensemble.

Marc les attendait à la fenêtre. Il dégringole les marches à leur rencontre, à la rencontre de son frère, avec la spontanéité des véritables affections. Une accolade longue et réconfortante les unit un instant. Marc s'ébroue le premier, résistant à un picotement au bord des narines. Il renifle bruyamment, étire le cou.

— Catherine n'est pas là ?

— Non, elle a été retenue. Je t'expliquerai.

— Ah…

Un ah ! du bout des lèvres, comme s'il s'y attendait. Puis, aussitôt, il a un grand éclat de rire en se retournant vers Madeleine.

— Salut, toi ! Content de te revoir.

À nouveau baiser et accolade, mais plus superficielle. Non plus un bonheur, mais une joie. Il les entraîne à sa suite en les prenant par les épaules.

— Entrez. Fait pas encore très chaud… Ainsi donc, on va s'offrir une soirée à trois comme dans le bon vieux temps ? Venez, venez, j'ai mis la bière au froid.

Un peu plus tard et après quelques bières, on décide de faire venir une pizza plutôt que de sortir. Spontanément, Robert et Marc enlèvent les morceaux de piment sur leurs pointes et les déposent sur celle de Madeleine. Ils éclatent de rire en même temps. Non vraiment, on n'a rien oublié.

— Te souviens-tu de la fois où…

On parle ensemble, la bouche pleine. Des bons comme des mauvais coups. De toutes ces belles années de jeunesse qu'on a partagées. Une soirée dédiée à la souvenance dans la chaleur d'une amitié sincère. Méticuleusement, avec acharnement, Robert ingurgite bière sur bière. Un rite, une mise en veilleuse de cette espèce de conflit intérieur qui l'obsède.

Il ne veut plus penser à demain, ne pas imaginer de quoi il sera fait. Ce soir, il n'y a de place que pour le passé dont il se rappelle en se défonçant comme ils l'ont si souvent fait ensemble.

Puis, tout à coup, c'est la détente, l'esprit brumeux. Robert se sent béatement satisfait. Plus rien n'a d'importance. Il regarde Marc et Madeleine, et il pouffe de rire sans raison. C'est idiot, ridicule, merveilleux. Il est bien de cette nonchalance qu'il a provoquée. Il a à nouveau seize ans et trouve drôle de braver les interdits de la bonne société. Son pèlerinage dans le passé peut commencer, il le confond même avec le présent. On a encore tellement de choses en commun.

— Te souviens-tu de...

Et les rires reprennent avec des clins d'œil. Madeleine est assise en tailleur sur le sol, l'œil brillant, le sourire tendre. Elle a revêtu un jeans moulant et un chandail molletonné rose. Elle est séduisante, le visage vierge de tout maquillage. Robert retrouve la Madeleine de ses seize ans. Ses longs cheveux, qu'elle porte habituellement sagement attachés, sont libres et pendent de chaque côté de sa figure. Elle n'est plus l'avocate, le professeur. Non, Madeleine, c'est sa copine et elle a seize ans comme lui. Robert ferme les yeux sur un chaud souvenir qui l'envahit. Il fait beau, le soleil est impitoyable. Madeleine est là tout près de lui et il la trouve belle, comme ce soir. Un désir immense lui fouille le ventre, mais il ne sait pas comment lui dire qu'il a envie de faire l'amour avec elle. C'est la première fois. Il se sent gauche, malhabile de son trop grand désir. Madeleine a un sourire et lui fait un clin d'œil. Alors la tourmente de Robert devient torture. Comment lui dire, comment ? Il ne sait pas encore les mots d'amour, ne les a jamais prononcés. Madeleine l'a peut-être deviné, parce qu'elle se lève, vient à lui. Il n'aura pas besoin de parler. Il le voit dans ses yeux, dans la démarche qu'elle a pour venir le rejoindre. Elle pose sa main sur sa cuisse.

— Hé ! Robert ? Ça ne va pas mon vieux ?

Il tressaille, ouvre les yeux, s'aperçoit qu'il n'a plus seize ans. Il se sent ridicule. Pourtant Madeleine est là et elle a mis sa main sur sa cuisse comme dans son souvenir, et présentement, l'esprit de Robert est tendu vers ce désir qu'il a de Madeleine. La tête lui tourne et il ne sait plus où il en est. La seule chose qui l'habite, c'est l'envie de cette femme qui est là à côté de lui. La pulsion est subite et incontrôlable.

Robert regarde Madeleine à la dérobée. Va-t-elle le deviner comme avant, quand ils faisaient l'amour deux fois par jour avec des ruses de Sioux pour ne pas être découverts ?

Ils avaient vécu deux étés à faire l'amour ensemble.

Madeleine…

Plus rien n'existe pour Robert que ce nom qui lui encombre la tête et le corps. Il se redresse et lui entoure les épaules de son bras, la fixe longuement.

— Oui ça va. Ça ne pourrait pas aller mieux.

Quand on monte un peu plus tard, on se tient par la main. Pour se soutenir, pour ne pas trébucher.

Ce sont de violents coups de gong chinois qui tirent Robert de son sommeil.

Il ouvre les yeux sur une fenêtre qu'il ne reconnaît pas. Dehors, il tombe une neige lente qui l'étourdit et l'aveugle. Il referme les yeux en grognant, mais le bruit de gong chinois persiste.

« Ouille, mais que s'est-il passé ? Ah oui, il y a eu toutes ces bières… Oh là là, ma tête ! »

C'est en se retournant que Robert aperçoit Madeleine. Un bras abandonné sur la couverture, elle dort près de lui. Un brutal retour de la mémoire décuple la douleur du réveil.

Robert se souvient.

Ils avaient seize ans et tout s'est passé comme avant. Et posant les yeux sur Madeleine, il ressent un spasme dans le ventre. « Merde, qu'elle fait bien l'amour », pense-t-il.

C'est à cet instant que le nom de Catherine le fait se retourner. Sans faire de bruit, Robert se lève et va à la cuisine.

Machinalement, il ouvre la porte du réfrigérateur et se prend une canette de jus de tomate.

Puis il retourne s'asseoir à la table.

Dehors la neige tombe, et tombe… Un immense regret lui fait lever le cœur. C'est volontairement qu'il a pris toutes ces bières pour s'étourdir. C'est l'excuse facile, car il savait ce qui allait arriver. Il a toujours su vers quoi il courait, même en partant de Québec. En fait, cela fait un mois qu'il trompe Catherine, qu'il se complaît de la présence de Madeleine sans chercher à voir plus loin. Mais qu'est-ce qui lui a pris d'accepter cette entente de voyage ? Pourquoi n'a-t-il pas trouvé le courage de s'opposer, sinon qu'il espérait ce qui vient de se passer ? Madeleine n'a-t-elle pas toujours été présente dans sa vie ?

Mais Catherine, alors ?

Robert secoue la tête, de plus en plus vite, malgré l'élancement qui part de sa nuque et vient mourir au-dessus de ses yeux.

Catherine…

Sa douce, sa pure, ne mérite pas de l'avoir comme mari. Il n'est qu'un lâche, un menteur.

— Salaud !

Robert laisse sourdre un grondement de chien en colère. Un coup de poing sur la table essaie en vain de le libérer de ses tensions.

— Pas trop fier de toi, Robert ?

Silencieusement arrivé, Marc se tient dans l'embrasure de la porte. Robert ne répond pas tout de suite. Il n'a rien à dire. Un ronronnement de moteur monte de la rue. En haut, Madeleine se met à tousser. Puis le silence revient. Robert hausse les épaules. À son frère, il n'a jamais su mentir.

— Pas fier, tu dis ? Non, dégoûté, car j'ai couru après. Davantage, je pense que c'est exactement ce que je voulais… Oh ! puis, je ne le sais plus. Je ne suis qu'un lâche. Un salaud, un ignoble salaud.

L'œil mauvais, il flaire autour de lui ne reconnaissant ni le lieu, ni les odeurs. Il ne se reconnaît même plus lui-même. Il a peur du mal qu'il va faire.

— Je ne me comprends plus, Marc. Pourquoi ? Pourquoi aujourd'hui ? Qu'est-ce qui m'a pris de faire cela à Catherine ? Elle ne mérite tellement pas ça.

Robert a mal. Il voudrait enfouir son visage contre la poitrine maternelle de Catherine, lui confier son mal-être, lui demander pardon. Car une chose est certaine dans son esprit : il aime sa femme.

« Et Madeleine ? » s'entend-il demander en écho. Peut-on aimer deux femmes à la fois ?

Robert se sent ridicule. Que lui arrive-t-il, depuis qu'il est ici ? Qui est-il cet homme qui se cache derrière quelques bières bues en trop pour soulager ses fantasmes ? Cela ne lui ressemble pas d'agir de la sorte. Brusquement, il repense au cadeau qu'il a offert à Catherine pour Noël. « Pour te dire que mon amour est éternel », lui avait-il murmuré. Et il était sincère. Il est toujours sincère quand il dit à Catherine qu'il l'aime Catherine.

Cette pensée, Robert a un grand haut-le-cœur et un frisson incontrôlable secoue son corps. Il est fatigué, si fatigué. La fatigue de vingt ans de raison et de sagesse. Vingt ans de silence forcé pour protéger ceux qu'il aime. Il est si dérisoire que cela se termine ainsi. Tant d'efforts pour s'écrouler finalement comme une poupée de chiffon. Il n'est, en fait, qu'un hercule de papier et il pense soutenir sa famille sur ses épaules...

Brusquement, Robert voudrait que tout ce voyage ne soit qu'un mauvais rêve.

— Je n'avais pas le droit, laisse-t-il tomber dans un souffle.

— Pas le droit pour qui, Robert ? Pour toi, pour Madeleine ou pour Catherine ?

Marc vient vers lui. Un silence lui répond. Le silence d'un œil hagard qui se pose sur lui, les narines dilatées dans cette recherche de vérité. Marc sait la souffrance de son frère. Il la devine facilement, car ils sont faits du même bois. Ils sont deux hommes foncièrement honnêtes et francs. Malgré tout ce qui vient de se passer.

Marc s'est assis à côté de Robert. Il regarde par la fenêtre, respectant le silence de son frère, se demandant à son tour s'il a le droit de parler. Peut-être des mots de réconfort pour celui qui se voit coupable. Mais sûrement, aussi, une souffrance encore plus grande.

Marc hésite.

Cependant, quand Robert se met à pleurer en redisant qu'il n'avait pas le droit, en s'accusant d'une voix sourde et angoissée, Marc se décide d'un coup. Tant pis pour la douleur momentanée si Robert peut voir la réalité telle qu'elle est par après. Car Marc se doute bien, devant la réaction de son frère, que celui-ci ne sait pas ce qui se passe dans sa vie.

Marc inspire bruyamment. Il a un goût d'amertume en pensant à Catherine. Elle n'avait pas le droit d'agir ainsi, en cachette, et il est temps que la vérité éclate.

La voix de Marc est presque un murmure quand il se décide enfin à parler.

— D'abord, il faut que tu saches que je t'aime, Robert. Ce ne sont pas des mots qu'on dit souvent dans la famille, mais je crois qu'il est important que tu le saches. Ce que toi tu peux vouloir, ne me regarde pas. Tu as droit à tes choix. Il est une chose de ménager ceux que nous aimons, c'en est une autre d'être sincère. Vivre dans le mensonge est la pire des routes à suivre pour tout le monde. Elle ne respecte la liberté de personne... Tu sais, Robert, ce que tu as vécu ici avec Madeleine n'est peut-être que l'aboutissement normal de ce qui existe entre vous deux depuis des années ? Madeleine a toujours fait partie de ta vie, ne l'oublie pas. Tu n'avais pas couché avec elle depuis ton mariage. La belle affaire ! Les sentiments n'existent pas uniquement dans un lit, et tu le sais aussi bien que moi. Ta vie sociale, professionnelle, c'est avec elle que tu les partages bien souvent. Tu ne t'es jamais demandé si Catherine n'était pas malheureuse de cette situation ? Ta fidélité envers cette vieille amie d'enfance lui est peut-être insupportable. Qu'en sais-tu ?

— Tu dis n'importe quoi pour me consoler. Catherine ? Catherine et Madeleine ? Tu déraisonnes, mon pauvre Marc. Ce sont les deux meilleures amies du monde. Et toi aussi, tu le sais. Je ne comprends pas du tout où tu…

— Laisse-moi finir, interrompt Marc. Je vais peut-être te faire très mal, mais il faut que tu saches la vérité. Je n'aurais jamais parlé s'il n'y avait rien eu cette nuit ou si tu n'avais pas été si démoli. Tu sais que ça ne me ressemble pas de me mêler de la vie des autres. Encore moins de la tienne. Mais je crois qu'il est de mon devoir de te mettre en garde. Quand on est pleinement heureuse avec son mari, est-ce qu'on part avec un autre homme en vacances ?

Robert a un instant d'incompréhension, puis son incrédulité éclate dans un rire sceptique.

— Catherine ? C'est impossible. Tu fais erreur. Peut-être quelqu'un qui lui ressemble, mais pas Catherine. Pas elle.

— Oui Robert, Catherine. Cet automne, je l'ai vue à Ogunquit et elle n'était pas seule.

Robert se relève, vibrant de haine contre Marc. Que cherche-t-il à prouver ? Ce n'est pas en démolissant ce qu'il y a de plus beau dans sa vie qu'il va le consoler. Au contraire. Robert se sent plus seul que jamais. C'est avec un grondement de colère qu'il répond.

— Tu n'es qu'un sale menteur.

— Oui, c'est vrai Robert. Je l'ai rencontré, moi aussi. Catherine me l'a même présenté. Il s'appelle Étienne Bernard et il est médecin. Je croyais bien que

Catherine allait m'en reparler mais elle ne l'a jamais fait. Je n'en sais pas plus.

La voix de Madeleine est tombée comme un verdict de culpabilité. Robert n'est plus seul au banc des accusés.

Sa douleur est immense, intolérable.

Le bruit de l'eau qui coule du robinet l'agresse et la neige est trop blanche.

Cette lourde couette qui s'abat sur la ville va finir par l'ensevelir.

Devant ses yeux ahuris, le casse-tête se reconstitue pièce par pièce. Des images précises de tricherie, de mensonge… L'obstination de Catherine à faire son voyage et sa rage de faire l'amour à son retour. Et les cadeaux à Noël. « Celui-ci est pour que tu penses à moi. » Acharnement à ne pas vouloir regarder la vérité en face ? S'accrocher, jouer le jeu jusqu'au bout ? Plus près de lui, il y a son départ pour Boston. Une séparation sans larmes. Et maintenant, cette voix impatiente au téléphone et l'accident d'Isabelle qui devient l'excuse parfaite.

Les morceaux s'emboîtent facilement, le dessin se précise. Il ne lui reste plus qu'à combler honnêtement les vides par ses propres morceaux.

Tous ses silences soigneusement entretenus, sa lassitude qu'il n'a jamais vraiment cherché à combattre, comme pour mieux s'en servir le moment venu.

Et s'il était arrivé ce moment de remise en question ?

Robert a la sensation que toute sa vie est en train de se balancer sur la corde raide des illusions.

De toute évidence, sa femme n'est pas heureuse et lui non plus. Comme mari, Robert a échoué, et dans cet échec, il a entraîné ceux qu'il disait aimer.

Robert se prend la tête à deux mains. Elle cogne si fort sa pauvre tête. Impulsivement, il se protège les yeux pour ne plus être agressé par la blancheur trop crue de la neige. Il a mal. À cause de ce qu'il a fait, mais aussi à cause du silence de Catherine. Elle a tout détruit par son silence. Cette complicité à deux, cette douce habitude ne voulait déjà plus rien dire, et il ne s'en doutait pas. Tout était déjà fini et lui, l'idiot, ne voulait pas le voir. Cela n'amoindrit pas sa faute à ses yeux, mais le rend profondément malheureux, amer. On s'est joué de lui.

Robert se relève avec une terrible envie de vomir. Toutes ces bières au goût d'amertume... Sans un mot, il quitte la table, se précipite dans l'escalier qui monte en haut. Marc fait un geste, mais Madeleine le retient.

— Non... Laisse-le aller, Marc. Ton frère, c'est un solitaire avant tout.

Robert a été malade à s'en vider les tripes, à s'en arracher le cœur.

Puis il s'est recouché en tournant le dos à la fenêtre, le visage en sueur.

Le nom de Catherine tourbillonne dans sa tête comme une obsession lancinante, mais sans reproche ni accusation. Elle est libre d'aimer qui elle veut, comme lui l'a fait. Mais pas en cachette, en se moquant de lui et de tout ce qui a pu exister entre eux. « Pourquoi n'a-t-elle rien dit ? » Il ne sait plus rien que ces quelques mots qui mettent un terme à la sincérité. Et du plus profond de son âme, monte une marée de larmes. Lui qui les a toujours reniées y trouve un semblant de réconfort. Il a les sanglots durs de celui qui n'a pas pleuré depuis longtemps.

Et, soudain, il aperçoit Madeleine dans l'embrasure de la porte. Depuis quand est-elle là ? Il ne l'a pas entendue arriver. Il la regarde, ébauche un fragile sourire qui ressemble à une excuse.

Alors Madeleine vient jusqu'au lit et s'assoit près de lui. Cette présence silencieuse l'aide à faire taire son chagrin.

Robert s'essuie les yeux avec un coin de la couverture. Puis, il repense à la nuit qu'ils ont vécue ensemble.

— Je m'excuse pour ce qui s'est passé. Ce... Ce n'était pas la manière dont... Peut-être avais-je besoin de cet engourdissement. Je ne sais plus...

Un sourire attendri accueille cette confession malhabile, tandis que Madeleine approche du lit. Que lui importe la manière ? Il y a vingt ans qu'elle attend, qu'elle espère cet instant sans vraiment y croire. Elle pose une main sur l'épaule de Robert.

— Tu n'as pas à t'excuser. Si c'est une erreur, nous la partageons. Ce n'est pas parce que je suis une femme que je suis moins coupable.

— Ce n'est pas ce que j'ai dit.

— Je sais. C'est moi qui tiens à le dire pour que les choses restent claires entre nous... Viens, maintenant. Marc a fait du café et je crois que nous en avons tous grand besoin.

13

Le lendemain, au réveil, le mal de tête persiste. Mais bien différent de celui de la veille. Robert vient de balayer sa vie en trois jours et il en est tout étourdi.

— Trois petits tours et puis s'en vont, murmure-t-il cynique.

Il s'appuie sur un coude et regarde dehors. La neige a cessé, mais le ciel reste sale. Tant mieux. Le soleil aurait été un affront inutile. Un ciel gris, c'est lourd et sans espoir.

Hier, quand ils sont rentrés de Boston, Robert a tout de suite voulu appeler à Québec. Il lui fallait entendre la voix de Catherine, c'était plus fort que lui. Non pas pour faire le point au téléphone, à distance; il lui semblait que juste au timbre de sa voix, il saurait la vérité.

Parce qu'en lui, malgré tout ce qu'on lui avait dit, le doute persistait. Il a signalé lentement, les doigts tremblants et le cœur lui cognant jusque dans la tête. C'est une inconnue qui lui a répondu.

— Bonjour !

Machinalement, il a pensé à une amie de Josée. Par un dimanche après-midi, la chose était plausible.

— Oui, bonjour. Madame Lefrançois je vous prie.

— Oh ! je regrette, elle est absente pour le moment. Mais elle fait dire de l'attendre à la Piazetta. Elle y sera, comme convenu.

Et comme Robert ne répondait pas, la voix a repris.

— C'est bien monsieur Bernard qui est à l'appareil, n'est-ce pas ?

Robert a raccroché sans se nommer. Madeleine a fait des sandwiches et du café. Ils ont mangé dans le salon devant le foyer parce que Robert avait froid. Ils n'ont rien dit. Robert écoutait son cœur qui cognait et il se demandait pour qui il se débattait si fort.

Et, ce matin, toute sa vie est grise et sale sans la blancheur d'une neige qui tombe. Il entend le va-et-vient de Madeleine à la cuisine, mais il n'a pas envie de la rejoindre. Il n'a pas faim. Un goût de nausée lui est resté dans la bouche et il pense qu'il n'aura plus jamais faim. La tête enfouie sous l'oreiller, il essaie de ne penser à rien. Il se dit qu'il vaut mieux ne penser à rien. C'est Madeleine qui vient le tirer de sa torpeur.

— Robert ?

L'oreiller se soulève avec un soupir. Il a un frisson de dégoût devant le jus d'orange qu'elle lui présente.

— Tiens, bois cela. Ça va te faire du bien.

Il le prend à contrecœur, sûr de l'indigestion à l'avance. Curieusement, le jus emporte avec lui toute l'amertume qu'il avait dans la bouche. Madeleine est assise au pied du lit et le regarde.

— Que comptes-tu faire maintenant ? Tu restes ici ou tu rentres à Québec ?

La question est directe et fait sursauter Robert. Il n'y a pas pensé. En fait, il n'a pas pensé à grand-chose depuis hier. Il est resté recroquevillé sur lui-même comme un fœtus.

Robert pousse un long soupir. Il serait peut-être temps de se mettre au monde, malgré la douleur de la naissance et de l'inévitable souffrance de l'éveil à une autre réalité.

Robert voudrait tout nier, tout effacer et remonter dans le temps. Boston n'existerait plus, et il ne saurait rien de l'escapade de Catherine.

Robert remonte la couverture sur lui. Pourtant, il faut qu'il réagisse. Personne ne peut le faire à sa place. Il a peur de revenir à Québec. Il n'est pas encore prêt à faire face à l'imprévu. Son retour ne ressemblera pas à ce qu'il aurait dû être. Point de fleurs à l'arrivée, ni d'embrassades, ni de joie partagée. Il doit prendre le temps de s'habituer.

— Je reste... avec toi. Si tu veux bien d'un boxeur qui a terminé son premier combat par un knock-out.

— Ne parle pas comme ça. Le cynisme te va mal.

— Excuse-moi, mais ce matin je ne sais plus très bien où j'en suis.

— Et moi, je comprends très bien ce que tu peux ressentir. Il m'arrive souvent de penser que la vie n'est qu'une farce sinistre. Mais ne t'en fais pas. On arrive même à rire des blagues douteuses.

Robert échappe un sourire malgré lui. Elle ne mâche pas ses mots, Madeleine. L'allusion est claire. Et c'est probablement ce qui fait que Robert l'apprécie à ce point. Elle est directe, incisive au risque de déplaire. Mais on sait toujours à quoi s'en tenir avec elle.

Brutalement, il l'attrape par la taille et l'attire vers lui. Robert a un besoin sauvage, une urgence douloureuse de faire l'amour pour sentir qu'il est aimé. Avec rage et passion, ils s'unissent silencieusement.

Peut-on parler des jours qui suivent ? Ces longues journées qui s'enchaînent les unes aux autres sans qu'on ait vraiment quelque chose à dire. Une semaine passe, grise de brouillard et de pluie. Mais Robert s'accommode fort bien de ce temps de grisaille et de ses nuits blanches.

Catherine a appelé deux fois pour lui donner des nouvelles d'Isabelle. Deux fois où il a joué le jeu jusqu'au bout.

— Tant mieux, Catherine. Oui, oui, ici tout va très bien !

Deux fois où il a dû se retenir pour ne pas lui crier sa douleur de savoir son mensonge. Mais il ne parlera pas de choses graves au téléphone. Il veut être en face d'elle quand il lui dira qu'il sait tout et qu'il veut s'en aller. Il veut voir dans les yeux de Catherine qu'il n'y a plus rien entre eux. La confirmation de l'irrévocable. Après, il pourra partir.

La nuit, après avoir fait l'amour avec Madeleine, il se retourne contre le mur et prépare son retour. Mentalement, soigneusement. Robert, le brillant professeur que tous envient, ne sait pas parler de ses émotions. Alors il se prépare à dire les mots qui mettront fin à une vie. Il les soupèse, les compare, se les répète jusqu'à la nausée et au mal de tête. Mais il sera prêt. Il n'a pas le choix, s'il veut survivre. Il n'y aura ni crises de larmes, ni amertume. Encore moins de méchanceté. Catherine ne le mérite pas. Il ne veut qu'entendre la vérité. Après, il s'organisera tout seul avec sa vie.

Nuit après nuit ses désillusions s'estompent, rejoignent sa réalité, se fondent au désir brûlant qu'il a de Madeleine. Elle sait y faire, Madeleine, pour s'assurer la fidélité d'un homme. Et, sur ce point, Robert n'est pas différent des autres. Tout doucement, il se fait à l'idée que tout change en lui, autour de lui. Et Robert, qui s'est toujours obligé à la sagesse par respect pour ceux qu'il aimait, apprend à vivre avec la folie de quelque chose, de quelqu'un. Pour la première fois de sa vie, il s'accorde avec sa démence.

Seule l'image de ses enfants le fait cruellement souffrir. Comprendront-ils eux ce qui se passe? Si Catherine rencontre cet homme ouvertement, c'est qu'elle leur en a parlé. Il le souhaite ardemment car lui, il n'a jamais su parler aux enfants. Alors, quand il pense à eux, la peur revient. Immense, fulgurante. Peur surtout de les perdre, parce qu'il n'a jamais su leur dire qu'il les aimait. Peur de la vie qui s'en vient sans leur présence.

Et Madeleine, qui a toujours aimé Robert, essaie de comprendre ce déchirement. Elle l'accepte, pour le moment, comme le dernier sacrifice de leurs accordailles. Elle l'oblige encore et toujours à se dépasser, aide efficace et tenace. Elle le soutient avec d'autant plus d'ardeur qu'elle peut le faire ouvertement, face à lui, maintenant. Son rôle d'ombre éclate au grand soleil de leur passion. C'est pourquoi à Harvard personne ne s'est aperçu que maître Lefrançois était un homme acculé au plancher en train de se relever. Grâce à Madeleine et à Marc, avec qui il a beaucoup parlé. Le brillant avocat continue d'étonner, de plaire. Bill a même poussé l'enthousiasme au point de lui offrir un poste pour la prochaine année. Le grand rêve qui deviendrait une réalité. La sienne, celle de maître Lefrançois. Oui, peut-être, pourquoi pas ? Solution miraculeuse. En repensant aux enfants, il se rembrunit.

— Je dois y réfléchir.

— Mais bien sûr. *I know*... Prenez votre temps, il y a la famille...

La famille... Bien sûr il y a la famille. Différente, déchirée, mais toujours là.

C'est avec Marc que Robert a parlé de ses enfants, car il s'est vite rendu compte que Madeleine n'était pas à l'aise avec le sujet. De Catherine oui, mais pas des enfants. Alors, c'est avec son frère qu'il le fait.

— Cette offre, Marc, qu'est-ce que j'en fais ? Ça me tente, tu sais. Mais je dois être honnête : jamais je ne pourrais vivre aussi loin des jeunes. C'est tout bonnement impensable.

— Attends, Robert. Tout sera plus clair après ton retour. Catherine aussi a son mot à dire dans tout cela.

— Oui, c'est vrai, il y a aussi Catherine, pas seulement les enfants…

Robert et Marc se quittent sur un geste cher à leur adolescence, un encouragement réciproque… Cette pression de la main sur le coude de l'autre, un sourire et un regard silencieux.

En arrivant au cottage ce soir-là, il apprend par Madeleine que les activités du lendemain ont été annulées. Sans hésiter, Robert appelle à l'aéroport pour faire devancer son départ d'une journée. Il veut revenir seul à Québec. Une dernière mise au point entre lui et Catherine. Madeleine le comprend comme elle accepte aussi de passer la nuit dans sa chambre. Elle l'attend depuis si longtemps. Qu'importe une nuit de plus ?

Robert a bouclé sa valise en moins d'une heure. « Demain, à pareille heure, je serai chez moi… »

Un frisson convulsif secoue les épaules de Robert.

Cela veut-il encore dire quelque chose ? Où sera-t-il chez lui ? Il a mal en pensant à sa maison, à ses enfants. Puis il se dit qu'eux, au moins, ils devraient être contents de le revoir, qu'ils l'attendent avec impatience.

Robert a un cruel besoin de savoir que quelqu'un l'attend. Il se couche avec un curieux mélange de peur, d'angoisse et de soulagement, en se disant que c'est la dernière nuit blanche à préparer le scénario de son arrivée.

Catherine sera à la cuisine, ne l'attendra pas. Il va la rejoindre et lui parler immédiatement. Froidement. On ne saurait que faire de larmes versées sur ce qui n'existe déjà plus.

L'avion s'arrache du sol dans un grondement sourd, sous la pluie, dans la brume. Un départ qui ressemble à son arrivée. Pourtant, cette fois-ci, Robert n'en voudrait pas au pilote s'il passait un peu trop près des vagues. Par le hublot, il jette un dernier regard sur Boston qui s'estompe dans le brouillard. Va-t-il y revenir ?

Robert en doute.

Puis, il imagine Madeleine dans le cottage et il ferme les yeux. « Dans deux heures, je serai chez nous. »

« Le seul bonheur qu'on a
vient du bonheur qu'on donne. »

Edouard Pailleron

Étienne

14

Mars est enfin là ! Guilleret, piquant, comblant les attentes secrètes ou avouées. L'hiver peut bien battre de l'aile à son aise, il n'a plus d'emprise sur les humeurs. Au réveil, les toits dégoulinaient en jacassant et les rigoles se gonflaient à vue d'œil faisant fi des barrages de neige sale. La magie du printemps s'est exercée pendant la nuit. Il est là parmi nous et cette fois-ci, on ose croire que c'est pour de bon. En quelques heures, le soleil a gagné en hardiesse et il agace impitoyablement les amas d'une neige sale, qu'hier encore on croyait éternelle. Étienne pousse un soupir joyeux en se disant que, ce matin, il va pouvoir oublier sa tuque au fond du placard.

Son premier geste de la journée, au saut du lit, a été de chercher son chandail en grosse laine du pays. Son chandail de printemps. La clarté qui s'est installée dans son salon et les voix qui s'interpellent joyeusement en bas, dans la rue, ne laissent aucun doute : l'hiver a profité de la nuit pour plier bagage et commencer, en douce, sa fuite vers les terres du nord.

Qu'importe les revers d'humeur qu'il nous réserve ! Une clémence de l'air et nous voilà armés contre lui. Étienne a ouvert sa fenêtre et déjeuné d'un œuf bien meilleur que celui d'hier.

Puis, dans un rituel cher à son cœur, il a téléphoné à Catherine. Habitude du samedi qui date d'un mois. Et, aujourd'hui, Isabelle l'attend pour une promenade en traîneau. Il le lui a solennellement promis en refaisant son plâtre.

— Croix de bois, croix de fer, si je mens, je vais en enfer.

On ne manque pas une promesse comme celle-là, faite une main sur le cœur. Il lance sa vaisselle sale au fond de l'évier et quitte son appartement en sifflant.

Pendant la semaine, la glace du lac a pris un coup de vieux. Elle commence à grisonner très légèrement. Avant de venir frapper à la porte de Catherine, Étienne prend le temps de s'approcher du quai. Il est saisi d'admiration devant ce monde qu'elle a su si bien lui décrire. Il a l'impression de l'avoir connu depuis toujours. Il est à l'aise, presque chez lui.

— Catherine, murmure-t-il.

Elle est une douceur dans sa vie de célibataire. Pourtant, il était persuadé qu'il ne la reverrait jamais, le jour où il avait quitté Ogunquit. Il s'était promis de ne rien provoquer, car elle avait droit à ce respect de sa part. Catherine, c'était aussi une famille et un mari. Quand il l'a aperçue dans ce restaurant au mois de novembre, il n'a pu se retenir. C'est avec joie qu'il s'est avancé vers elle, qu'il a partagé un café avec elle et son amie Marie. Une femme formidable qui lui a tout de suite plu. Ils ont bavardé à bâtons rompus, de l'urgence et de la famille qui continuait de grandir. En riant, Catherine lui avait même promis de le rappeler maintenant qu'elle n'avait plus le choix de parler de lui à son mari. Ils avaient échangé leurs numéros de téléphone. Mais Étienne avait espéré, en vain, un appel qui n'était jamais venu.

C'est au début de février que le hasard était revenu frapper à sa porte sous les traits d'une petite fille aux yeux immenses de chagrin parce qu'elle était tombée en ski. En lisant son nom sur la fiche d'inscription, Étienne y avait vu un signe du destin et il avait déclaré qu'il s'occupait personnellement de l'enfant. En l'examinant, il avait tenté d'imaginer à quoi ressemblerait cette rencontre. Qui était ce Robert Lefrançois ? Il avait l'impression de le connaître intimement, tant Catherine lui en avait parlé. Mais Catherine était venue seule. Puis un peu plus tard, Michel et Josée, bruyants et inquiets, étaient venus rejoindre leur mère. Image toute simple d'une famille unie. Catherine avait eu raison d'en parler avec autant de fierté. Les présentations s'étaient faites, entremêlées de rires et d'explications.

Les enfants et Étienne avaient sympathisé immédiatement. Et comme Catherine semblait légère, libérée de son lourd secret ! Aussi, quand Isabelle avait quitté l'hôpital, elle avait invité Étienne à partager leur repas du soir. Simplement, en toute amitié, pour le remercier de sa gentillesse à l'égard de sa fille.

On a bien bu et bien mangé ce soir-là, chez maître Lefrançois. Malgré son absence. On a surtout bien ri et parlé. Du voyage de maman qu'elle racontait vraiment pour la première fois, de celui de papa parti pour Boston, des études des enfants, de l'hiver qui n'en finissait plus de neiger sa mauvaise humeur. On a parlé de la soupe au dessert, mais aussi après, devant la flambée. À la fin de la soirée, à l'initiative de Michel, on a convenu de se retrouver le lendemain pour une partie de luge. Catherine ne pouvait se joindre à eux, ayant promis à Marie de la retrouver pour une visite au musée. Alors Étienne et les deux grands étaient partis ensemble en chantant, malgré la maussaderie d'Isabelle retenue à la maison sous la garde d'une amie de Josée. Catherine devait rejoindre Étienne à la fin de la journée pour manger une pizza. Étienne voulait absolument lui rendre la politesse de sa gentille invitation de la veille. Mais, pendant le souper, Catherine lui avait fait part d'une remarque de Josée, une petite flèche anodine qu'elle avait lancée à sa mère au déjeuner. Cela avait bouleversé Catherine.

— Seigneur ! Que vont-ils penser maintenant ?

Une inquiétude dans l'œil, elle lui avait demandé de ne pas chercher à la revoir. Une timidité dans la voix avait démenti la sincérité de cette requête. Et puis, elle avait son sourire du premier jour où il l'avait rencontrée. Ce sourire un peu triste, un peu vague. Sans lui répondre vraiment, Étienne avait commandé deux cafés et demandé des nouvelles de Robert. Et comme si d'entendre le nom de son mari avait allumé une lumière dans l'esprit de Catherine, elle s'était mise à parler. Elle avait subitement retrouvé le monde des mots qui lui était si facile avec Étienne. Tout doucement, comme une bonne pluie d'été, chaude et nourricière, elle avait déversé son trop-plein d'inquiétudes. Amertume, douleur, jalousie, impuissance… Depuis quand se torturait-elle ainsi à la pensée que Robert pouvait aimer sa trop belle amie ? Elle ne le savait pas. Seule une lancinante douleur, qui allait s'accentuant, accompagnait le fil de ses journées. La jalousie et la peur lui faisaient monter les larmes aux yeux quand elle pensait à eux, seuls au bout du monde, à vivre ce que bon leur semblait.

Étienne l'avait ramenée chez lui pour un dernier cognac. Un cognac qui avait duré une bonne partie de la nuit. Le temps d'une confession de Catherine. Une mise au point pour elle, comme pour lui. Un éclatement de tout ce mal qu'elle ressentait devant ce mari taciturne qui savait être si volubile quand il parlait avec Madeleine. Elle avait pointé du doigt ce désintéressement de Robert face à leur vie, alors que son attachement au droit était devenu un véritable esclavage. Catherine s'était offert une nuit de rage, une cure de soulagement. Elle parlait avec une haine qu'elle ne se connaissait pas. Surprise par les mots qu'elle employait, Catherine s'écoutait raconter à haute voix ce qu'elle avait toujours voulu ignorer en silence. Un long défoulement où personne n'était épargné. Ni Robert, ce mari froid la plupart du temps, comme indifférent à leur vie, ni Madeleine, cette amie incrustée dans leur famille, ni les enfants dont elle assumait pratiquement seule l'éducation, ni elle-même qui aurait dû se révolter bien plus tôt. Elle ne savait plus si elle saurait pardonner à Robert d'être parti avec Madeleine. Comment allait-elle reprendre la vie commune dans de telles conditions ? Elle ne voulait plus de ce scénario qu'elle connaissait par cœur. Aujourd'hui, elle admettait enfin qu'elle avait envie de changer de scène. Vingt ans à jouer un même rôle tournait maintenant à l'obsession. Épuisée, elle avait cependant admis que ce n'était pas de changer de drame qui apporterait un mieux-être, mais bien de passer au second acte de leur vie. Elle a eu un grand cri d'espoir en redisant l'envie de son homme, le goût de tout voir renaître. Elle avait besoin de cette seule et unique présence.

Étienne a passé une longue nuit à l'écouter en lui tenant la main. La lucidité de sa confession l'avait profondément touché. Devant lui, il n'y avait pas uniquement une femme qui faisait le point sur sa vie. Non, c'était beaucoup plus que cela. Il y avait le tourment et la blessure vive d'une détresse profonde, celle que l'on ressent quand on arrive au tournant où tout est remis en question, à commencer par soi. Étienne avait séché ses pleurs en se promettant de ne pas s'imposer. Il était conscient que Catherine, d'abord et avant tout, avait besoin de Robert. C'est ensemble qu'ils pourraient clarifier leurs sentiments, apaiser leurs tourments. Mais, finalement, c'est Catherine qui a retéléphoné à la demande express des enfants. Après une longue discussion avec ses deux grands, Michel avait lancé :

— En fait, ce que tu es en train de nous dire c'est qu'Étienne est pour toi ce que Madeleine est pour papa, n'est-ce pas ? Je ne vois pas où est le problème !

Catherine avait eu un sourire de gratitude, une chaleur dans le cœur. Si ses enfants le voyaient comme cela, Robert en ferait probablement tout autant. Et pourquoi pas ?

Et c'est ainsi que ce matin, debout face au lac, Étienne respire sereinement l'air léger de ce premier vrai jour de printemps. Nulle inquiétude pour l'avenir, nul reproche de se voir ici. Il est l'ami de la famille, le copain des enfants. Catherine fait désormais partie de sa vie. Il s'oblige à la voir comme la sœur qu'il n'a jamais eue. Cette famille toute prête à l'aimer comble chez lui le vide qu'il s'est volontairement imposé. Avec ses envies de courir le monde pour les moins bien nantis, il ne peut se permettre de fonder une famille ni même d'avoir une compagne. La famille de Catherine sera son espérance quand il repartira.

Isabelle qui l'attendait, le nez écrasé dans la vitre, tempêtant de le voir s'éterniser sur le quai, l'accueille avec empressement.

— Enfin ! s'écrie-t-elle quand il entre dans la cuisine. Mais qu'est-ce que tu niaisais dehors ?

— Isabelle, gronde Catherine. Tu parles d'une façon d'accueillir les gens !

Étienne éclate de rire. Dieu qu'il se sent bien ici ! Il s'empresse d'intervenir.

— Allons, allons ! Il ne faut pas faire de drame aujourd'hui, il fait trop beau. Elle a raison de s'impatienter… Alors mademoiselle, on est prête pour la promenade ? Venez, le soleil nous attend.

Depuis le tournant de la route, deux voix chantent à la gloire du printemps et arrachent un sourire à Catherine restée à la maison pour faire un peu de cuisine. Étienne et Isabelle reviennent de leur promenade dans les bois. Le temps qu'Étienne retire ses raquettes et les joyeux compères font une entrée bruyante dans la maison.

— Catherine, que dirais-tu si on allait à la cabane à sucre cet après-midi ? C'est moi qui invite !

Étienne est encore dans l'embrasure de la porte, Isabelle jambe en l'air, pendue à son cou. En se retournant, Catherine reste un instant silencieuse devant le sourire de sa fille. Jamais elle n'a vu autant de complicité entre la gamine et son père. Elle a un moment de tristesse. Isabelle qui croit que sa mère hésite à accepter l'invitation se met à frétiller dans les bras d'Étienne.

— Dis oui, maman ! Dis oui !

Supplication et cajolerie de la petite qui rencontrent leur appui chez Étienne. Il est tout sourire dans sa barbe blonde.

— De toutes manières, argumente-t-il taquin, tu sais à quel point le grand air peut être profitable à notre malade préférée !

Ils regardent Catherine avec une même prière au fond des yeux. Elle ne peut résister. Elle éclate de rire.

— Voyez-vous cela ? C'est de la manipulation pure et simple.

Et entrant dans le jeu elle redevient sérieuse, hésitante.

— Mais je ne sais si cela serait raisonnable, vu son état, justement.

Et, du menton, elle désigne Isabelle qui vient brusquement d'arrêter de se dandiner. Elle pointe le nez en direction de sa mère et fronce les sourcils. Mais Catherine ne sait pas mentir. Isabelle lance un cri de joie.

— Youppi ! On va aux sucres ! On va aux sucres !

Un vrai délire qui s'empare de la cuisine. Michel et Josée rappliquent, curieux. Un « hourra ! » général salue l'annonce. Pour une sortie à la cabane à sucre, il n'y a pas d'âge pour être d'accord. Avec Étienne, s'amuser et rire est une chose normale, naturelle. Un peu comme avec leur oncle Marc quand il vient les visiter. Catherine sourit à leur effervescence.

— On dirait que ma proposition leur plaît, fait Étienne en s'approchant de Catherine après avoir déposé Isabelle dans son fauteuil. Et toi, qu'en penses-tu ? Tu n'as pas vraiment donné ton avis.

— Ça me plairait beaucoup. Mais j'ai bien peur que ce ne soit pas encore la saison. Ce n'est pas à cause de ce soleil que…

— Ne t'en fais pas, l'interrompt Étienne. Pour les cabanes commerciales, c'est vrai qu'il est encore tôt. Mais pas pour Bertrand.

— Bertrand ?

— Oui, un confrère médecin. Un vieil ours comme moi, qui se fait un devoir de fuir la civilisation à la moindre occasion. Par une belle journée comme aujourd'hui, tu peux être certaine qu'il est caché au fin fond de sa campagne. Et, avec un soleil pareil, je ne serais pas surpris qu'il ait décidé d'entailler… Attends, je vais l'appeler. Il garde toujours son téléphone cellulaire à portée d'oreille. Au cas où…

En deux minutes tout est réglé. En trente minutes, on est prêt à partir.

— À la condition qu'on soit de retour assez tôt, précise Catherine. Je veux préparer encore bien des choses pour le retour de votre père. C'est demain qu'il revient !

Les enfants ont un long sourire heureux. Oui, c'est demain que papa revient. Alors, avec une joie supplémentaire au cœur, on s'en va, raquettes à la main et panier de provisions à l'autre.

L'après-midi coule sa tranquillité sur les bords d'une rivière qui ose à peine sortir de son engourdissement hivernal. Bertrand, un grand six pieds poilu comme un singe, les accueille avec simplicité.

— Vous êtes ici chez vous !

Et de présenter les lieux à ses hôtes, en faisant de larges moulinets des bras. Il s'est offert un coin de terre idyllique, Bertrand, avec une vieille cabane à sucre rustique. Un voisin lui prête sa jument pour courir les érables comme dans un vieux rêve d'autrefois. C'est nostalgique et doux, cette coupure avec le quotidien. Un vrai bain de nature avec ses combats de balles de neige, ce vieux poêle ronflant chauffé à blanc pour le sirop, le plaisir collant de la tire que l'on déguste très, très lentement les yeux mi-clos pour en savourer tout le parfum.

Au retour, gavés jusqu'à l'écœurement, les trois jeunes s'endorment à l'arrière de la voiture. Catherine lutte vaillamment pour ne pas en faire autant. Puis, un brusque sursaut la réveille tout à fait. Elle vient de penser à Robert qui arrive demain. Une grande joie lui gonfle le cœur. Comme elle a hâte de le voir, de se serrer tout contre lui, de sentir son baiser dans le cou. Elle a hâte, maintenant, de lui présenter Étienne. Avec la franchise naturelle de ce nouvel ami de la famille, Robert ne pourra faire autrement que de l'aimer. Elle voit déjà une belle amitié à quatre. Pourquoi pas ? Elle se tourne vers Étienne.

— Que pourrais-je dire pour te remercier ? Je viens de passer un moment merveilleux.

— Ne dis rien, grommelle Étienne entre ses dents, comme s'il était brusquement intimidé. C'est moi qui vous devais cette petite douceur. Tu ne peux savoir à quel point j'apprécie votre accueil à tous.

Soudain, sa figure se fronce en sourires taquins.

— Je sais ce que tu pourrais me dire : « Étienne, je t'invite à souper. » Je crois, oui, que j'accepterais un remerciement de cette nature.

Alors Catherine éclate de rire sans répondre. Oui, une solide amitié à quatre… Robert aussi va accepter cet être entier qui trimbale partout sa bonne humeur. Catherine est remplie de bonnes intentions. Elle voit l'avenir plein de soleil. Tout va reprendre sa véritable dimension avec le retour de Robert. Toutes ses pensées sombres depuis quelque temps ne sont probablement que le fruit de l'ennui. Une bonne conversation à deux, et tout va rentrer dans l'ordre. Et sur cette pensée réconfortante, elle s'endort finalement, repue.

Étienne aussi pense au retour du mari. Il appréhende la rencontre qui est inévitable. Comment Robert accueillera-t-il cet ami de sa femme ? Acceptera-t-il qu'il reste l'ami de la famille, l'ami de Catherine ? Étienne doit avouer qu'il comprendrait si Robert était réticent. Étienne Bernard s'estimera chanceux s'il garde le droit d'être un invité de passage dans la maison du bord du lac. Il est conscient que quoi qu'il arrive, elles sont finies les longues heures de confidences, les joyeux moments à deux. Et il comprend qu'il est normal qu'il en soit ainsi. Même s'il a la lucidité de se dire que cela lui fait mal. Régulièrement, il tourne son regard vers Catherine qui s'est endormie. Et son cœur se serre, lui le vieux célibataire que l'on croit endurci. Catherine... Pourra-t-il sincèrement n'être que le bon ami de la famille ? En son âme et conscience il doit admettre que non. Elle a pris trop de place dans sa vie. Une place qu'il n'a pas le droit de lui demander de remplir. En arrivant devant la maison de Catherine, il se dit que cette soirée se doit d'être la dernière. Qu'importe les attraits qui pourraient naître entre lui et Robert. Revenir en ami serait trop pénible pour lui, trop dangereux pour tous.

Conforme aux nouvelles habitudes du samedi soir prises dans la cuisine de Catherine, tout le monde met la main à la pâte pour la préparation du repas. Isabelle, de son fauteuil, le pied enrubanné pointé vers le plafond, dirige les opérations. D'un commun accord, on a opté pour des plats salés. Alors Catherine sort les viandes froides et le fromage, puis des légumes pour la salade. Le jeune contremaître a l'œil à tout.

— Michel, arrête de chiper des morceaux de poulet... Étienne coupe le fromage plus mince, c'est comme ça que nous l'aimons chez nous.

— À vos ordres, mon commandant !

On rit et la corvée n'en est plus une. On se bouscule, on s'amuse. Étienne se remplit les yeux et le cœur de cette image qui parle d'amour si simplement: Josée qui met la table en fredonnant, Michel qui dresse l'assiette de viande chapardant tous les morceaux qu'il peut, Catherine qui fait la salade. Alors, pour ne pas se laisser envahir par la nostalgie, Étienne se redresse. Faisant un clin d'œil à Michel il s'approche de Catherine, la bouscule.

— Poussez-vous, madame. Vous êtes dans mon chemin. Je veux prendre une assiette pour le fromage.

Il lui donne un coup de coude en riant. Catherine riposte d'une menace de sa cuillère de bois. Michel vient à la rescousse d'Étienne, sous les encouragements de Josée. Puis, brusquement, une voix grave suspend les gestes et les rires.

— Bonsoir, Catherine.

Robert est là, sur le pas de la porte. Personne ne l'avait entendu arriver dans le vacarme qui régnait dans la cuisine. D'un même élan, les deux grands se précipitent sur lui pour l'embrasser pendant qu'Isabelle réclame un baiser à grands cris. Seule Catherine est demeurée silencieuse. Une grande joie inquiète la soulève hors d'elle-même. Ce n'est pas ainsi qu'elle avait prévu le retour de son mari. Et d'abord, Étienne ne devrait pas être là.

Pendant qu'elle cherche les mots d'accueil qui se refusent à venir, Catherine regarde, émue, la longue embrassade qui unit Robert et ses enfants, les gestes d'intimité qu'ils retrouvent spontanément. Elle fait un pas timide dans leur direction quand, soudain, Robert se redresse. Il a un regard sombre qui survole Étienne pour venir se poser sur Catherine. Pour elle, il n'a aucun sourire. Brusquement, Catherine sent la tension qui se tisse entre eux.

Arrivée que nul n'avait prévue ainsi. Catherine devait être seule et Robert devait avoir l'assurance de celui qui sait tout. Alors que fait Étienne dans cette maison qui est encore la sienne ? « Je suis ici chez moi », pense Robert en bombant le torse. Étienne n'est que la présence indésirable, l'élément de trop dans ce qui le retenait encore à Catherine. Robert sent naître en lui une sourde révolte. On a abusé de lui, de sa confiance, de tout ce qui aurait dû rester intact entre lui et Catherine. Sa réserve naturelle se transforme subitement en agressivité, et la joie ressentie en voyant ses enfants lui est maintenant douleur. Catherine n'avait pas le droit de se servir de son absence pour le remplacer auprès de leurs enfants. Alors il sait qu'il ne demandera pas d'explications. Tout est inscrit dans la cuisine. Une grande lassitude lui donne envie d'en finir au plus vite.

— Alors, Catherine ? Tu ne viens pas m'embrasser ? Peut-être que je dérange ?

Il fait montre d'une désinvolture méchante pour se protéger contre les larmes. Pas devant lui, pas devant l'autre. Les deux hommes s'affrontent un instant du regard, puis Étienne hausse les épaules en se retournant. Il trouve la situation ridicule, mais ce n'est pas à lui d'intervenir. C'est à Catherine de le faire. Elle fait un autre pas en direction de son mari, portée par l'inquiétude et la joie.

— Tu sais bien que tu ne déranges pas. C'est la surprise, tout simplement. Je ne t'attendais que demain et…

Elle est nerveuse, comprenant très bien ce que doit ressentir Robert en revenant chez lui et en trouvant un autre homme dans sa maison. Catherine fait un effort surhumain pour se hisser hors de ses émotions, pour trouver désinvolture et confiance. Dérisoire ! Catherine est possédée par la peur du regard de Robert qui la juge, par ce reproche qu'elle y lit. Brusquement, elle retrouve ses silences, malhabile de l'expression, empêtrée dans ses pensées. Instinctivement, elle se retourne vers Étienne. Ne sont-ils pas dans le même bain ? Cette complicité heurte Robert en plein cœur, le déchire dans ses sentiments les plus légitimes. Impulsivement, il se blinde, cherche dans le monde des apparences celle qui saura l'aider à sauver la face. Demi-sourire nonchalant, il fait un pas vers elle. Si Catherine est aussi attachée à cet homme qu'elle en a l'air, elle ne devrait pas trop souffrir de ce qu'il avait l'intention de lui annoncer. Maintenant, il ne reste aucune place pour le doute. Il en oublie même que les enfants sont là, pétrifiés, n'osant intervenir. Il se sent fort de son cœur brisé, de son orgueil bafoué, de tous les silences qui sillonnent leur vie à deux. Non,

Robert n'a rien à demander. Il fait encore un pas en avant.

— Comme cela, tu ne m'attendais que demain... Pourquoi continuer le cirque ? Je crois que tout est dit, n'est-ce pas Catherine ?

Catherine a un sourire sans joie qu'elle pose successivement sur Robert et les enfants. D'où lui vient cette envie de ne rien dire ? Pourtant, il y a urgence.

— C'est Étienne n'est-ce pas, dit-elle enfin. Je voulais justement te le...

— Tu voulais justement ! Tu ne crois pas qu'il est un peu tard pour en parler ?

Brutalement, Catherine comprend que chaque chose doit être dite en son temps. Si elle avait parlé de son ami dès son retour, on n'en serait pas là. La voix de Robert est froide comme une banquise. Une glaçure qui se pose sur les gestes et les gens. Étienne pense à nouveau que la situation est absurde. Puis il comprend ce que Catherine lui disait quand elle parlait de la froideur de son mari. Il se décide, d'un coup, à intervenir. Mais Catherine le devance.

— Un peu tard ? Oui, probablement. Pour être sincère, je te dirai que je n'en suis pas certaine. Il faudrait revenir à... Oh, et puis merde ! Qu'est-ce que ça pourrait changer ? Je voudrais seulement que tu comprennes qu'il n'y...

— Que veux-tu que je comprenne ? Que tu m'as trompé ? T'inquiète pas, on s'est chargé de me prévenir.

À ces mots, Catherine entre dans une rage folle. Elle a toujours su l'influence que Madeleine est capable d'exercer sur son mari. Mais qu'elle ait pu trahir l'amitié qu'elles avaient l'une pour l'autre dépasse son entendement. Ainsi, donc, Madeleine a parlé ? Ses craintes, en les voyant partir, étaient fondées. La grande haine qu'elle ressent pour elle lui redonne ses moyens. Elle n'a rien à se reprocher, elle. À son tour, elle se permet d'accuser.

— Alors Madeleine a parlé ? Quelle belle preuve d'ami...

— Non, Catherine, ce n'est pas Madeleine qui m'a tout raconté. Ce serait trop facile de l'accuser, n'est-ce pas ? Non, figure-toi que c'est Marc qui m'a ouvert les yeux. Il t'a vue en compagnie de monsieur cet automne à Ogunquit. Madeleine n'a eu qu'à confirmer.

Incrédule, douloureusement hébétée, Catherine regarde l'air suffisant de Robert. Elle se rappelle cette voix au restaurant. Celle qui ressemblait tant à son mari. Elle aurait dû se retourner ! Elle ferme les yeux un instant, et c'est l'image de Madeleine qui s'impose à son esprit. Qu'importe, maintenant, les peut-être et les si... À voir Robert arrogant et sûr de lui, elle sait très bien ce qui s'est passé à Boston. Elle n'est pas complètement idiote. Tout est si évident, maintenant. Comme il est évident qu'elle se serait probablement accrochée à lui si les choses s'étaient présentées autrement. Elle aurait renié sa fierté, elle aurait tout accepté de lui. Elle l'écoute monologuer et c'est Madeleine qu'elle entend à travers ses paroles.

— Pour moi, Catherine, tout est clair. Quand j'ai appris que tu avais fait ton voyage avec un autre, j'ai aussi compris ton acharnement à vouloir partir. Et voilà qu'aujourd'hui, je retrouve cet autre chez moi. Les choses sont claires, ne trouves-tu pas ? Que pourrais-tu me dire de plus ? La seule chose que je regrette c'est ton manque de franchise. Je croyais que c'était resté intact entre nous. Mais je me trompais, là aussi. En fait, cela doit faire un sacré bout de temps que je me trompe sur notre compte.

Catherine se donne le temps de penser qu'il n'a pas tout à fait tort. Pourtant, malgré la certitude qu'elle a d'une liaison entre Robert et Madeleine, elle se porte au-devant de lui. Par respect de la vérité et par amour pour ses trois enfants qui sont les témoins impuissants de cette déchirure.

— C'est ridicule, Robert. Toutes ces accusations gratuites devant les enfants. C'est triste d'en être arrivé là. Et si je te disais qu'il n'y a rien entre Étienne et moi ?

— Rien ? C'est toi qui le dis. Peut-être, justement, à cause des enfants. Pourquoi, si tu n'avais rien à cacher, pourquoi ne m'en as-tu pas parlé à ton retour ? Vois-tu, il y a des silences qui sont plus éloquents que tous les beaux discours.

Son opinion est arrêtée et il n'en changera pas. Du moins, pas devant Étienne ni les enfants. Catherine le connaît assez pour comprendre l'inflexibilité de son regard. Il ne sert donc à rien d'essayer de parlementer. Il ne l'écouterait même pas. Un long hurlement de douleur lui remplit la tête. Alors elle dit n'importe quoi. Juste pour qu'on en finisse et que le hurlement cesse.

— Ainsi donc, tu as posé ton jugement et, comme d'habitude, il est irrévocable, n'est-ce pas ? C'est drôle comme tu sembles y tenir. Bien entendu, tout ce que je pourrais dire n'aurait aucune importance et ne changerait rien à la situation. Je le sais… Alors, oui, je t'ai trompé. Avec un homme merveilleux qui n'a droit qu'à mon estime, qui ne mérite que mon affection. Tu pourras en parler avec les enfants. Eux aussi, ils l'aiment bien. Oui, je t'ai trompé et je ne regrette rien. Tu auras au moins la satisfaction de te répéter jusqu'à la fin des temps que tu avais raison.

Puis, dans une rage de justification, elle se retourne vers les enfants. Rassurée par la confiance qu'elle lit tout de même dans leurs regards, elle ajoute à leur intention :

— Sachez que je vous aime plus que tout. Il arrive parfois dans la vie que l'on se trompe… Que des apparences s'avèrent trompeuses… Un jour vous comprendrez ce que je veux dire.

Puis, complètement vidée, elle se retourne vers Étienne et lui dit dans un souffle :

— Viens, partons. J'étouffe ici.

Et, sans un mot de plus ni un regard pour Robert, elle se dirige vers la porte en attrapant son manteau au passage.

15

Une fuite, une rémission totale de part et d'autre. Pendant que Robert fuit vers la sécurité de sa chambre, loin des regards incrédules des enfants, Catherine fuit loin de la réalité, lovée sur elle-même et sur sa souffrance. Elle a menti pour faire cesser la mascarade. Elle a menti, elle qui ne ment jamais. Elle a menti pour le regretter comme elle n'a jamais regretté. Toute sa vie, elle l'a tournée en dérision sur quelques paroles grossières qui ne voulaient qu'exprimer sa peur et sa peine. Seul Étienne l'a compris. Mais ce n'est pas lui qui aurait dû le faire. Il a mal de cette incompréhension qui a fini par détruire un amour véritable. Car seul un sentiment qui a connu la flamme des grandes passions peut, un jour, se transformer en grand éclat. Il en est convaincu. L'indifférence, plus ou moins consciente, ne conduit jamais à de grands rejets. Il s'éteint de lui-même, étouffé dans sa tiédeur.

Catherine s'est tassée sur elle-même comme vidée de sa vie, de ce qui faisait sa force. Elle a l'air d'une vieille femme désespérée qu'on mènerait à l'hospice. Il lui reste tout juste assez de lucidité pour se demander comment il se fait qu'elle ne soit pas morte de douleur devant la confirmation de ses craintes les plus grandes. Car, dans chacun des mots de Robert, il y avait aussi Madeleine. Elle le sent jusqu'au plus profond de sa douleur. Aucune eau vive ne saura la guérir de ce mal. Sinon la certitude du pardon mutuel, du retour à la normalité des choses. Sinon le retour du mari.

Les lueurs de la ville l'oblige à relever le front, l'éveille à la réalité de celui qui est à ses côtés. Catherine a un geste de surprise en le voyant. Elle n'est donc pas seule ? Qui l'a mise dans cette voiture ? Où se dirige-t-on ? Puis revient l'énormité du mensonge qu'elle a fait pour se défendre. Elle a utilisé Étienne. Elle en a fait son complice, et lui n'a rien dit pour se disculper. Pourtant, il en aurait eu le droit et Catherine l'aurait accepté. Pourquoi ce silence ? Pour mieux la protéger ? Elle ne comprend pas. Puis elle le voit comme une preuve de son amitié. Ce qui vient de se passer ne concernait que Catherine et Robert et, lui, il l'a compris.

— Pardonne-moi, murmure-t-elle.

Étienne lui prend gentiment la main, en guise de réponse. Catherine a besoin de ce pardon pour qu'entre eux il n'y ait aucune équivoque. Comme une balise devant celle qui doit apprendre à marcher seule.

Comment, comment arrive-t-on à marcher seule à quarante ans ?

Étienne doit la soutenir pour monter jusque chez lui. Il la sent fragile au moindre vent contraire. Le médecin réagit et lui donne un calmant. Mais c'est l'homme chaviré qui l'aide à se coucher, qui éteint pour qu'elle puisse trouver le sommeil. Puis l'ami vient au salon et s'installe sur le divan pour essayer de dormir. Toute une nuit à pirouetter avec le semblant de compagnie d'un néon rouge qui clignote. Agaçante lueur qui embrase et éteint tour à tour la lampe posée sur la table devant lui. À l'aube, le sommeil consent à lui accorder un bref moment de répit, une torpeur agitée que le premier rayon de soleil interrompt brutalement. Le cœur lui tambourinant dans les oreilles, il se lève d'un bond avec le réflexe du médecin qui sait qu'il est de garde en ce dimanche matin. Les yeux rouges et la bouche pâteuse, il se dirige machinalement vers la salle de bain, mais l'eau de la douche lui laisse la peau agacée et les nerfs tendus. Un vieux fond de café réchauffé lui met, tant bien que mal, un peu de plomb dans les talons, mais point entre les deux yeux. Il quitte l'appartement de corps, mais son esprit reste à veiller Catherine. Sur la table de la cuisine, il a laissé un petit mot pour elle.

Une matinée claire, remplie de soleil. Pourtant, ce n'est que vers quatorze heures que Catherine commence à sortir des vapeurs où on l'a enfoncée la veille. Dans ce premier état qui précède le réveil conscient, elle s'étire longuement en traçant un arc avec son corps. Aussitôt, le ressort de son indolence est brisé et le geste interrompu. Le cauchemar se poursuit. Elle prend quelques minutes pour apprivoiser à nouveau sa souffrance.

Sans vraiment le décider, elle finit par se lever et vient errer dans le salon ne reconnaissant ni les odeurs ni les choses. Une senteur de pain grillé se faufile jusqu'à elle et lui fait se demander ce que font les enfants. Distraitement, comme une banalité. Aujourd'hui, en pleine clarté, elle est détachée de son monde. Un réflexe de survie entrave sa pensée et la vide de toute émotion. Elle est lavée de ses sentiments, de ses souvenirs. Seule une douleur profonde et diffuse lui rappelle qu'elle n'est pas morte.

À force de tourner en rond, Catherine a fini par trouver le message d'Étienne. Il dit qu'il pense à elle et qu'il sera de retour vers quinze heures. Alors elle se tire une chaise pour attendre. Elle va passer le reste de sa vie à attendre. Quelqu'un ou quelque chose. Elle n'en sait trop rien. Seulement attendre..

Le bruit d'une clé dans la serrure ne rejoint même pas son indifférence. Personne ne peut partager ses désillusions. À part, peut-être, Robert. Et il ne le veut plus. Elle a un rire amer pour elle comme pour lui, bref et sarcastique. Étienne la rejoint. Elle entend le bruit des pas qui viennent à elle et sent la légèreté du baiser qu'il pose sur sa joue.

— Bonjour ! Comment te sens-tu ? Ça va un peu mieux ?

Un regard à la fois vide et choqué lui sert de réponse. Étienne comprend aussitôt l'inutilité de sa question. Un lourd silence s'étire entre eux. Il s'oblige à le briser pour réveiller la belle endormie.

— As-tu faim ? Veux-tu un café ?

Il s'agite dans la pièce, verse de l'eau dans la bouilloire, revient à Catherine.

— Allons, viens avec moi au salon. Tu vas y être bien mieux que sur une chaise droite.

Avec sollicitude, il l'aide à se relever, à prendre place dans le divan quelques coussins sous les reins. Que dire, que faire pour qu'elle réagisse ? Il revient à la cuisine pour préparer les cafés et une assiette de biscottes.

Lentement, à petites gorgées indifférentes, Catherine laisse le liquide fumant lui brûler la bouche. Elle boit son café, c'est donc qu'elle est vivante. Vivante… Elle sursaute violemment, se retrouve brusquement à l'instant même où tout s'est effondré. C'est de là qu'elle doit repartir. Instinctivement, c'est ce qu'elle se répète sans l'entendre depuis son réveil. Reprendre les choses là où le fil s'est rompu.

— Je ne suis qu'une idiote, lance-t-elle tout à coup. Mais qu'est-ce qui m'a pris ? Qu'est-ce qui m'a pris ?

Elle a la terrible envie de tout effacer. Il lui faut parler à Robert. Il va comprendre ce qui s'est passé. On ne peut renier toute une vie sur un mensonge stupide. C'est absurde et intolérable pour Catherine. Étienne a un soupir de soulagement devant la femme qui se déplie et secoue ses longs cheveux. Il enchaîne aussitôt pour prolonger cet instant, pour l'amener à en dire plus.

— Tu n'as pas à t'accuser de quoi que ce soit. Tu es innocente. Tu n'as cherché qu'à te défendre, même si la manière était un peu gauche. Ta réaction a été normale, tu sais... En fait, je crois que ce sont les enfants qui ont dû souffrir le plus dans tout cela.

Il a dit les enfants et c'est comme s'il avait lancé une bombe sur l'instinct endormi de Catherine. Son regard brille sous les paupières qui papillotent. Elle se relève brusquement, fébrile et nerveuse.

— Les enfants! Mon Dieu, oui. Que doivent-ils penser? Il faut que je leur parle... Tout de suite... Tout de suite.

Obligation qui ne peut souffrir aucune attente. Des yeux, elle cherche le téléphone. Mais ses mains tremblantes refusent de signaler correctement le numéro. Les larmes paraissent. Avec délicatesse, Étienne lui prend l'appareil des mains.

— Laisse, je vais demander Josée pour toi.

La sonnerie retentit. D'un bras, il soutient Catherine qui tirebouchonne un coin de son chandail. Une voix de femme, une inconnue, prend la communication.

— Oui bonjour!

— Bonjour. Je... Je suis bien chez maître Lefrançois?

— Bien sûr.

— Alors, pourrais-je parler à Josée ?

— Josée ?

Un bref silence, puis une respiration bruyante. La voix revient avant qu'il puisse répondre.

— De la part de qui, je vous prie ?

Formule de politesse froide, combat de diplomatie. Soudainement, Étienne comprend à qui il parle. Un vent glacial sort de sa bouche.

— De la part de sa mère. Elle est ici avec moi.

Il y a une brève hésitation avant d'entendre le rire bref et provocant de Madeleine.

— Je regrette monsieur… Monsieur Bernard n'est-ce pas ?

— Oui, oui, c'est bien moi. Il y a Catheri…

— Je viens de vous le dire, reprend-elle froidement, je regrette. Je ne peux accéder à votre demande en l'absence de maître Lefrançois. Si vous voulez bien téléphoner à nouveau quand il sera là.

D'instinct, Étienne comprend qu'il a affaire à quelqu'un de très fort qui va s'accrocher envers et contre tous pour conserver ce qu'elle a acquis. Il se fait violence, malgré la présence de Catherine.

— Mais qu'est-ce que c'est que cette folie ? Et de quel droit me parlez-vous sur ce ton ?

Madeleine est inattaquable. Elle a tout compris, quand elle a reçu un appel de Robert lui demandant de venir directement chez lui au sortir de l'avion. C'est un homme brisé qui s'est jeté dans ses bras.

Elle a donc aussi compris que seule la présence de ses enfants saurait le guérir de son désarroi. Pour lui, c'est un véritable soulagement de voir que Josée, Michel et Isabelle sont encore là avec lui dans sa maison. Alors Madeleine lui a rappelé qu'il était dans son droit. C'est Catherine qui est partie, qui a admis sa faute. Madeleine est prête à tout pour soutenir Robert, pour le garder avec elle. Elle a attendu trop longtemps pour abdiquer à nouveau. Elle reprend d'une voix mielleuse.

— Monsieur Bernard, comprenez-moi bien. Si je parle ainsi, c'est pour Robert que je le fais. Malheureusement, il n'est pas là en ce moment, mais soyez assuré qu'il vous tiendrait ce même langage. Catherine a quitté la maison de son plein gré. Personne ne l'a forcée. Vous savez ce que cela veut dire, n'est-ce pas ? Nous ne cherchons pas à être inutilement méchant. Robert aussi a des droits que l'on doit respecter. Vous devez en convenir. Que Catherine consulte un avocat. C'est la meilleure chose à faire pour elle. Nous, nous ne pouvons rien pour elle.

« La garce ! » Pourtant Étienne sait qu'elle a raison. Aussi bête que cela puisse paraître, Catherine n'aurait jamais dû quitter la maison avec lui comme elle l'a fait. Maintenant, il leur est facile d'en tirer profit. Étienne, l'homme calme en toutes circonstances, ne se possède plus. C'est la colère de son impuissance qui s'empare de lui.

— Et vous ? Comment appelez-vous votre voyage ? Un enlèvement ? Et votre présence chez elle ? Un vol par effraction ?

L'appel se termine brusquement sur ces mots de rage. Plus que de Robert, Étienne a peur de celle qu'il n'a vue qu'une seule fois et très brièvement. Il se rappelle le demi-sourire qu'elle avait eu pour lui. Et voilà qu'entre les mains de Madeleine, la malhabile tentative de Catherine prend des dimensions insoupçonnées. Ils sont pris dans une toile d'araignée. Et ce qu'Étienne ne sait pas encore, c'est que Madeleine a perdu, une certaine nuit à Boston, les scrupules qui avaient jusqu'ici réussi à conjurer le désir qu'elle a toujours eu pour Robert. Aujourd'hui, elle a l'assurance de la femme qui se sait désirée. Une assurance inébranlable.

Catherine n'a pas eu besoin d'entendre la conversation pour en tirer une déduction logique, claire comme de l'eau de roche.

Elle retombe dans un fauteuil, l'œil à nouveau vague et sec, mais c'est une rémission de courte durée. Elle bondit sur ses pieds, la main hystérique et la voix aiguë.

— Josée !

Étienne a un regard triste pour elle. Comme il s'apprête à lui répéter exactement les propos que Madeleine a eus pour lui, Catherine reprend.

— Josée ! Elle… Elle a dix-huit ans. Elle est majeure. Personne n'a le droit de l'empêcher de me contacter. Je sais qu'elle va m'appeler.

Une clameur de joie sort des lèvres d'Étienne. Oui, Josée, mieux que quiconque pourra aider Catherine. Il ne reste qu'à attendre son appel. Ils ont un sourire l'un pour l'autre. Enfin une raison d'espérer devant soi. La sonnerie du téléphone ne se fait pas attendre. Étienne tend l'appareil à Catherine avec un large sourire.

— Maman ? C'est bien toi ?

— Oui, ma grande ! Oui, c'est bien moi.

Ces quelques mots tirés de son vocabulaire de mère mettent un terme brutal à son indolence. Catherine s'effondre en sanglots incontrôlables.

— Maman, je t'en prie, ne pleure pas… Je… Je t'aime, tu sais. Il ne faut pas perdre courage.

Catherine est incapable de répondre. D'un geste las, elle tend l'appareil à Étienne qui continue de la soutenir.

— Josée ? C'est Étienne. Veux-tu bien me dire ce qui se passe ? Je viens de parler à Made…

— Oui, je sais. J'ai entendu votre conversation. Je… Michel et moi, on n'osait pas appeler. Mais après ce que j'ai entendu, je n'ai pu me retenir… J'ai bien peur, par contre, de ne pas en savoir beaucoup plus que vous deux… Enfin… Donne-moi ton adresse et j'arrive.

— J'habite au Samuel Holland. Comment vas-tu…

— Je vais prendre l'auto de maman et prétendre que j'ai une course à faire au village. De toute façon, avec moi, elle n'ose pas trop s'imposer. Donne-moi vingt minutes et je suis là.

La mère et la fille tombent dans les bras l'une de l'autre. Josée aide sa mère à se rasseoir, attend que les larmes tarissent. Depuis hier, elle a l'impression d'avoir vieilli de dix ans. De voir ses parents vulnérables comme n'importe quel être humain lui a ouvert les yeux.

Catherine a appuyé sa tête contre l'épaule de sa fille et, curieusement en cet instant, Josée pense que c'est cette femme qui, un jour, lui a donné la vie. Une grande tendresse et beaucoup de respect guident le bras qui l'enserre. Dans un éclair de lucidité, Catherine se dit que souvent les grandes joies passent par de grandes peines. Josée est venue lui redire pourquoi elle doit espérer. Elle n'est pas seule. Il y a ses trois enfants. Avec eux, pour eux, Catherine doit se battre. Avec Étienne aussi. Elle sait qu'elle peut compter sur son amitié. Un sourire timide éclaire son visage à travers les larmes. Le silence perd graduellement de sa lourdeur. Josée se relève, fait quelques pas devant la fenêtre. Maintenant, Catherine veut tout savoir. Non pas pour se faire souffrir. Mais juste pour comprendre. Après elle avisera. Hier, elle a eu droit au verdict de culpabilité. Aujourd'hui elle veut savoir qui est vraiment coupable.

— Alors, Josée ? Et à la maison ?

Josée a un bref moment d'hésitation. Ce qu'elle a à dire ne va pas plaire à sa mère. Mais elle n'a pas le choix. Il faut qu'elle sache et il n'y a que Josée qui puisse lui dire la vérité. Elle se lance avec une excuse dans le regard.

— Cela va te faire de la peine, tu sais… Merde que c'est difficile à dire… D'abord je veux que tu saches qu'on n'a pas cru un mot de ce que tu nous a dit hier. Tu sais, entre Étienne et toi. Il n'est pas ton… ton… Enfin, je crois qu'il n'y a eu que papa pour y croire et c'est bien parce que ça faisait son affaire. C'est peut-être méchant ce que je dis là, mais c'est la vérité. Hier, il a passé la soirée dans votre chambre, et ce matin quand il s'est levé, il était aussi calme que d'habitude. Aucune parole d'explication, de réconfort. Rien… Ça m'a fait mal et je le lui ai dit. Alors, il a pleuré. C'était la première fois que je voyais papa pleurer… Mais ça n'a pas duré. Presque instantanément, il s'est calmé et il a dit qu'il nous reparlerait de tout cela après le dîner. Mais il n'en a rien fait. On était à peine à table que Madeleine se pointait chez nous avec un sourire large comme le monde. Papa n'a pas eu besoin de nous faire un dessin pour que je comprenne ce qui s'est passé à Boston… Ce qui se passe entre papa et toi, ça ne me regarde pas. Mais Madeleine chez nous, ça, ça me regarde. Ça nous regarde tous. Oh oui !

Catherine n'a même pas tressailli en entendant prononcer le nom de Madeleine. Cela faisait partie du scénario que de la voir entrer en scène. Alors autant que cela se fasse tout de suite. Elle attendait ce nom, depuis toujours peut-être. C'est presque un soulagement pour elle de se dire qu'elle n'est pas folle. Qu'elle avait vu juste. Josée s'est échauffée en parlant. Maintenant, elle martèle un coussin avec ses deux poings.

— Tu aurais dû la voir… Toute souriante, attendant peut-être qu'on lui saute au cou. Elle revenait directement de l'aéroport, d'après ce que j'ai pu comprendre. Tout cela n'est qu'une manigance entre eux. Un coup préparé à l'avance et avec Étienne à la maison… Jamais je n'aurais pensé que je détesterais quelqu'un comme je la déteste. Elle n'a pas le droit, d'être chez nous. Pas le droit, tu m'entends.

Le cri de détresse de Josée rejoint intimement l'amertume qui a gagné Catherine. Mais, en même temps, il l'empêche de souffrir pour elle-même. Catherine ne peut plus s'apitoyer sur son sort. Il y a Josée, sa fille, un morceau de sa vie… Catherine n'est plus que tendresse et murmure de consolation. Elle repensera à son désarroi plus tard. Elle a toute la vie, maintenant, pour y voir. Une cabriole des sentiments la ramène à son rôle de mère, et elle prend facilement sur elle ce qui fait souffrir Josée. Une eau tremblante brille dans le regard de sa fille. Maintenant qu'elle a fait son devoir, elle redevient l'enfant qui a besoin qu'on lui explique. Celle qui veut être consolée. Retrouvant une expression qui a émaillé son vocabulaire d'enfant, elle se retourne vers Catherine et lui demande en reniflant.

— Et, maintenant, c'est quoi qu'on peut faire ?

Catherine lui renvoie l'apaisement de son sourire, caresse ses longs cheveux, si semblables aux siens. Alors, devant ce tableau qui parle si fort d'amour et qui ne demande qu'un peu d'intimité, Étienne se retire silencieusement.

Une heure plus tard, ils se retrouvent tous à la cuisine. Josée a les yeux rouges et bouffis, mais le sourire est revenu. L'ondée est passée, bienfaisante, rafraîchissante. Maintenant, elle se sent forte des liens qui l'unissent à sa mère. Elle est prête à la soutenir jusqu'au bout. Dans un élan, Étienne propose de sortir pour le souper.

— Un bon gros repas chez le Chinois ! Voilà ce qu'il nous faut ! Je ne connais rien de tel quand on n'a pas mangé de la journée.

Josée accepte avec enthousiasme. Catherine à contrecœur et peu importe à Étienne. Tout ce qu'il veut c'est changer les idées de Catherine. Ne serait-ce que le temps d'un souper ! En maugréant, Josée accepte de prévenir à la maison. À son grand soulagement, c'est Michel qui répond.

— Enfin ! Veux-tu bien me dire où t'es rendue ? Ça fait des heures que tu es partie pour une commission au village.

— Je suis chez Étienne avec maman. Je ne reviendrai pas pour le souper. Papa est-il de retour ? Je voudrais que tu le préviennes pour moi.

— Non, papa ne vient pas souper lui non plus. Si j'ai bien compris, il est chez le doyen... Ça fait que je suis seul avec « tu sais qui ». Isabelle est encore dans sa chambre et elle crie qu'elle n'en sortira que si maman revient. Tu vois de quoi la maison a l'air. C'est follement amusant.

Josée échappe un rire. Avec son frère, même les tragédies tournent à la comédie. Même s'il grogne tout le temps après tout le monde. Elle pense tout à coup qu'elle l'adore.

— Michel, est-ce que je t'ai déjà dit que tu es un amour ?

Un hoquet de surprise précède un sifflement de fierté.

— Quoi, ai-je bien entendu ? Ma sœur Josée dit que je suis un amour ? Il faudrait peut-être qu'il y ait plus souvent des drames à la maison. Comme ça, tout le monde prendrait conscience de ma valeur inestimable... En attendant, profite bien de ton souper, chanceuse. Moi je vais m'ouvrir une *canne* de bines car personne n'a pensé qu'on soupait, parfois, dans cette maison. Je vais aussi essayer de faire sortir Isa de sa chambre. Il faut bien qu'elle mange un peu... Ouache ! « Tu sais qui » vient de passer. Elle me donne la chair de poule... Passe-moi maman, j'ai tellement envie d'entendre sa voix...

Josée éclate de rire et tend l'appareil à sa mère.

— Tiens, maman, c'est Michel. Il veut te parler.

— Michel ? Salut...

— Maman, entend-elle hurler. Que se passe-t-il, au juste ? Le ciel nous serait-il tombé sur la tête ?

La boutade de Michel masque à peine son angoisse. C'est un sensible, Michel, un émotif. Catherine tente de le rassurer.

— Peut-être bien, après tout. Si on se serre les coudes, on va réussir à s'en sortir. J'en suis certaine. Toi, qu'en penses-tu ?

— Oh ! Mais c'est tout analysé pour moi. C'est cette sale enquiquineuse qui...

— Michel ! Il ne faut pas sauter aux conclusions trop vite. La situation est trop grave, trop importante. Il n'y a pas qu'elle dans cette histoire.

— Pas qu'elle, pas qu'elle, redit la voix boudeuse. Mais moi, pour l'instant, je ne vois qu'elle et ça me démange partout... Est-ce que je peux venir te voir moi aussi ?

— Bien sûr, Michel. Je vais laisser mon auto à Josée. Pourtant, je tiens à ce que tu le dises à ton père. Tu m'as bien compris ?

— Ouais, si tu le veux. Et pour Isa ?

— J'aimerais bien lui parler, à elle aussi.

— Pour le moment, elle est enfermée dans sa chambre. Mais laisse-moi faire. Papa va finir par arriver, et jamais je croirai qu'il va t'empêcher de parler à ton bébé. Il n'est pas fou, lui. Je vais te rappeler vers huit heures. Ça va ?

— Tu es gentil, Michel. Oui, huit heures ça va. Et demain, je vous attends tous les deux, Josée et toi, après l'école.

C'est sur un baiser sonore de son fils que Catherine raccroche. Elle est enfin libérée. Il y a trop de choses entre elle et ses enfants pour qu'ils ne ramènent pas ensemble Robert vers eux et la vie qui est la leur. Il ne peut avoir tout oublié, tout renié en deux mois. Son aventure avec Madeleine n'est qu'une liaison passagère, qu'une folie des sens sans lendemain. Et Catherine est prête à pardonner. En se retournant vers Josée, elle a retrouvé son sourire paisible.

— Alors, ce souper chinois ? C'est pour ce soir ou pour demain ?

Contre toute attente, elle a mangé de fort bon appétit. Josée est repartie avec un message pour son père. Demain, Catherine attendra un appel de sa part. Il y a encore trop de choses entre eux pour en rester là. Elle a pu parler à Isabelle et lui faire promettre d'être bien gentille avec son papa. Puis elle s'est endormie avec l'invincible espoir que tout allait rentrer dans l'ordre. Leur ordre à eux, celui qu'ils ont bâti ensemble pendant vingt ans. Le mot pardon lui résonne dans la tête et le cœur.

16

Toute la matinée, elle a attendu un appel. Rangeant machinalement cet appartement où elle se sent étrangère, se promenant d'un fauteuil à l'autre, s'occupant l'esprit d'une revue à l'autre. L'attente a cessé brutalement sur un coup de sonnette. Mais ce n'est que Josée, la mine grave, l'œil en bataille. Elle apporte une lettre. Alors Catherine comprend qu'il n'y a pas grand-chose à espérer pour l'instant. Sans même se donner la peine de l'ouvrir, elle la dépose sur la table du salon et se dirige vers la cuisine.

— Viens, Josée. Je vais te faire quelque chose à manger avant que tu retournes au cégep.

Un repas pris sur le coin de la table à parler du temps qu'il fait, de la neige qui fond à une vitesse incroyable. Josée s'enfuit dès la dernière bouchée avalée. Elle ne veut surtout pas être là quand sa mère va lire le mot de son père.

— Et n'oublie pas d'aller chercher ton frère après les cours. Je vous attends tous les deux, répète Catherine en refermant la porte.

Retour de la solitude et du silence. Catherine s'oblige à ranger la cuisine dans le dernier sursis qu'elle s'accorde avant de lire la lettre. Puis elle revient au salon. Sur la table, l'enveloppe blanche crée un lien entre Robert et elle. Catherine prend une profonde inspiration. Maintenant, elle est prête à affronter les mots que son mari a écrits à son intention. Longuement, elle regarde le papier blanc qu'elle tient du bout des doigts, encore étrangère à ce qu'il contient. Sa main tremble un peu quand elle déchire l'enveloppe.

Il n'y a que deux feuilles pliées en quatre, couvertes de l'écriture agressive de Robert. Mais les mots qu'il a pour elle viennent de Madeleine. Son mari ne peut avoir autant d'agressivité. Ni tant de rancune. Il ne peut rayer leur vie avec autant de désinvolture. Elle ferme les yeux un instant et imagine Madeleine penchée sur l'épaule de Robert, en train de rédiger la lettre avec lui. Qu'a-t-elle fait de son mari ? Qui est cet homme influençable ? Elle pousse un long soupir et revient à la lettre. La relit consciencieusement pour essayer de retrouver Robert dans les mots.

Il a l'honnêteté de lui demander pardon en parlant de Madeleine. Les mots passion et dépassement reviennent à quelques reprises, comme autant de flèches plantées dans son cœur. Il parle aussi de rupture brutale pour préserver ce qui reste entre eux.

Puis le ton change. Il enfle, gronde, prend de l'assurance quand il parle d'elle. Presque une condescendance quand il affirme ne pas trop lui en vouloir.

« Nos routes se sont malheureusement séparées, il y a longtemps. Dommage qu'on ne l'ait pas constaté à ce moment. Maintenant, il est trop tard pour faire marche arrière. » Des enfants, nulle allusion, quantité négligeable dans ce malentendu. Il termine sur un laconique « Au revoir, tu resteras un tendre souvenir pour moi. »

C'est tellement bête que Catherine ne pleure pas. Ce ne sont pas les mots du Robert qu'elle connaît. Toutes ces insignifiances qui maquillent la réalité. Abasourdie, elle déchire la lettre et l'envoie au panier. Pourquoi garder un message qui ne veut rien dire ? Ce n'est pas cet homme qu'elle aime, Catherine. Celui qui a écrit ces mots est un étranger. Et c'est Madeleine qui a transformé son homme. Catherine ne peut avoir vécu pendant vingt ans aux côtés d'un étranger. C'est impensable. Mais, en même temps, elle s'aperçoit, avec horreur, de toute la force des sentiments qui doivent unir Robert et sa trop belle amie. Pour combattre la grande Madeleine, Catherine va devoir apprendre à se battre, à crier, à lutter. Où puisera-t-elle cette force pour se hisser à la taille de Madeleine ? La femme en elle a envie de capituler. Elle savait déjà si peu se défendre quand elle était l'épouse. Comment fera-t-elle maintenant qu'on veut lui retirer son rôle ?

L'arrivée des enfants et celle d'Étienne, un peu plus tard, la ramènent à la réalité des décisions à prendre. Avec eux, Catherine retrouve un semblant de courage.

Michel est complètement révolté, survolté. Il ne tient pas en place.

— Te rends-tu compte maman, crie-t-il après que sa mère ait fait le résumé de la lettre. Je ne veux pas vivre avec Madeleine, moi. C'est toi qui devrais être à la maison, pas elle. Qu'ils s'en aillent, s'ils y tiennent à ce point. Mais pas toi !

— Ai-je vraiment le choix, Michel ? La maison, notre maison, c'est avant tout celle de ton père. Elle lui vient de ses parents. Il a le droit d'être là. Encore plus que moi, j'en ai bien peur.

Michel ne connaît pas les demi-mesures. Avec l'intransigeance de la jeunesse, il tranche la question froidement.

— C'est lui qui a triché, c'est à lui de payer.

Michel déteste les capitulations. Et l'attitude de sa mère y ressemble trop. Il essaie de canaliser sa fureur en martelant le plancher du salon d'Étienne de ses talons rageurs. N'ont-ils pas leur mot à dire dans cette sinistre histoire ? Ce que les trois enfants désirent n'a donc aucune importance ? Cinq longues minutes à déambuler sous le regard triste de sa mère. Puis leurs yeux se croisent et il comprend toute la peine qu'il est en train de lui faire. Alors il se force à se calmer et vient s'asseoir devant elle.

— Pardonne-moi, maman, fait-il contrit. Ce n'est pas gentil ce que j'ai dit. Tu as peut-être raison.

Son regret est aussi sincère que sa colère des derniers instants. Bizarrerie de cet enfant secret et sensible, de cet adolescent frondeur au cœur large comme le monde. Catherine fait signe à ses deux grands de se rapprocher d'elle. Elle a besoin de sentir leur chaleur. Elle sait que c'est à elle de parler d'avenir.

— Merci Michel d'essayer de me comprendre. Ce n'est pas facile pour moi non plus, tu sais. C'est à peine si je… Mais, peu importe. Il y a des choses qui ne vous appartiennent pas dans toute cette histoire. Que faire si votre père ne veut plus de moi dans sa vie ? Peut-être va-t-il se réveiller un jour ? Je ne sais pas… En attendant, ce qu'il y a d'important, c'est de vous avoir avec moi. Peu importe où. Je veux que vous viviez à mes côtés. Il n'est pas dit que Madeleine va, en plus, s'approprier mes enfants. Ce ne sera sans doute pas facile. Je n'ai ni maison, ni travail. Je ne sais même pas si j'ai le droit de revendiquer quelque chose…

— D'autant plus que tu as quitté la maison de plein gré, Catherine. Et, cela, Madeleine s'est fait un plaisir de me le rappeler. Je ne connais pas grand-chose au droit, mais sur ce point, je crois qu'elle a raison. Il va falloir prouver bien des choses…

La voix d'Étienne est tombée, lourde de suppositions. Catherine a un vertige.

— Mais je n'ai rien fait, moi. Rien… C'est comme s'ils mettaient toute ma vie en doute. Ça n'a aucun sens.

— Bien sûr, Catherine, que tu n'as rien fait. Cela, tu le sais aussi bien que moi et tes enfants le croient.

Il va falloir le prouver, j'en ai bien peur. Avant tout, tu vas devoir trouver un avocat. Et un bon.

— C'est risible ! Un avocat !

— Non, attends, interrompt fébrilement Josée. D'accord pour l'avocat, mais avant tout, tu devrais aller t'installer chez grand-maman. Ainsi, ils seront forcés d'admettre qu'il n'y a rien entre toi et Étienne. Qu'est-ce que tu en penses ?

C'est peut-être une solution, pour l'immédiat. Catherine hésite.

— Grand-maman ? Ce n'est pas ce qui va me permettre de vous avoir à mes côtés. Tu sais comme sa maison est petite. Et puis, je ne peux pas lui demander cela à son âge... Il faudrait vraiment que je rencontre votre père. Il...

— Alors, oblige-le à te voir. Je vais lui parler, moi ! Il ne peut refuser de discuter avec toi, si c'est à propos de nous.

Michel est enchanté de son idée. Quand on parle action, il est toujours partie prenante. Il redevient volubile, enligne des solutions. L'air craque de partout. Oui, il a raison : Robert ne peut refuser de rencontrer Catherine. C'est pour le bien de leurs enfants.

— Je suis d'accord avec toi Michel, acquiesce Étienne. Robert n'a pas le choix. Mais je pense aussi que Josée a raison en disant que Catherine devrait retourner chez sa mère pour le moment. Avec un bon avocat, tu devrais ainsi obtenir gain de cause, Catherine.

Volontairement, Étienne fait taire les sentiments qui lui dicteraient de garder Catherine près de lui pour la protéger. Il force même l'enthousiasme pour réduire cette douleur au cœur qui se réveille.

— Qui sait ? Robert va peut-être t'offrir de reprendre la maison ? Madeleine n'a peut-être pas envie de se retrouver avec trois enfants sur les bras ?

Des tas de suppositions que l'on tient pour acquis. Tout le monde s'encourage, planifie, argumente. On veut tellement y croire.

— Maman, le mieux serait que tu téléphones toi-même à papa.

Catherine doit admettre que Josée a raison. Et puis, elle doit aussi s'entendre avec lui pour passer à la maison prendre sa trousse de toilette, quelques vêtements.

La voix de Robert est étrangement calme et douce. Catherine reconnaît enfin son mari. Sans hésiter, il fixe le rendez-vous pour le lendemain à l'heure du lunch. Et avant, Catherine pourra passer à la maison.

Puis, elle téléphone à sa mère pour la mettre au courant de la situation. Celle-ci répond par un grand cri de protestation.

— Non, mais ! Est-ce possible ? Te faire ça à toi.

— Ça n'a rien à voir maman. Ressaisis-toi. Je vais avoir besoin de ton support et de tes conseils.

— Parfaitement. Une mère, c'est pour la vie. Arrive quand tu voudras, ta chambre est toujours là.

— Merci. Je serai là demain en fin de journée.

— Je t'attends, ma Catherine. Compte sur moi.

En raccrochant, Catherine a brusquement hâte de se retrouver chez elle. Ici, elle n'est qu'une étrangère. Malgré la grande amitié qui la lie à Étienne, Catherine a l'impression d'être en cage. Elle a besoin de retrouver une intimité qui lui est propre, de sentir des odeurs familières.

Le lendemain, au déjeuner, Étienne n'a pas faim. Catherine part aujourd'hui... Elle est entrée chez lui par la porte de service, perdue. Elle s'en retourne par l'entrée principale, la tête haute, femme de fidélité avant tout. Comment pourrait-il lui reprocher son geste ? Il la comprend et c'est ce qui fait qu'il l'aime. Alors il accepte même la joie anxieuse qu'elle a de revoir son mari. Josée va lui rapporter sa voiture tout à l'heure et elle ira à la maison prendre ses affaires. Étienne a l'impression que tout s'arrange trop facilement pour Robert et trop bêtement pour Catherine. Il aurait envie de la prendre dans ses bras et lui dire qu'il l'aime. Qu'il ne lui ferait aucun mal. Qu'il la comprend et l'accepte telle qu'elle est. Mais Étienne ne dira rien. On ne verse pas d'huile sur le feu pour l'éteindre. C'est d'eau dont on a besoin. C'est de sa tendresse amicale dont Catherine a besoin. Pas d'une ridicule déclaration d'amour qui, sans l'ombre d'un doute, viendrait la bouleverser. Alors, en partant, il vient à elle pour l'embrasser sur la joue et lui souhaiter bonne chance. Elle a un sourire de conquérant en lui disant au revoir.

Pourtant, une grande inquiétude accompagne Étienne pendant tout l'avant-midi. Et si Robert se montrait inflexible ? Si Catherine revenait de son rendez-vous blessée, meurtrie ? Qui serait là pour l'accueillir, l'aider ? Sa mère ? Probablement. Mais il n'en est pas certain. Il ne la connaît pas.

Une longue matinée, le corps à l'hôpital et l'esprit à se promener à travers la ville en compagnie de Catherine. De l'appartement au lac et du lac au restaurant. Que disent-ils, que font-ils ?

À midi, il n'en peut plus. C'est à peine un mensonge quand il demande à être remplacé, ne se sentant pas bien. Il s'enfuit chez lui pour attendre un signe, un appel. L'appartement est étrangement vide et silencieux. Personne pour venir à sa rencontre. Il se dit, en enlevant son manteau, qu'il veut au moins préserver son amitié. Il s'installe au salon avec une bière. Si jamais Catherine appelle, il sera là pour lui répondre.

Elle n'a pas appelé. Elle est venue, en larmes et en colère. Vibrante de chagrin et de désespoir. Vibrante aussi d'une rage sans nom envers Robert, Madeleine et la terre entière. Étienne la reçoit tout contre lui à bras ouverts, à cœur ouvert. Et c'est toute la journée de Catherine qui défile devant lui à travers ses sanglots.

En partant avec Josée, elle avait des ailes, certaine de reprendre son droit de parole dans sa vie et dans celle de ses enfants. Sa première douleur lui était venue dans la maison au bord du lac.

Une chambre, sa chambre, au lit défait, aux draps froissés... Une insulte à sa dignité d'épouse, un manque de respect pour toutes ces années où elle y avait dormi. Elle avait lancé les deux valises sur le lit et y avait empilé tout ce qui lui tombait sur la main. En quittant la maison, elle entrevoyait déjà la stérilité de sa rencontre avec Robert. Et elle avait raison.

Le repas avait été odieux. Elle n'était qu'une gamine à qui on fait la morale. La présence de Madeleine se devinait dans chaque parole de Robert. Se pouvait-il que son mari soit cet être sans discernement ? Qu'était-il arrivé lors de ce voyage à Boston ? Que s'était-il passé pendant vingt ans de sa vie ? Mais la froideur et l'autorité lui étaient restées. Il avait eu un ricanement quand elle avait tenté de lui affirmer à nouveau qu'il n'y avait jamais rien eu entre elle et Étienne. Il ne voulait pas la croire, c'était évident. Quant aux enfants, tout était déjà planifié, préparé. Ses pauvres revendications étaient démolies dès qu'elle les formulait.

Ensemble, Madeleine et lui, avaient jugé qu'il ne serait pas souhaitable que les enfants changent de milieu à cette époque de l'année. Habitudes, respect des sensibilités, adaptation. Ils avaient tout prévu. Catherine devait accepter si elle aimait véritablement les enfants. Un chantage odieux venant de Madeleine et qu'exerçait un homme prétentieux parlant même la bouche pleine. Une seule concession était faite à sa condition de mère : elle pourrait rencontrer les deux plus grands quand ils le voudraient et Isabelle une fois la semaine, pendant le week-end, pour ne pas nuire à ses études et à sa réadaptation. Oui, merci, sa cheville allait beaucoup mieux. Une caricature grossière, une mauvaise adaptation de ce que Catherine avait imaginé. Encore des illusions qui s'envolaient. Combien y en avait-il eu dans sa vie ? Mais, dans le fond, qu'y avait-il de changé ? Elle avait toujours été celle qui écoute, qui approuve, qui ne décide pas. Pourquoi Robert aurait-il été enclin à la considérer autrement ? La médiocrité de ses rapports avec Robert lui avait éclaté en pleine figure. En quittant le restaurant, Catherine avait refusé de serrer la main que Robert lui tendait. Ils s'étaient laissés dans la froideur d'un dîner d'affaires qu'on a eu à subir. Elle s'est précipitée chez Étienne, sans même penser qu'il aurait dû être encore à l'hôpital.

Et avec lui, sa colère éclate au grand jour. Oh, non ! Ils ne l'emporteront pas en paradis. Mais que croit-elle, Madeleine ? Qu'elle va se procurer une famille toute faite ? Qu'elle va se construire une vie confortable sur les ruines qu'elle a elle-même provoquées ? Catherine est une chatte sortant ses griffes pour protéger sa portée de chatons.

— S'ils croient que je vais me laisser faire, ils se sont mis un doigt dans l'œil. Je n'ai pas dit mon dernier mot. Demain, je vais me trouver un avocat. Et le meilleur. Je suis certaine qu'il me reste des droits et qu'ils sont plus importants que ceux qu'ils veulent me concéder. Il y a des limites à abuser d'une situation !

Elle est repartie survoltée. L'image plaît à Étienne. Elle veut s'en sortir et sa mère ne pourra faire autrement que de la soutenir dans son combat. Et lui, il demeurera l'ami et le soutien dont elle aura besoin.

Madame Girard l'accueille à bras ouverts, elle aussi. Elle est soucieuse, cela se voit. Mais elle n'en souffle mot. Elle ouvre la porte de sa maison à la tristesse de sa fille.

— Viens ma Catherine, nous t'attendions. Monsieur Lavertu t'a fait du sucre à la crème et j'ai remis les draps fleuris dans ton lit.

Catherine s'y précipite. Ici, au moins, elle est chez elle.

C'est au souper que Catherine aborde le sujet de l'avocat avec sa mère. Vers qui doit-elle se tourner ? Aussi stupide que cela puisse paraître, elle ne connaît aucun avocat de pratique privée. Mais sa mère ne l'entend pas de cette oreille.

— Qu'est-ce que c'est que cette idée ?

— Je ne peux pas me laisser faire comme ça, maman, sans rien dire. Il faut que je trouve un bon av...

— Pas du tout ! interrompt Marjorie en tançant sa fille du doigt. Tu n'as rien à prouver. C'est le démon de midi qui s'est emparé de ton mari. C'est évident. Dommage qu'il n'ait pas eu la droiture de le repousser. C'est surprenant de sa part et je l'aurais cru assez fort pour résister. Mais toi ne va pas compromettre tes chances en posant des gestes que tu pourrais regretter. Ça va lui passer, crois-moi. Ne force pas Robert dans ses derniers retranchements. Orgueilleux comme il est, il ne l'accepterait pas. La seule chose sensée que tu puisses faire, c'est d'attendre.

Catherine n'a pas interrompu sa mère une seule fois.

Ebranlée par la justesse de ses propos, elle finit par admettre qu'elle a peut-être raison.

De l'avocat il ne sera plus question.

Catherine passe ses journées à attendre. Elle a bien revu Marie une fois ou deux, mais cela ne suffit pas à l'occuper. De la voir chez elle, entourée de ses enfants et de son mari, lui fend le cœur à chaque fois. Alors elle préfère demeurer chez sa mère dans l'attente d'un signe, d'un appel. Marjorie fait du mieux qu'elle peut pour feutrer le temps autour de Catherine. Elle a pris sur elle toute la détresse de sa fille et veut l'en délivrer à tout prix. Invariablement, elle prédit le retour du mari quand elles en parlent. Catherine n'a qu'un devoir : celui de l'attente. Et pour rendre cette attente supportable, il y a sa mère, avec sa présence autoritaire et sa tendresse un peu bourrue, piquante mais indéniable.

Avril est là. Ses senteurs de lilas et de tulipes habillent l'air d'une joie que Catherine croit ne plus jamais connaître. La fenêtre de sa chambre donne sur le jardin de sa mère. Un jardin à la française, ordonné et classé par couleurs, grandeurs, presque par senteurs. Rien à voir avec le jardin de Catherine rempli d'herbe folle et de fleurs sauvages. Ici, c'est le jardin de Marjorie avec ses allées bien droites et sa pelouse impeccable, comme sa mère elle-même, impeccable. Irréprochable. Catherine regarde le jardin de sa mère et pense au sien. Quelqu'un s'en occupe-t-il ? Et son lac ? Qui lui parle comme elle le faisait ? Elle pousse un long soupir. L'attente commence à lui peser. Il n'y a que les dimanches où elle a l'impression de respirer à fond. Quand les enfants sont là. Elle s'accroche à leurs visites, fragile reflet de son passé comme de son futur. Elle déverse sur eux son inactivité et, de sa bouche, elle laisse couler les mots de sa mère.

Les enfants ont vite appris quel était leur rôle. On ne parle plus de résistance ni de retour possible. On garde pour soi ses envies d'action. À la maison, aussi, s'est installée une espèce de routine qui semble satisfaire leur père. Comme s'il n'y avait jamais rien eu avant. Ils ne comprennent pas, mais ils font semblant. Jouer à l'enfant heureux pour voir un peu de gaieté dans les yeux de leurs parents.

Étienne aussi, de loin, continue à jouer le jeu. Quand Marjorie le permet.

— Fais attention, Catherine. Si tu le vois trop souvent cela va se retourner contre toi.

Et Catherine admet que sa mère a raison. Pourtant Étienne trouve le jeu dangereux. Tour à tour il est le confident, l'ami, le frère. Selon les caprices de

Catherine ou de sa mère à travers elle. Quand il regarde Catherine, il a l'impression qu'elle n'est qu'une pâle image de la femme qu'il a connue. Et si Robert ne revenait pas ? Y pense-t-on parfois ? L'envisage-t-on avec lucidité ? Catherine va-t-elle finir sa vie en attendant, petite fille docile ? La chenille ne devient jamais papillon si on ne la laisse pas construire paisiblement son cocon.

Après ces deux mois d'attente stérile, Étienne a décidé qu'il est temps de penser à lui. Il n'est plus utile dans cette tragi-comédie. Il a choisi de se retirer. Hier, il a appelé Développement et Paix pour leur proposer ses services. Il repart dans six semaines, en Afrique. Au moins là, il sera utile à quelqu'un.

Ce soir, il a invité Catherine à souper pour lui annoncer son départ. Elle est venue, mais ce n'est pas vraiment elle qui est là. La femme qui est partie de chez lui en prétendant reconquérir son bonheur, cette femme-là n'existe plus. Que peuvent les ridicules mots d'encouragement d'Étienne qui ne peut parler d'amour à côté de l'amour débordant d'une mère qui ne cesse de grandir et d'envahir comme une plante grimpante ? Il accueille Catherine d'un baiser sur la joue en se demandant quel rôle lui sera dévolu ce soir. Le frère, l'ami ou le confident ? Catherine lui rend l'accolade et se dirige vers le salon.

— Tu veux quelque chose ? Un apéritif ?

— Oui, peut-être… Un gin, s'il te plaît.

Politesse courtoise. Où donc se cache l'amitié sincère qui les unissait ? Étienne se retire à la cuisine, sort les glaçons, prépare les boissons. Quand il revient, Catherine est en train de martyriser son plus beau coussin de soie. Ce geste de familiarité et d'abandon lui tire un sourire. Il vient la rejoindre.

— Alors, quoi de neuf ? Sais-tu que cela fait près de trois semaines que tu n'as pas donné de tes nouvelles ? reproche-t-il gentiment.

Catherine se retourne vers lui en haussant les épaules.

— Pourquoi est-ce que je t'appellerais ? Il n'y a rien à dire. À moins que tu t'intéresses à ce que je mange !

Étienne a un mouvement d'impatience, puis un soupir. Que peut-il pour elle ? Tant que Catherine ne voudra pas réagir, personne ne pourra le faire à sa place.

Il se relève et vient à la fenêtre qui domine la ville. Si elle, elle n'a rien à dire, lui par contre, a des tas de choses nouvelles à raconter.

— Moi, il y a du nouveau. Dans quelques semaines, je repars en voyage.

Quand il a prononcé le mot voyage, une lueur s'est allumée dans les yeux de Catherine. « Chanceux », pense-t-elle. Que ne donnerait-elle pas pour s'enfuir au bout du monde ? Étienne lui tourne le dos. Debout, toujours face à la fenêtre, il poursuit.

— Non, pas un voyage pour le plaisir comme l'an dernier. Cette fois-ci, je pars en service commandé.

— Ah oui ?

Catherine se ranime et laisse même dessiner un sourire, un vrai, qui vient de l'âme. Elle est heureuse pour lui et soulagée de voir qu'elle peut encore s'émouvoir à quelque chose. Elle regarde lentement autour d'elle, ce salon qu'elle connaît pourtant bien et qui, brusquement, lui semble sorti d'un rêve. Comme une réalité lointaine qui lui reviendrait par bribes. Elle a l'impression de s'éveiller et a envie de s'étirer, de bâiller son ennui des derniers temps.

— Où vas-tu, cette fois ?

Une question pleine d'envie et de curiosité. Au son de cette voix presque joyeuse, Étienne s'est retourné. À la vue de son sourire, il s'approche et s'assoit en face d'elle. En le regardant, Catherine se dit que c'est elle qui devrait partir. Oui, elle a besoin de changer d'air, de décor. Le visage d'Étienne s'illumine, ses traits s'éclairent.

— Je pars pour l'Éthiopie, Catherine. J'y suis envoyé par Développement et Paix. J'y vais avec Bertrand pour mener une campagne de vaccination contre le choléra. J'ai pensé qu'il était temps que je m'y remette. C'est beaucoup plus efficace que d'envoyer quelques billets pour me donner bonne conscience. Ces gens ont besoin des qualifications que je possède. À moi de…

— Moi aussi, je veux y aller.

Catherine l'a interrompu avec un cri venu du fond du cœur. D'où lui vient cette subite envie, aussi douloureuse que sa peine d'amour ? Catherine se retrouve, bien malgré elle, en celle qui s'apitoie, qui aime et qui s'émeut. Les paroles d'Étienne ont réveillé son empathie et touché sa corde sensible. Non, elle n'était pas morte, mais simplement endormie. Elle vient de prendre conscience qu'elle n'en peut plus d'attendre indéfiniment. Il faut qu'elle bouge, sinon elle va s'ankyloser. Il faut qu'elle parte avec lui, sinon elle va mourir asphyxiée. Et, cette fois-ci, ce sera pour de bon.

— Je veux y aller.

Non plus une demande, mais une affirmation. Elle peut et doit partir. Personne ne pourra l'en empêcher. C'est pour elle une question de survie.

Catherine s'est relevée et regarde Étienne, son beau sourire. Oui, Étienne est beau et vrai, et finalement, c'est à lui qu'elle aimerait le plus ressembler. L'image de sa mère ne correspond qu'à une partie d'elle-même. Alors qu'Étienne... Comment se fait-il qu'elle ait oublié cette vérité pendant tout ce temps ? Pourtant, depuis l'automne, il ne parle que d'amour et de respect. Que de justice aussi. Il faut qu'elle secoue rapidement la poussière dont sa mère a recouvert son cœur dans la nostalgie de ce qui était. Le passé ne revivra jamais. Malgré tout, Catherine ne renie pas l'attente. Robert... Non, elle ne renie rien du tout. Elle veut seulement changer les modalités de l'attente.

Elle s'ébroue, égrène un rire qui fait bondir Étienne sur ses pieds, frémissant d'une joie contenue. Enfin !

— Si l'examen médical est bon, je t'emmène. Il n'y a jamais trop de mains pour aider.

Il habille Catherine de ses yeux, l'enveloppe. Dieu qu'il l'aime ! Il va l'emmener loin d'ici, lui réapprendre à rire et à pleurer. Ensemble, ils vont retrouver ses gamineries, ses sourires d'enfant, ses douceurs maternelles, ses réparties espiègles. Il va tout tenter pour guérir son cœur brisé. Il l'aime comme il ne croyait pas qu'on puisse aimer. Il souffre de ses douleurs et rit de ses joies. Il a fait siens ses trois enfants parce qu'ils sont d'elle. Il va mettre son souffle au rythme du sien, lui redonner confiance, lui montrer comme il est bon de respirer seule. Au bout du monde, loin des regards indiscrets et des paroles faibles. Ensemble, ils vont apprendre à connaître qui est Catherine Girard, lui permettre de s'exprimer, de parler, de crier si elle en a envie. Et après, si elle ne veut toujours pas de lui, il s'effacera. Il l'aime assez pour cela.

Pendant un instant, leurs regards se soutiennent, se sourient, se reconnaissent. Catherine emprisonne le sourire d'Étienne sous ses paupières. N'est-elle pas en train de rêver ? Quand elle ouvre les yeux, Étienne est encore là. Non, elle ne rêve pas. Sa vie va enfin prendre un sens. Qu'importe si ce n'est pas ce qu'elle avait prévu ou voulu ? Brusquement, elle pense qu'elle est venue ici pour souper et qu'elle meurt de faim.

— À quelle heure mange-t-on ici, fait-elle malicieuse. C'est que j'ai faim, moi !

Alors, lui prenant la main, Étienne l'entraîne à la cuisine.

— Dans ce cas, on va s'y mettre. Comme tu le sais, on n'a rien pour rien, ici. Tu vas m'aider.

C'est en préparant la salade que Catherine repense à sa mère. Elle va lui parler dès demain matin. Alors qu'elle est remplie de l'enthousiasme d'Étienne et d'un peu de confiance en elle. Et pendant toute la soirée, ils font des projets et parlent du voyage.

Du haut de sa petite taille, Marjorie Girard décortique sa fille. Douleur de se voir rejetée soigneusement cachée sous le courroux, elle ne ménage aucun mot pour faire sentir son désaccord avec ce projet de folle équipée au bout du monde. Maladies, dangers, climat sont ses premières armes. Sans se démonter, Catherine réfute, oppose, explique avec une verve que même Michel ne renierait pas. Il ne faut surtout pas qu'elle plie ! Elle joue avec les sentiments de sa mère et parle de famine. Qu'à cela ne tienne, sa mère sort sa grosse batterie. Comment peut-elle songer à abandonner ses enfants ? Alors Catherine rétorque qu'elle sera absente moins longtemps que Robert l'hiver dernier. Avec leur père, de toute façon, ils ne sont pas laissés à eux-mêmes. Elle s'enflamme, parle avec détermination. Elles sont toutes deux dans la cuisine de Marjorie, qui sent bon la tarte aux pommes. Aussi loin que Catherine se souvienne, il y a toujours eu cette senteur de pommes, témoin de son enfance heureuse, de son adolescence un peu triste à cause de ce père parti trop vite. Témoin aussi de cette période des amours folles entre elle et Robert. Catherine vient à sa mère, lui met la main sur l'épaule et la regarde droit dans les yeux. Sa mère... Cette femme revêche, pratique, qui ne vit que pour le coût d'un manteau ou des restes à apprêter. Oui, elle est ainsi faite sa mère : son odeur de pain cuit et sa plume de comptable domestique. Pourtant, Catherine a besoin de savoir qu'elle a son appui. Elle doit partir sans rancune derrière elle. Sa voix se fait douceur pour cette mère qu'elle aime et qu'elle respecte.

— Pourquoi me reprocher de vouloir penser à moi ? De plus, je pars pour aider, soigner. Comment peux-tu te montrer aussi dure envers moi ? Je voudrais tellement te comprendre, maman !

Mais la vieille dame saisit très bien que c'est sa fille qui demande à être comprise. Comme si elle, sa mère, ne le faisait pas depuis le début de toute cette histoire. Bien sûr qu'elle essaie de la comprendre. Ce n'est toujours pas de sa faute si elle ne voit pas les choses comme elle.

Bousculant Catherine, madame Girard se laisse tomber sur une chaise en reniflant. Vieille femme fatiguée, dépassée, elle s'accroche encore à ses illusions.

— Tu devrais attendre ici, Catherine. Une femme qui se respecte ne court pas le monde. Tu ne sais même pas ce que Robert a l'intention de faire...

Elle s'arrête sur ces mots. Y croit-elle encore au retour du mari ? N'a-t-il pas eu suffisamment de temps pour comprendre son erreur ? Marjorie voudrait tellement voir refleurir le sourire de sa fille.

Catherine réprime un soupir d'impatience. Elle respecte cette femme aux cheveux blancs, mais elle veut s'en libérer. Une force irrésistible la pousse en dehors d'elle-même, la projette dans un monde beaucoup plus réel que celui qu'on veut lui offrir ici. Catherine est décidée, elle partira. Délicatement, elle pose une main sur le bras flétri et caresse doucement les cheveux de sa mère.

— Je ne veux pas que tu pleures, maman. Je ne rejette rien. Je veux juste me prouver que je suis capable de m'en sortir seule. Peux-tu comprendre cela ? Je t'aime et j'ai besoin de savoir que tu es derrière moi. Je te jure que si je m'aperçois que je vais trébucher, je vais revenir ici. Parce que pour moi, tu es la seule qui ne m'a jamais menti. Depuis mon premier jour, tu me parles d'amour sans jamais te contredire. Je t'en prie, laisse-moi partir.

Marjorie ne répond pas. Elle entend son défunt mari, Émile, qui lui disait : « Nos enfants ne nous appartiennent pas, Marjorie ! » Lui, il savait. Mais elle, Marjorie, elle n'a jamais su donner de loin, aider à distance. Et quand Émile est mort, elle n'a plus jamais su comment vraiment aimer. Catherine, c'est son enfant bien à elle malgré ses quarante ans. Comment peut-elle la laisser aller avec une bénédiction au bout du bras ?

« Comment, Émile, comment ? »

Marjorie écoute la contradiction des sentiments qui la déchirent. Comme la douleur de l'enfantement, cet éclatement, cette rupture en elle. Elle a un frisson nerveux, saisit la main de Catherine et la porte à ses lèvres.

Et Catherine, dans son cœur de mère et de fille, comprend l'éclair de douleur qui transperce les yeux de Marjorie. Elle plie les genoux, se penche et met son visage à la hauteur de celui de sa mère qui retrouve dans l'eau profonde de son regard la douceur et la sagesse d'un Émile. Oui, elle est douce et sage sa Catherine, comme l'était son mari. Alors, par respect pour ce mari qu'elle a tant aimé et par respect de cette fille merveilleuse, Marjorie oblige son cœur à se déchirer, à s'ouvrir. Elle tient la main de Catherine comme elle tenait celle d'Émile, jadis, au matin de la naissance de son unique enfant.

— Je t'aime, maman, dit Catherine.

Alors Marjorie sait que les joies de ce matin seront aussi grandes que celles d'hier. Elle apprendra à lui faire confiance, comme elle a appris à la voir faire ses premiers pas.

— Moi aussi je t'aime, Catherine.

Elle ne dira rien d'autre. Elle a dit plus qu'elle n'en était capable. Elle est épuisée. Les ailes de ses narines palpitent comme celles d'un papillon. Ses mains échappent celles de Catherine, lassitude qui s'étale sur la nappe à carreaux. Les paupières se ferment sur les émotions qu'elle a osé montrer. Les traits tourmentés s'apaisent et le front se détend. Il ne reste plus que les rides habituelles, celles de l'âge. Elle se prépare à dire oui. Les yeux de Marjorie s'ouvrent sur l'éclat épineux d'un jardin de roses.

— Et bien, soit ! Tu feras comme tu l'entends.

Elle repousse bruyamment sa chaise, se relève en marmonnant. Catherine retrouve sa mère. Émue, elle l'embrasse sur la joue. Frôlement timide, presque un souffle d'air. Entre elles, il n'y a jamais eu de contacts réels. Marjorie bouscule sa fille à nouveau, en bougonnant. Catherine sourit. Les rites sont respectés et scellent le pacte entre elles. Pour la première fois, elle sent se glisser une sorte de complicité dans leur relation et elle trouve ça bon. Elle partira avec la nostalgie au cœur et cela lui sera bon. Savoir qu'on l'aime.

Plus que deux semaines avant le départ. Folie des préparatifs, des vaccins, des examens, des enseignements, des rencontres. Étienne fait partie intégrante de sa vie. Étienne, son ami. Catherine concentre ses énergies sur le départ n'y voyant, en soi, que le but à atteindre. Sans soupçonner que ce pourrait être un commencement.

La veille du départ, elle invite les enfants et Étienne à souper chez sa mère. Attitude inconcevable, il y a un mois, mais parfaitement tolérée ce soir. Marjorie ronchonne, bras au ciel et sourcils en bataille.

— Si ça a du bon sens de le recevoir ici, quand tu es encore mariée à Robert !

Son regard jubile de le connaître enfin. Un repas royal l'attend, manigance de la bonne chère et des vins trompeurs. Marjorie veut l'observer tout à son aise, le jauger, l'évaluer. N'est-il pas un coureur de jupons, un célibataire sur le tard qui veut se procurer une famille toute faite et à bon compte ? Onctuosité de l'accueil pour le mettre à l'aise, le voir à son naturel. Catherine subodore le stratagème et rit sous cape. Elle n'a aucune crainte pour Étienne. Il est sain, sobre de gestes et de phrases. Marjorie ramollit sous le sourire de ses yeux, se reprend et pique un peu, puis ramollit encore. Elle disparaît subitement à la cuisine avant d'être obligée d'admettre qu'il est bien. Monsieur Lavertu, témoin débonnaire mais fort avisé, fait un clin d'œil à Catherine.

Puis les enfants arrivent. Bruyants, encombrants, dérangeants. Grand-maman rapplique au salon, le regard furibond et la langue pointue.

— Attention à mes bibelots, bande de chiens fous.

Elle les adore. Ils sont de sa fille, font partie de ce qu'elle est. Elle grogne, tempête, dispute, incapable de leur refuser quoi que ce soit. Depuis le premier sourire au berceau, ils l'ont embobinée et ils le savent.

On prend l'apéritif au salon. Jus de fruits pour les enfants et vin sucré pour les adultes. On parle de tout et de rien dans cette facilité du langage entre amis. Catherine se repaît de l'image des siens, enregistre les mimiques, retient l'intonation des voix pour meubler les moments d'ennui. Six semaines loin d'eux sans les voir, les toucher, leur parler. Six fois son voyage à Ogunquit ! N'est-elle pas en train de faire une folie ? Elle ferme les yeux, toute étourdie, puis les ouvre en entendant l'appel pour passer à table.

Là encore, les places sont prédestinées à la prospection. Étienne à la droite de Marjorie, et Catherine à l'autre bout de la table, entre monsieur Lavertu et Isabelle, son bébé. L'œil vif, grand-maman sert et préside la tablée.

— Mange moins vite, Michel, c'est mauvais pour la digestion. N'est-ce pas, monsieur Bernard ?... Isabelle, mais qu'est-ce que c'est que ces manières ? Ne mets pas les coudes sur la table, c'est impoli... Josée ! Mais fais un effort, bonté divine. T'es grosse comme un pou. Si tu ne manges pas plus que cela, tu vas finir par être malade.

Le tout assaisonné, comme il se doit, d'habiles et de précises questions lancées à sa droite.

— D'où vient votre famille ? Avez-vous encore vos parents ? Pourquoi devenir médecin ? À quel hôpital travaillez-vous ?

Et toujours l'œil vif, pour scruter les attitudes et l'oreille aux aguets pour capter les intonations. Étienne mange sobrement et boit par politesse. Marjorie enregistre tout, soupèse ce qu'elle observe, écoute les réparties qu'il fait aux enfants. La grossièreté de son opinion sur lui se façonne, s'affine, se précise. Au dessert, elle sort son sourire des grandes occasions. Étienne a gagné la partie et même toute la guerre. Elle l'accepte, alors que personne ne parle contre lui. Elle sera aussi ardent défenseur qu'elle était farouche opposant. Elle ne connaît pas la tiédeur des sentiments. Étienne vient de rafler le gros lot de son affection. Catherine partira finalement avec sa bénédiction.

À l'aube d'un matin radieux, la mère et la fille déjeunent en tête-à-tête. Trois portes plus loin, Maurice Lavertu fait semblant de dormir.

La nature, par la fenêtre ouverte sur le jardin, s'éveille précieusement. Cascades cristallines des oiseaux, dentelle ajourée du parfum des premières fleurs de l'été, discrétion de la brise toute légère. Une douceur qui donne des frissons à fleur de peau et picotements sous les paupières.

Catherine et Marjorie ne parlent pas. Qu'auraient-elles à dire qu'elles ne savent déjà ? On profite simplement de ce dernier moment à deux. Quelques instants et Étienne sera là. Catherine se relève et vient rincer sa vaisselle. Puis elle se poste derrière sa mère et met ses deux mains sur les épaules que l'âge commence à voûter.

— Merci, maman. Pour tout.

Un soupir accompagne la pression d'une main sur la sienne.

— De rien.

C'est fait. Catherine se rend dans l'entrée pour sortir ses bagages sur le balcon. Marjorie la surveille depuis le pas de la porte de la cuisine. Elle n'ira pas plus loin.

— Prends garde à toi, ma grande. Et donne de tes nouvelles, si tu en as l'occasion.

Quelques pas et Catherine entend la porte de la chambre à coucher qui se referme sur sa mère. En ronchonnant contre son envie de pleurer, Marjorie vient chercher un peu de chaleur auprès du vieil homme qui dort dans son lit. Elle se blottit dans le confort de ses couvertures et ferme les yeux. Dehors, il y a le bruit d'une auto qui décroît. Catherine est partie. Alors, à son tour, Marjorie fait semblant de dormir.

17

Voyage à travers le monde, les civilisations, le temps. Voyage par étapes, pour bien préparer l'esprit à remonter dans les âges en prenant conscience du siècle où nous vivons. Un premier arrêt à New York, capitale de l'argent, symbole de la puissance et des facilités. Le rêve américain ! Étienne, Bertrand et Catherine font un arrêt de deux heures dans une gare immense. Pour Catherine, c'est un premier contact avec New York et elle en est toute étourdie. Population bariolée, agitée. Elle a l'impression que les jambes ne savent pas marcher, ici. Elles courent partout et sans arrêt.

« *Time is money* », peut-elle lire sur une immense affiche devant elle.

Enfants, vieillards, adultes s'agitent, piétinent, repartent, comme pressés par le temps ou par une calamité qui leur court après. Être riche, c'est être libre, et le temps, c'est de l'argent. Alors on court sa vie pour être riche et libre sans prendre le temps de vivre.

Étienne qui a fait le tour du monde lui fait remarquer que, pour plusieurs, New York, c'est l'Amérique. Du moins, l'image qu'on s'en fait. Mais en mieux, en plus grand.

« *Biggest in the world* » affiche-t-on encore sur un mur.

Vu de la fenêtre, tout semble immense à Catherine. Les édifices, les rues. Elle s'imagine que tout le reste doit suivre : les musées, les spectacles, les restaurants, les gens, la pauvreté aussi. New York la belle, la grande, l'essoufflante. N'est-elle pas la porte de l'Occident et de ses rêves les plus osés, les plus tourmentés ? À ses yeux, tout devient démesure, orgueil, prétention. Elle a l'impression que les gens parlent fort pour que l'univers les entende, qu'ils s'habillent à outrance pour se faire remarquer.

Effarouchée, Catherine s'accroche au bras d'Étienne pour ne pas être absorbée par la foule immense de bras et de jambes qui l'entoure. Et lui, habitué à toutes les folies humaines, il se moque gentiment d'elle.

Deux heures d'attente dans ce que l'Amérique a de plus démentiel pour ne pas oublier qu'on en vient. Puis le temps reprend sa place et sa forme impalpable. Catherine reprend son souffle, quelque part au-dessus de l'Atlantique. À la fin de la journée, ils arrivent à Dakar. Ici, c'est déjà la nuit. Chaude, touffue, dense. Menés directement à leur hôtel, Étienne, Catherine et Bertrand sombrent dans un profond sommeil.

C'est au réveil que la ville leur offre toute son ambivalence. Dakar, moderne, résolue, tournée vers l'avenir. Image d'Occident au seuil de l'Orient. Port de mer, aérogare, usines, industries, banques : symboles de la richesse des peuples de l'Ouest. Blancheur, marchés inondés de soleil, sourires, mesures dans le geste, djellabas et cruches d'eau sur la tête. Dakar, perle africaine dans un simulacre d'Amérique, à la saveur d'une orange bien mûre et juteuse. Étienne et Catherine l'aiment tout de suite et sans réserve, regrettant de ne pouvoir lui consacrer que quelques heures. À la fin de la matinée, on s'embarque pour la dernière étape en avion. Celle qui remonte le plus dans les civilisations. Addis-Abeba les attend avec ses temples magnifiques, son empreinte musulmane, sa somptuosité orientale. L'Éthiopie. Pays de légendes fabuleuses, de politesse surannée, de mystères précieux. Est-ce bien ici que des milliers de gens meurent de faim ? Pourtant Catherine ne rencontre que des sourires, que des gens qui vaquent à leurs occupations comme partout ailleurs dans le monde. Addis-Abeba, ce n'est pas l'Éthiopie de la famine, de la déchéance ou de la mort. Addis-Abeba, c'est le portique d'un palais aux arrière-cours interdites.

Ils n'ont pas vraiment le temps de visiter la ville. Étienne et Bertrand sont pris par des vérifications de toutes sortes : caisses de médicaments arrivés avant eux, permis de circuler qui retardent, achats à effectuer avant de s'enfoncer dans l'arrière-pays. Catherine les suit sans un mot, les yeux grands ouverts pour ne rien perdre de la somptuosité fascinante qu'elle aimerait découvrir à fond. C'est demain, à l'aube, qu'ils doivent partir en caravane vers les terres du nord, vers les camps, vers la zone maudite.

Le camp où ils sont affectés pue la charogne, les détritus, la maladie, la mort. Après quelque temps, Étienne dira qu'il pue la politique.

Catherine s'attendait à des gémissements, des mains tendues comme on en voit dans les reportages ou sur les affiches. Elle n'a trouvé que l'horreur de vivre, la résignation. Ici, les gens ne pleurent pas leurs morts, car ils savent qu'ils ont enfin trouvé le repos. Parfois même, on les envie. Partout, Catherine se heurte à des centaines de regards qui la dévorent sans la voir. De ce voyage, Étienne, Catherine et Bertrand ramèneront des centaines de regards semblables. Graves, imposants, dévoilant la grandeur de l'homme dans ce qu'il a de plus vrai, de plus humain, de plus royal. Catherine a vite compris qu'il n'y a pas que les mal nourris qui meurent. C'est le globe entier qui meurt avec eux, petit à petit, sans même s'en douter. En riant de se voir en si bonne santé, en soufflant sur les affamés comme sur une malencontreuse écharde plantée dans la main qui donne. Car on donne ! Des céréales, des médicaments, des couvertures. Il en vient de partout. On peut vivre encore d'émotions gratuites dans les pays d'abondance. Alors on s'émeut, on parle scandale et on donne. Une fois, deux... Puis on se dit que c'est à d'autres de faire leur part en se dépêchant d'oublier, pour ne pas troubler la quiétude de son sommeil. Étienne se rappelle tout l'argent qu'il a envoyé et il a honte. Honte de cette sensation du devoir accompli qu'il avait ressentie. Comme il était loin de l'essentiel ! Surtout pour lui qui savait ce qu'étaient ces camps de la mort. À ses yeux, c'était comme leur dire : « Débrouillez-vous. Moi, j'ai fait ma part. »

Comment peut-on se débrouiller avec un ciel obstinément bleu, des nuits qui gèlent et des gouvernements qui s'entêtent à épuiser les meilleures terres pour se procurer des armes ? Étienne se jure de ne plus jamais oublier que sa présence a plus de valeur que tous les billets qu'il pourrait envoyer. Et comme à chacun de ses voyages, Étienne remise ses émotions. La pitié serait la plus forte et elle n'est qu'une caricature loufoque de l'amour. Ce dont ces gens ont besoin, c'est de son efficacité. Une présence lucide à leurs besoins les plus fondamentaux. Ceux dont on n'a pas à se soucier chez nous. Alors Catherine, Étienne et Bertrand aident de toutes leurs forces. Sous le soleil torride, par les nuits glaciales, à travers les mouches, présage de malheur. Ici, ils ne peuvent que s'occuper des corps, les âmes étant bien au-dessus de la médiocre assistance qu'ils pourraient leur apporter.

De loin, Étienne a vu Catherine se débattre avec les mêmes angoisses, les mêmes déchirements, les mêmes révoltes, les mêmes nausées que lui. À chaque voyage, c'est la même chose : il doit se réhabituer à la misère toute nue. Un simple froncement des sourcils, une banale ride de fatigue ou l'encouragement d'une main sur une épaule auraient suffi à remplir les pages d'une trilogie. Des centaines de mots contenus dans l'expression d'un regard qui semble s'excuser d'être en si bonne santé, qui crie son impuissance à ne pouvoir faire mieux. En attendant on ne sait trop quoi, on fait tout ce qui est humainement possible pour nettoyer la terre de sa poussière sordide. En attendant un miracle, peut-être.

Car, peu à peu, de livraisons retardées en silence, de médicaments égarés à la ville en soupirs exagérés, ils ont vite compris que seule l'imbécilité de l'homme le conduit à sa perte. Étienne ne comprend pas que l'homme puisse accepter de voir mourir son frère. Il lui semble même qu'ici, c'est pire qu'ailleurs. Et ils en parlent tous les trois, le soir, dans leur tente.

Et Étienne qui avait peur que Catherine s'ennuie des siens s'est vite aperçu que ses craintes n'étaient pas fondées. Non, Catherine ne s'ennuie pas. Faute de temps, mais aussi parce que ce serait indécent. Que signifierait la nostalgie de ceux qu'elle sait à l'abri ? Que serait-ce sinon encore et toujours apitoiement sur elle-même ? Catherine n'a aucune énergie à gaspiller autre que celle qui peut aider et soulager. En mettant les pieds dans le camp, elle a compris qu'elle devait tout oublier de sa vie jusqu'à ce jour. Son existence est mise en veilleuse. Avec Étienne, elle relève le défi de la vie. Elle comprend ce qui le pousse à s'expatrier, comme il le fait régulièrement. Il y a tant à faire. Elle aussi est heureuse de faire sa part, d'agir. Cela se voit dans son regard calme et dans l'assurance de sa démarche. Toutes leurs pensées sont tendues vers un même but. Catherine partage comme elle n'a jamais partagé, elle donne comme elle n'a jamais donné, elle s'oublie comme elle ne l'a jamais fait auparavant. Pour elle, maintenant, chaque geste a de l'importance et chaque mot a sa place. C'est pourquoi le soir, quand ils se retrouvent pour quelques instants avant le sommeil, Étienne n'est plus le support, celui qui prépare le terrain. Non, Étienne maintenant, c'est le compagnon, le frère d'armes, l'égal en toutes choses. Elle découvre, à son égard, des sentiments nouveaux. Elle ressent une grande fierté pour ce qu'elle fait, pour ce qu'ils font ensemble. Et cela lui suffit. Perdue dans un désert au bout du monde, Catherine apprend le sens de la vie dans un camp de morts-vivants.

Étienne a assisté au changement, d'abord imperceptible, puis de plus en plus évident. Autant dans les gestes que dans les paroles. Moins d'incertitude, plus de force, d'assurance. Maintenant, il contemple Catherine, émerveillé. N'a-t-il pas aidé à susciter ce réveil ? Il ose parfois songer à l'amour quand il réalise cette attirance entre eux, ces sourires de complicité, l'abandon de la tête de Catherine contre son épaule. Oui, il pense qu'il l'aime, le soir avant de s'endormir.

Pourtant, ce soir, le court dialogue auquel ils tiennent tant n'a pas sa place. En vitesse, comme médecine efficace à chasser les lourdeurs de l'esprit, ils avalent un café. Dans ce lieu aride où l'on vient souvent pour mourir, une naissance est imminente. Une toute jeune fille, presque une enfant, arrivée à l'aube. Avec confiance, elle s'est livrée à leurs soins, fragile espoir qui fait que l'on s'accroche envers et contre tout. Pendant la journée, elle a lutté les yeux fermés, contre sa douleur qui suait par tous les pores de sa peau. Elle tenait la main de Catherine qui épongeait son front. Cette gamine doit avoir l'âge de Josée, peut-être moins.

Et ce soir, la jeune femme n'est plus qu'une plaie vive et silencieuse. Son corps décharné refuse de collaborer à cette naissance et, malgré tout, refuse de céder. Catherine regarde les paupières soudées par la souffrance et elle revoit ses propres accouchements : entourés, aseptisés, médicamentés pour effacer la douleur, bercés par la certitude de la santé de l'enfant à naître. Quelle fierté facile à côté de cette femme-enfant qui s'acharne à donner une vie qu'elle ne possède qu'à moitié. Où trouve-t-elle ce courage qui traverse son regard quand elle ouvre les yeux ? Où puise-t-elle sa force ? En elle, tout est défi. Elle se cramponne farouchement. Toute la journée, Catherine l'a veillée, le cœur aux abois, se réveillant à une tout autre réalité que la sienne. Elle n'est que tendresse et amour pour cette jeune fille. Elle est son amie, sa mère, sa sœur.

La pression de la main qui tient la sienne se fait plus forte. Elle s'agrippe, enfonce ses ongles dans la paume de Catherine. Alors elle approche son visage du front en sueur et l'embrasse. Elle l'aime de tout l'amour qu'il y a dans son cœur. En se lavant les mains, Étienne a un sourire pour elle.

Et, brusquement, la tente a peine à contenir les souffles et les halètements, les gémissements et les soupirs. Sa tête se balance sur l'oreiller et ses lèvres tremblent. Dans un cri déchirant temps et espace, la jeune femme expulse un garçon vigoureux qui ne tarde pas à manifester son désaccord dans un vagissement de colère. L'odeur fétide du sang accouple en lui la vie et la mort. Deux larmes glissent sur les joues de la jeune accouchée. Elle délaisse la main de Catherine pour se porter vers son fils, le serrer contre sa poitrine. L'enfant se tait aussitôt. Mère comme toutes les mères depuis l'origine du monde, le geste se fait possessif. Catherine recule d'un pas. On n'a plus besoin d'elle, étrangère dans cet amour qui naît. L'odeur insoutenable des excréments et du sang domine. Catherine a un haut-le-cœur, une forte nausée. Précipitamment, elle sort de la tente.

Le jour n'est plus que rougeur sur l'horizon. Les ombres allongées envahissent le campement, se piétinent, chevauchent les tentes. Quelques feux sont allumés, en défi aux ténèbres et au froid naissant. Une mélopée s'élève, lancinant appel à Dieu. Catherine prend une profonde respiration pour dissiper ses malaises, mais l'âcreté de l'odeur reste accrochée à ses vêtements et prend possession de tout son être. En courant, elle rejoint la limite du camp, là où la lumière reste victorieuse, là où se dresse l'arbre mort. Cet arbre unique, squelettique poussé en un temps où la désolation n'avait pas encore envahi la région. Catherine se demande si on le garde pour dire la famine ou l'espoir ? Il tend ses branches noires et lugubres au soleil couchant. Épuisée, elle appuie son dos contre le tronc rugueux, l'enlace de ses bras, s'écharpant la paume des mains. Devant elle, le désert déroule ses vagues stériles jusqu'à l'horizon, jusqu'à l'infini. Et devant elle, l'onde calme du lac se confond aux ondulations de sable. Elle est prise de frissons convulsifs. Lentement en elle revient l'appel des siens. Catherine Girard Lefrançois vient de comprendre le prix de la vie, le prix de sa vie. Elle entend presque le clapotis de l'eau contre le quai. Et cette odeur de mort qui ne veut pas la quitter.

Alors, se retournant, un bras abandonné contre le tronc de l'arbre mort, elle se met à vomir. Elle est seule au monde face à ce soleil à demi éteint, dans un désert qui ne ressemble à nulle part. Elle est seule face à elle-même, au bout de ce qui était son monde. Les senteurs nauséabondes ne sont que le prétexte à sa nausée. C'est toute une vie de recherche stérile au creux de ses petites émotions qu'elle rejette. De quel droit attendait-elle le mari fautif en le pointant du doigt de son innocence ? De quel droit le disait-elle coupable, elle qui n'a rien fait pour le retenir ? Parlons-en de sa dignité de petite femme bafouée, rejetée ! Que de paroles vides, que de rancunes lâchement exploitées depuis quatre mois, depuis toujours. Il lui aura fallu toucher au fond de la détresse humaine, au fond de son espérance la plus grande aussi, pour comprendre l'inutilité de sa recherche égoïste. Pourquoi faut-il toujours que l'homme ait les deux pieds dans la merde pour dire qu'elle pue ?

Quand elle se redresse, Catherine est immensément soulagée. Affaiblie, sale, elle se sait quand même belle.

Étienne est venu, un peu inquiet de son absence. Il s'est arrêté à deux pas, discrétion conforme à ce qu'il est. Elle a un sourire d'une grande douceur et il comprend que Catherine vient de franchir une étape importante. Ce sourire un peu timide est comme une excuse de ne pas avoir compris avant, comme une pudeur, aussi, de s'être montrée à nue. Puis, elle lui tend la main, dans un geste qui se donne et qui invite. Avec lui, elle est plus belle, plus grande, plus vraie. Elle sait aussi que l'amitié est devenu amour, pour lui, depuis quelque temps. Ça se sent ces choses-là, sans qu'on ait besoin de le dire. Et malgré qu'en ce moment elle pense aux siens, elle avance vers lui la main tendue.

Étienne recueille, tout contre lui, le grand frisson qui secoue les épaules de Catherine, la réchauffant de son bras. Catherine ferme les yeux sur son silence qui parle et se fait lourde au bras d'Étienne. Elle est bien, et aucune parole ne saurait traduire ce qu'elle ressent. Malgré la sensation du déjà connu, cet abandon contre une épaule, elle sait que, désormais, plus rien ne sera pareil. Lentement, l'un contre l'autre, ils reviennent au cœur du campement.

Et cette nuit-là, dans la complicité de leur tente et pour la première fois de sa vie, Catherine se donne à un autre que Robert. En elle est revenu cet immense besoin de donner.

L'amour avec Étienne lui est beau comme un grand soleil du matin qui réchauffe et fait du bien.

Et ce matin, au réveil, elle dit merci au sourire qui lui plisse le coin des yeux. Ce sourire de tendresse qu'il a pour elle depuis le début. Aux côtés d'Étienne, cet homme qui ne sait que donner, Catherine s'est délivrée de cette étroitesse qui menaçait de l'étouffer. Avec lui, elle a compris qu'il est aussi essentiel de recevoir que de donner. Mais aussi difficile, parfois. Ne jamais forcer l'amour. Ne jamais heurter. Attendre la main tendue et faire confiance. Accepter aussi.

Ce mois qui déroule ses heures et ses journées aux portes de l'enfer devient un des beaux moments de sa vie. Elle se donne pour donner, sans calcul. Elle prend plaisir à recevoir sans toujours chercher à compenser. Elle est libre et heureuse.

Avec Étienne, elle parle souvent des enfants et de Robert. L'ennui revient, mais plus à la manière d'une attente douloureuse dont elle se complaît. Aujourd'hui, c'est une grande impatience qui la soulève. Elle comprend maintenant qu'elle a piétiné ses enfants, qu'elle les a embarqués contre leur volonté dans son misérable voyage au bout d'elle-même. Il est temps de remettre les choses à leur place respective. Il est temps pour elle de les respecter dans leurs désirs. Temps aussi de les aider à faire ce rude apprentissage de la liberté et du respect. Comment pourront-ils apprendre à vivre si on ne leur donne que mensonge et rancune en exemple d'une vie que l'on dit réussie ? Catherine a enfin compris qu'il ne sert à rien d'édifier son bonheur et sa liberté sur la possession. Aux côtés d'Étienne, qui se donne tout entier à ce qu'il croit, Catherine commence à comprendre que l'on peut surmonter la douleur de ne plus posséder.

Aujourd'hui, elle est bien de ce sentiment entre elle et Étienne. Elle retrouve sa douceur d'être, ne cherche plus à deviner de quoi demain sera fait. Demain sera demain et il s'occupera de lui en temps opportun. C'est si loin, demain. C'est au moins au bout de soi et peut-être aussi de l'éternité.

18

Le voyage de retour s'est fait comme à l'aller, par étapes transitoires. Du dénuement à l'insouciance, de l'insouciance à la détermination, de la détermination à la folie. New York, la folle, s'est imposée à eux pendant toute une journée comme pour les séduire, en leur faisant oublier les horreurs d'un autre monde. Et les yeux de Catherine obstinément clos à l'aller, de peur de se faire dévorer, sont maintenant grands ouverts pour tenter de comprendre cette folie et cette démesure. Au bras d'Étienne, elle ne craint plus cette prétention de courtisane démente. Rassurée, elle écarquille les yeux et tend l'oreille, mais New York demeure un mystère pour elle. Peut-être est-ce là le choix de cette ville immense ? Donner une image ? Alors Catherine accepte l'image telle qu'elle se présente. Elle s'en étourdit, y sourit en invitée de passage.

La ville est belle de soleil et de gens qui flânent. Où donc sont passés les ricanements et les jambes qui courent ? Cet après-midi, il n'y a pas assez de bancs dans Central Park pour satisfaire toutes les envies de nonchalance !

Palpitante d'excitation, Catherine suit Étienne qui connaît bien la ville.

Puis c'est le retour à Montréal dans la touffeur et la fatigue d'une journée d'été. Ensemble, tous les trois, ils récupèrent leurs bagages, puis se quittent devant l'aéroport. Bertrand embrasse longuement Catherine avant de partir.

— Ça m'a fait plaisir de vivre ces quelques semaines avec toi. J'espère qu'on va avoir l'occasion de se revoir souvent.

Et sur un signe de la main, il s'engouffre dans un taxi pendant qu'Étienne en appelle un autre pour rentrer à la maison. On n'a pas eu besoin d'en parler.

— Demain, dit Catherine comme pour elle-même, demain j'irai voir maman.

Ni Étienne ni Catherine ne savent de quoi demain sera fait. Qu'importe. En six semaines, elle a appris à vivre pour le moment présent. Et en cet instant, c'est l'image de ses enfants qui prend toute la place. Elle veut leur parler, dès ce soir.

— Étienne, je vais appeler à la maison dès notre arrivée. J'ai tellement hâte d'embrasser les enfants.

— Et moi, je vais passer la soirée avec ma mère. Moi aussi, j'ai hâte de l'embrasser. Ainsi, tu auras tout le temps pour jaser avec tes trois lurons.

Un sourire entre eux. Catherine a un soupir de satisfaction. Avec lui, nul besoin d'expliquer. Il va au-devant des attentes.

L'appartement sent la poussière et le renfermé. En riant, ils ouvrent porte et fenêtres, puis lancent les bagages sur le lit. À demain, les corvées ! Ce soir, aux yeux d'Étienne, il y a bien plus important. Beaucoup plus important. Il a un sourire ému devant Catherine qui virevolte dans le salon, qui palpe les coussins de soie avec une expression gourmande. Puis il se rapproche d'elle, l'attire tout contre lui.

— Bienvenue chez nous, murmure-t-il à son oreille. Cette demeure est tienne aussi longtemps que tu le voudras.

Pour toute réponse, Catherine appuie sa tête contre son épaule dans la douceur réconfortante d'un silence qu'elle sait compris. Pourquoi n'y voyait-elle que dérobade avec Robert ? Cette comparaison lui fait mal, emportant avec elle un bref regret. Elle se niche plus étroitement contre Étienne.

— Te souviens-tu, Catherine, de notre première rencontre ? Il pleuvait et toi tu riais de ma caverne... Souvent, sur mon balcon j'ai repensé à ces moments. On avait parlé de toi. Te souviens-tu ? Et aussi un peu de moi. Mais il y a une chose que je ne t'avais pas dite, que je n'ai jamais dite. Je t'aime, Catherine. Probablement depuis le premier instant où mes yeux se sont posés sur toi. Et je t'offre de partager ma vie aussi longtemps que tu en auras envie.

Catherine ne répond toujours pas. Il y a encore trop de souvenirs douloureux en elle pour qu'elle puisse s'engager. Elle veut être entièrement libre, le jour où elle lui dira oui. Étienne resserre son étreinte et rajoute :

— Je tiens aussi à te dire que cela n'engage que chaque journée qui passe, sans grande promesse ni serment de fidélité éternelle. Je n'y crois pas. Je ne sais pas où je serai demain ni avec qui. Je préfère renouveler mes engagements à chaque matin. Je sais aussi de quoi est fait ton passé. Alors je veux que tu saches que si un jour tu voulais partir, quelles qu'en soient les raisons, je ne chercherai pas à te retenir. Je te le jure, Catherine.

Alors Catherine lève les yeux vers Étienne. Oui, elle l'aime. À sa manière, imparfaite, incomplète. Il lui reste bien des choses à vérifier, à mettre au point à son rythme à elle. C'est de respect dont elle a vécu pendant son voyage. Des autres, bien sûr, mais d'elle-même aussi. Alors ce soir, elle peut lui dire oui. Oui à cet engagement entre eux au jour le jour. Oui à cette joie d'être ensemble qu'on voudrait malgré tout éternelle. C'est dans un baiser qu'elle donne sa réponse à Étienne.

Galopades dans le couloir, rires étouffés, piétinements devant la porte. Mille mains s'abattent dans un roulement impatient. Les enfants sont là. Catherine n'a pas assez de ses deux bras pour les enlacer, les toucher. Pas assez de ses deux yeux pour se repaître de leur image, de leurs sourires. Tout le monde rit, s'embrasse, se dévore des yeux. Puis brusquement, c'est l'avalanche des questions.

— Comment c'était là-bas ? C'est loin ? Est-ce que c'est comme à la télé ? C'est vrai qu'ils meurent de faim ?

Alors, malgré le sourire des yeux, Catherine redevient songeuse. Non, ce n'est pas comme à la télé. On vient au salon, on s'installe par terre ou sur le bras du fauteuil. Les enfants savent que maman va raconter. Elle a son regard grave, celui des occasions d'importance. Les yeux mi-clos, Catherine revoit le camp.

— Il est bien difficile de parler d'un voyage comme celui-là. Rien ne pourrait vraiment décrire ce que j'ai vu, ce que j'ai vécu. Toi, Isa, tu demandes si c'est comme à la télé. Vois-tu, je ne peux pas répondre à ta question. C'est un peu cela, mais c'est aussi beaucoup plus que cela. C'est… C'est comme si on avait honte d'être en vie et bien portant. Je ne sais pas si vous pouvez comprendre… De ce voyage, je crois que je vais garder le souvenir de milliers de regards. Rien d'autre.

Un silence timide succède à ses paroles. Comment leur dire toute la chance qu'ils ont d'être des enfants de la facilité ? Catherine n'arrive pas à trouver les mots. Un regard de Josée la ramène dans le salon d'Étienne… Fauteuils de velours, coussins de soie, lumière douce de la pénombre qui envahit après le coucher du soleil. Josée s'étire et Michel se relève.

Pourquoi chercher à décrire quelque chose qu'il faut avoir vécu pour comprendre ? Catherine retrouve ses émotions de Don Quichotte. Elle voudrait subitement régler le sort de l'humanité toute entière. C'est Isabelle qui rompt la fragilité de sa pensée en se dégageant de ses bras. Oui, l'Éthiopie, c'est bien fini. Pour eux, ce pays ne voudra rien dire de plus qu'un reportage à la télé, qu'un pincement au cœur devant les images. Mais Catherine ne leur en veut pas. Elle secoue ses longs cheveux et revient complètement à eux. À leur tour maintenant de se raconter.

— Et vous ? Quoi de neuf ? J'ai l'impression que ça fait des siècles que je suis partie.

Brusquement, le salon s'anime. C'est à qui parlera le premier.

— On a eu un vrai lapin en vie dans la classe. C'est Ginette qui l'a acheté. Et à la fin de l'année elle l'a amené chez elle.

— J'ai trouvé un emploi pour l'été.

— Je me suis fait une nouvelle bande d'amis.

Alors Catherine se divise par trois ou se multiplie. Elle ne le sait trop bien. Elle répond à droite, s'exclame à gauche et encourage devant. Elle prend conscience que ses enfants ont vieilli. Le regard de Josée n'est plus celui d'une gamine. Ses propos ont mûri. Puis il y a le sourire de Michel. Différent, un peu fuyant. Avec nostalgie, la mère constate qu'il est fini le temps des agaceries en pointant du doigt le léger duvet. Dans la voix grave de son fils, elle reconnaît celle du père.

Robert... Elle a un tremblement du cœur. Pourtant elle n'ose aborder le sujet. Madeleine est-elle toujours à la maison du lac ? C'est Isabelle qui met un point final à ses questions. Elle se lance en contre-ut, imposant le silence aux autres.

— Maman, est-ce que tu reviens à la maison ou tu retournes chez grand-maman ?

— Oh ! minute, chaton. Est-ce qu'il y a du nouveau dans la vie de votre père pour que tu me demandes cela ?

— Non, grogne Michel, malheureusement elle est encore là.

Alors Catherine devine que le temps est venu de leur dire ce qu'elle compte faire de sa vie dans l'immédiat. Sans fermer complètement la porte, elle le sent bien. Michel ne l'accepterait pas. Il n'est pas encore prêt à faire face à une nouvelle réalité qui se voudrait définitive.

— Alors Isa, si Madeleine est toujours avec papa, je ne vois pas comment je pourrais revenir.

Catherine tend le bras et reprend Isabelle sur ses genoux. Elle a besoin de sentir une chaleur contre elle pour leur annoncer sa grande nouvelle.

— Tu sais, chaton, je ne peux pas m'imposer comme ça sans en parler avec votre père. Je suis bien consciente qu'il va falloir trouver un arrangement pour l'automne. Une manière de vivre qui va me permettre de vous avoir plus souvent avec moi. Ça c'est certain... Tu vois, papa a choisi une route où je n'ai pas la place que tu es habituée à me voir tenir. Je sais que ce n'est pas facile, pour vous, de comprendre. Il va falloir faire un petit effort. Papa est libre d'aimer qui il veut. C'est son droit le plus strict, même si cela nous fait de la peine. Si on l'aime vraiment, on va devoir l'accepter. Voyez-vous, en voyage, j'ai compris bien des choses. J'aime toujours votre père. Et je l'aimerai probablement jusqu'à la fin de mes jours. Mais justement parce que je l'aime, j'accepte que notre relation soit différente. Il a fait un choix, et je dois le respecter si je veux qu'à son tour, il me respecte.

Puis, serrant très fort Isabelle dans ses bras, elle ajoute en leur souriant.

— Ça ne veut pas dire qu'il y a quelque chose de changé entre nous. Je vous aime autant qu'avant et je suis certaine que papa aussi vous aime très fort. Ce n'est pas parce que nous ne vivons plus sous le même toit que ça va changer. Vous êtes mes enfants, ce que j'ai de plus précieux au monde. Il ne faut pas que vous en doutiez une seule seconde. Je vous jure qu'on va trouver une solution qui va nous permettre de vivre heureux quand même. C'est pourquoi, je ne retournerai pas chez grand-maman non plus. Ce n'est plus ma place. Alors, en attendant de nous trouver un nid assez grand pour nous convenir, je vais vivre ici. Comme je vous l'ai dit, je respecte le choix de votre père. Moi aussi, j'ai envie d'être heureuse. Il y a quelqu'un qui a beaucoup d'importance dans ma vie, et c'est Étienne. Nous en avons parlé et nous avons décidé de vivre ici, ensemble.

Un flot de paroles comme un fleuve large et calme. Isabelle est restée nichée contre sa mère. Si proche encore de la naïveté et de la pureté, elle devine les choses. Josée aussi, dans son cœur de femme, comprend ce que doit ressentir sa mère. Depuis quelque temps, elle a appris à respecter le droit de vivre de ses parents.

Seul Michel hésite à comprendre. Dans son âme en devenir, sur la corde raide de l'adolescence, il a du mal avec le choix de sa mère. C'est comme si on le rejetait, lui, personnellement. Il a de la difficulté à voir son monde bouleversé.

— Alors toi aussi, tu as décidé de refaire ta vie ?

Que d'amertume dans ces quelques mots ! Catherine lui tend la main. Comme il doit être difficile d'apprendre à devenir un homme quand la vie s'amuse à vous pousser dans le dos, tout en se dérobant sous vos pieds. L'air bougon, Michel s'approche et s'assoit à ses pieds. Catherine laisse courir sa main dans la toison laineuse de son fils. Comme il lui ressemble ! Fragile et démuni, sensible et anxieux. Avec toute la tendresse qu'elle a pour lui, elle cherche les mots qui sauront expliquer sans condamner.

— Non, Michel, je ne refais pas ma vie. Ça ne se refait pas une vie. Ça se continue. C'est bien différent, tu ne crois pas ? Je n'ai pas fermé un livre pour en ouvrir un nouveau. La vie n'est pas une suite de romans. Ce serait trop facile. Non, ma vie, elle se continue. Ce que je vis présentement n'est que la suite de ce que je vivais avant. Et je ne sais pas du tout ce que demain me réserve. J'ai envie de vivre un jour à la fois sans tenter de deviner tout ce qui va m'arriver.

— Oui, mais nous ?

— Vous ?

Elle a un rire attendri, presque un soulagement. Elle les aime tellement qu'ils vont comprendre que rien n'est changé entre eux.

— Michel, tu es mon fils. Tes sœurs sont mes filles et je vous aime. Pour ce qui est du quotidien, je te l'ai dit, on va trouver une solution. Fais-moi confiance. Dis-toi que dorénavant tu as deux maisons, deux coins pour te réfugier. Ici, c'est petit, mais je suis certaine qu'on peut s'arranger en attendant. Au lieu de te buter, essaie de voir des amis en Madeleine et Étienne. Profite de leurs présences, comme tu as appris à profiter de celle de papa et de moi.

Un grand don d'amour qui s'offre à lui, mais Michel ne veut pas tendre la main. Sa mère lui en demande trop. Aimer Madeleine ? Non, ça jamais ! Elle ne voit pas, elle, comment on vit à la maison depuis que Madeleine est là. Même son père a changé. Plus rien n'est pareil. Brusquement Michel comprend que sa mère est comme toutes les autres. L'œuvre d'art qu'il croyait unique est recopiée à des milliers d'exemplaires. Il est déçu. Il se sent seul, sans idole vers qui se tourner. Il se renfrogne, fait semblant pour se protéger. Il se sauve de la caresse maternelle et se réfugie dans le fauteuil d'en face, sortant de son mutisme uniquement pour éviter les questions.

— Je comprends... Pardonne-moi maman si je t'ai fait de la peine. Je vais m'y faire, ne t'inquiète pas.

Catherine entend les mots sans y croire. Et la soirée qu'elle voyait toute joyeuse en est une d'inquiétude pour son fils. Elle se sent coupable, renoue avec l'inconfort de ne pas avoir su dire les choses. Pourtant, c'est Michel qui parle de faire du maïs soufflé, qui entraîne tout le monde à la cuisine. C'est en dévorant leur collation que Catherine apprend à quoi ressemble la vie au lac maintenant. Robert et Madeleine ont décidé de ne pas prendre de cours pendant l'été. Josée commence la semaine prochaine son travail de monitrice au camp de vacances de la plage. Isabelle est inscrite à un cours de voile et Michel aide à la maison. Puis les enfants sont repartis avec l'engagement formel de revenir le lendemain pour souper avec maman et Étienne.

Celui-ci est revenu peu après leur départ. Quand Catherine lui parle de Michel, il a bien un froncement de sourcils, mais c'est avec un sourire qu'il lui répond.

— Il ne faut pas prendre sa réaction à la légère, mais il ne faut pas dramatiser non plus. Il est à l'âge où tout prend des allures de catastrophe pour un oui et pour un non. Je vais essayer de lui parler. Je ne suis pas son père, et je n'ai jamais eu d'enfants, mais entre hommes, on devrait se comprendre. Ce qu'il faut c'est qu'il sache qu'il est ici chez lui. Après, je crois que les problèmes se tasseront d'eux-mêmes.

Puis ils se couchent, épuisés par le long voyage, par le trop-plein d'émotions. Ils s'endorment, leurs souffles et leurs corps entremêlés.

Madeleine, Michel
et les autres

19

La cloche de l'école de voile résonne tout au long des berges du lac, dans un tintement de vacances. Les arbres, au plus soutenu de leur verdure, en renvoient l'écho à tous les vents. Josée et Isabelle sautent dans le yacht pour se rendre au cours. Michel a rejoint des copains pour la journée. Allongée et immobile sur la plage, Madeleine surveille le départ des filles d'une fente de la paupière. « Enfin, quelques heures de silence », pense-t-elle en refermant les yeux.

Elle soupire profondément, lasse d'avoir à se confronter à elle-même continuellement. Elle n'est pas faite pour vivre dans ce perpétuel grouillement de personnes. Du réveil au coucher, constamment entourée de cris, de demandes, de disputes, de pleurnichements. En unissant ses pas à ceux de Robert, elle n'avait pas prévu que c'est toute la famille qu'elle aurait à remorquer derrière elle. Dans son esprit, il était incontestable que Catherine garderait la maison, les enfants. Elle le souhaitait, le voyait chose faite. Mais, dès son retour, l'évidence de son nouveau rôle l'avait prise à la gorge. Aucune issue possible : si elle voulait garder le père, elle devait aussi garder les enfants. Alors, sans hésitation, reniant ce qu'elle était foncièrement, cette célibataire endurcie avait repris la place laissée vacante de la cuisine à la chambre à coucher. On ne fait pas la fine gueule après vingt ans d'attente. Même si le vin tiré a un goût plus vinaigré que ce qu'on espérait. Elle le boira jusqu'à la lie, s'il le faut. Et, sans grimaces ! Le temps d'amener Robert à comprendre que la vie à deux pourrait être tout aussi belle. Mais, parfois, le temps lui semble long.

En se retournant paresseusement sur le ventre, elle aperçoit Robert qui vient vers elle. Tout lui plaît chez lui : son long pas élastique, sa moustache en bataille, ses cheveux en mèches rebelles. Elle tressaille de joie quand il s'assoit près d'elle. Oui, pour garder cet homme, elle est prête à bien des sacrifices.

— Les filles sont parties ? demande-t-il en voyant l'amarre qui flotte sur l'eau.

— Oui, au cours de voile.

Puis elle se retourne pour clore la discussion. Elle trouve déjà que les enfants prennent trop de place dans leur vie. Il ne faudrait tout de même pas qu'ils deviennent leur unique sujet de conversation. Comment pourrait-elle les aimer, eux qui lui font sentir qu'elle dérange à tous propos ? Comment pourrait-elle les accepter puisqu'ils sont les enfants de Catherine ? Ce n'est pas par cruauté qu'elle pense ainsi, mais c'est la frustration de longues années qui s'exprime.

Elle revient sur le dos et offre à Robert l'éclat de son sourire et la nonchalance de sa main qui flâne sur sa cuisse bronzée. Une grande partie de leur relation se joue à fleur de peau, à fleur de vie. Mais n'était-ce pas là ce qui manquait à leur entente ? N'était-ce pas là ce qu'ils recherchaient tous les deux ? Madeleine en est convaincue, car ils savent si bien se faire plaisir l'un l'autre.

L'astre du jour chauffe et fait penser folie. Et, près de Robert, Madeleine a toujours été un peu folle. En elle vibre une liberté d'être qui l'a séduit et elle le sait. Sans obligations ni attache véritable, Madeleine a toujours donné l'image d'une femme libérée. Cette femme sûre d'elle-même qui chatouillait les envies, celles de Robert comme celles de Catherine.

Les doigts insatiables de Madeleine effleurent toujours la cuisse de Robert. Puis son bras se tend, épouse la taille, la corsète étroitement pendant que sa bouche erre lascivement sur le ventre durci par l'excitation. Un jeu qui dure depuis toujours entre eux au plan des idées, des philosophies, du travail. Maintenant, ils explorent à nouveau l'avenue trop longtemps interdite, celle des sens et du plaisir.

Robert se laisse tomber sur le dos. Lentement, Madeleine lui retire son maillot et sa langue se fait plus précise. Robert se laisse faire, heureux de se sentir dominé par elle. Madeleine, c'est une femme passionnée, intense dans tout ce qu'elle fait et l'homme tiède qu'il est prend plaisir à découvrir la satisfaction suprême de se laisser consumer par cette rage de vivre, incapable de s'y soustraire, y trouvant une espèce d'exutoire à sa lassitude de tout. Lui, le maître absolu de la classe, l'homme intransigeant que l'on craint ou admire selon le cas, se vend pour une poignée de caresses.

À son tour, il tend la main et enveloppe un sein, joue avec lui, aime sentir sa pointe qui se durcit. Puis, tout à coup, il a un grognement, un froncement de sourcils qu'on pourrait prendre pour une expression de douleur. Mais ce n'est qu'un réflexe pour taillader le désir, prolonger le plaisir dans une recherche animale qui se contente d'un buisson pour abriter ses ébats. Tous les deux, côte à côte, ils se livrent à une sensualité lubrique sans paroles, sans pensées, qui ne s'exprime que par le geste. Une jouissance charnelle qu'ils poursuivent chacun pour soi, dans un pas de deux admirable et merveilleusement réglé. On se contente en jouant l'un contre l'autre, comme on le faisait à seize ans. Peau en sueur et paupières closes, ils redécouvrent la volupté au grand jour près du hangar. Les mains se cherchent maintenant pour mieux se guider sur les corps. On ne pense qu'à soi et au plaisir qu'on aura, qui vient, qui est là.

Épuisés, satisfaits, ils tombent soudainement chacun de leur côté. La sensualité les quitte peu à peu. Robert ouvre les yeux, cligne des paupières à cause du soleil qui est si fort ce matin, puis il s'étire longuement. Il regarde enfin Madeleine. Un instant, l'éclair d'un sourire qui retrousse sa moustache. D'un coup de reins, il remonte son maillot. Le buisson n'est plus assez touffu. Le monde entier pourrait le voir, le juger, se gausser de lui. Robert est déjà debout, la sagesse de ses quarante-trois ans finissant toujours par le rattraper.

— Tu viens nager ?

Il est redevenu celui qui commande, qui n'a qu'à vouloir. Sans attendre de réponse, il s'élance vers l'eau, disparaît sous le roulis, refait surface un peu plus loin, avançant à brasses puissantes. Madeleine le suit des yeux pendant un instant, puis se recouche, un vague sourire au coin des lèvres. Comme un attendrissement devant un enfant turbulent. Puis son visage reprend l'immobilité du marbre. Elle n'a pas envie de bouger, ni de se mouiller, ni de rien du tout. Et Madeleine fait toujours ce dont elle a envie.

Les filles sont revenues, puis reparties aussitôt pour aller voir leur mère. Robert a bien hésité avant de tendre ses clés, tenté qu'il était de les garder près de lui, de profiter ensemble de cette si belle journée d'été. Mais d'un regard coulé entre ses cils, Madeleine a consenti.

— Voyons, Robert ! Catherine n'est de retour que depuis quelques jours !

Il a baissé le front, un peu agacé de se dire qu'elle a raison. Elle a souvent raison Madeleine, ou plutôt, elle n'accepte pas d'avoir tort. Cela Robert le sait depuis toujours et il s'en amusait avant. Maintenant, ça le dérange un peu, bousculant les habitudes de confort auxquelles il tenait malgré tout. Il pousse un long soupir contradictoire en se disant que Madeleine, confrère, n'a pas perdu sa place. Une place qu'elle occupe en maître depuis toujours.

Car si au matin de leurs vingt ans Catherine avait volé une grande partie de la liberté de Robert, Madeleine, elle, était demeurée la maîtresse de ses pensées. Le jour des noces, ridiculement affublée de la robe de demoiselle d'honneur, Madeleine avait juré, en même temps que Catherine, qu'elle ferait tout pour le rendre heureux. Dans l'absolu de la jeunesse, elle se disait même prête à se contenter du deuxième rôle, puisqu'il lui permettait d'approcher le héros. Amie de Robert depuis l'enfance, copine de Catherine depuis des années, Madeleine était tout naturellement devenue le trait d'union dans leur vie. Et Catherine, et Robert, et Madeleine. Mais un jour, les enfants étaient venus. Douloureuse épine pour la jeune avocate, car ils étaient tout un univers entre Robert et Catherine. Un vase clos où elle n'avait pas accès. Alors ces enfants qui auraient dû venir d'elle, selon son entendement, étaient devenus l'objet de sa jalousie. C'est uniquement par amour pour Robert qu'elle avait joué le jeu de la tante gâteau, pour lui qui les aimait tant.

Leur couple étant semblable aux autres, Robert et Catherine avaient connu, au fil des ans, des différends et des froideurs. Il y avait les larmes de Catherine et les bouderies de Robert que Madeleine recueillait, confidente de l'un comme de l'autre. Comment aurait-elle pu résister à l'envie de se faire valoir ? Non par méchanceté ou pour le simple plaisir de les voir se déchirer, mais juste parce qu'on ne peut vivre sa vie en s'oubliant constamment pour le bonheur des autres. Elle ne contrôlait pas vraiment le poison d'une flèche anodine, d'une remarque acerbe ou d'une indiscrétion faite au nom de l'amitié. Lentement, au fil du temps qui passait entre eux, de regards en regards, de mots en mots. Des riens, juste une attitude qui faisait réfléchir.

Et pendant tout ce temps, elle guérissait son mal de désir en prenant des amants de passage, tous plus beaux les uns que les autres. Il y avait même eu Jean-Pierre qu'elle a presque aimé. Qu'elle aurait pu aimer s'il n'y avait pas eu Étienne. C'est en le voyant que sa vie avait été bouleversée. Si elle avait quitté le restaurant comme une voleuse ce soir-là, c'est que des larmes de soulagement lui montaient aux yeux. Se pouvait-il que ses fantasmes les plus fous puissent enfin se réaliser ? Alors le voyage était devenu pour elle un signe du destin et une nécessité absolue. C'est pourquoi, elle avait rompu avec Jean-Pierre, à la veille de son départ. C'est le cœur et le corps libres de toute attache qu'elle se donnerait à Robert. Sa fidélité envers lui allait jusque-là. À Boston, elle n'avait eu aucun scrupule à être l'indispensable, l'unique. Catherine n'avait-elle pas admis qu'elle n'était pas l'épouse heureuse que l'on croyait ? Madeleine n'avait dorénavant aucune raison de taire son amour silencieux. Et Robert avait compris et partagé. Madeleine occupe enfin la place qui aurait dû être la sienne depuis toujours. En elle, il ne subsiste qu'une seule crainte, celle de le voir repartir, s'éloigner d'elle à cause des enfants. Elle sait que c'est par l'avenue de sa paternité qu'il suivrait son chemin s'il devait faire un choix. Alors, sans aucune aptitude pour le rôle, elle joue la mère pour garder le père. Elle l'encourage, lui prouve que le bien des enfants passe par la stabilité qu'il leur offre.

— On ne déracine pas de jeunes pousses, se plaît-elle à lui répéter.

Et elle, la femme qui n'a jamais eu à comprendre l'enfance, se transforme en fine psychologue pour en parler avec Robert. Elle en ressort auréolée de prestige à ses yeux. Il se ferme donc volontairement à la tristesse qu'il lit parfois dans le regard de ses enfants. Comme le dit si bien Madeleine, l'adaptation ne peut se faire en un jour. Ils finiront bien par admettre ce changement, par consentir à ce nouvel ordre des choses. Même Catherine l'a accepté. Après quelques tentatives pour obtenir la garde des enfants, elle n'est jamais plus revenue à la charge. C'est donc qu'elle leur donne raison. Merveilleuse Madeleine ! Pour lui, elle joue l'enthousiaste cherchant délibérément à être le contraire de Catherine. C'est par les larmes et les jérémiades qu'elle a perdu son mari, alors Madeleine ne se plaint jamais. Ni des enfants qui sont une corvée, ni de cette maison où elle sent la présence de la rivale dans chaque bibelot.

Robert revient d'une seconde baignade, se secoue comme un jeune chien. La journée avance, mais reste chaude. Une journée à deux, comme Madeleine voudrait qu'elles soient toutes. « Une journée comme à Boston », pense-t-elle en se levant pour venir le rejoindre. Et, pourquoi pas ? Boston, c'est peut-être la solution rêvée pour eux… Elle sait que l'offre de Bill est une forte tentation pour Robert. Peut-être la seule chose qui l'amènerait à quitter la maison du bord du lac et les enfants. Alors elle s'applique à faire miroiter le rêve le plus souvent possible, mais discrètement, pour ne pas avoir l'air de s'acharner. Il faut que la décision vienne de lui pour qu'il ne regrette rien.

Robert est resté sur le bord de l'eau. Face au lac, jambes écartées et poings sur les hanches, il l'admire. Madeleine arrive à sa hauteur, glisse son bras sous le sien.

— Que dirais-tu d'un petit apéritif ? Par une si belle journée, il me semble que cela s'impose.

Et, sans attendre de réponse, elle s'envole vers la maison, en revient rapidement avec un demi-sourire. Elle est emballée par l'idée qu'elle vient d'avoir.

— Robert, que dirais-tu si on invitait Marc à venir passer un bout d'été avec nous ?

Marc, c'est aussi Boston. C'est un peu l'insouciance et, assurément, la vie loin d'ici. Peut-être qu'en sa présence l'envie de Harvard deviendra tentation irrésistible ? Robert embarque avec une joie évidente dans le projet.

— La bonne idée que tu as là. Je vais l'appeler dès ce soir.

Puis, un peu plus tard, ce sont les filles qui appellent pour dire qu'elles restent souper chez Catherine et que Michel doit les rejoindre. Ils ont une longue soirée à deux où ils font des tas de projets pour l'été qui commence. Marc, bien entendu, a accepté avec plaisir de se joindre à eux pour ses vacances. Il sera là la semaine prochaine. Que des choses agréables devant eux ! Ils montent se coucher très tôt. Avant même le retour des enfants. Il n'y a pas si longtemps, Robert ne se couchait jamais avant le retour de ses enfants.

Le lendemain, Josée est la première à se lever. L'inquiétude a troublé son sommeil et précipité son réveil. Hier au souper, Michel brillait par son absence malgré sa promesse de les rejoindre. Catherine s'est montrée inquiète et l'a enjoint de la tenir au courant. De loin, comme elle a dit, elle peut difficilement intervenir. Ensemble, avec Étienne, ils ont discuté de la possibilité de trouver une maison qui pourrait convenir à toute la famille. Oui, Josée admet qu'elle aimerait mieux vivre avec sa mère et elle sait qu'Isabelle et Michel partagent ses envies. Avec Catherine, la vie serait plus normale. Madeleine, ce n'est pas une mère, et avec elle, son père est de moins en moins un père. Josée le regrette profondément et Michel en profite largement. Ce matin, ses soupçons se confirment : son frère n'est pas entré se coucher.

Avec un semblant de soulagement, elle songea qu'enfin son père ne pourra plus faire la sourde oreille à ses inquiétudes. Elle ne reconnaît plus son frère depuis quelque temps. Il est distant, absent de plus en plus souvent, différent du boute-en-train qu'elle aimait. Mais personne ne l'écoute à la maison lorsqu'elle dit que Michel n'est pas dans son état normal. Madeleine pose à l'autorité en affirmant qu'il est tout à fait naturel, à cet âge, d'avoir envie d'un peu plus de liberté. Son père emboîte le pas, trop heureux de voir que son fils ne tourne pas en rond en se lamentant qu'il ne sait que faire de ses journées. Il n'y a que sa mère qui la prenne au sérieux. Peut-être que maintenant, devant l'absence de Michel, son père aussi va enfin s'ouvrir les yeux ?

C'est avec soulagement qu'elle accueille Robert et Madeleine qui descendent pour déjeuner.

— Papa, Michel n'est pas encore rentré. Je n'aime pas cela.

Un soubresaut d'impatience se glisse dans la moustache. Robert croit entendre Catherine qui gémit avec ses inquiétudes ! C'est Madeleine qui s'empresse de répondre.

— Allons, allons, Josée ! Je crois que tu t'en fais pour rien. Cela arrive souvent qu'un garçon de cet âge ait envie de découcher. C'est l'âge des premières amours, des premières tentations. Il va falloir que tu t'y fasses. Michel n'est plus un gamin en culottes courtes, ma pauvre fille. Tu vas devoir apprendre à le considérer comme un homme… Tu vas voir ! Il va nous arriver tout rouge d'excuses inventées. Et nous, nous allons faire semblant de le croire pour ménager sa susceptibilité. Et j'espère que tu vas en faire autant. Il ne faut surtout pas y voir un drame.

Avant tout, c'est elle-même que Madeleine cherche à rassurer. Des trois enfants, c'est Michel qui lui fait le plus peur. Il ressemble tant à Catherine. Elle n'arrive pas à se rapprocher de lui, à lui parler. Ne serait-ce que pour les choses banales du quotidien. Il reste une énigme à ses yeux, sa plus grande inquiétude. Alors, pour ne pas se le mettre carrément à dos, elle approuve tout ce qu'il dit, tout ce qu'il fait. Elle lui trouve même des excuses pour éviter un affrontement.

Josée n'est pas idiote ! Elle sait que son frère a besoin d'aide. Alors, quand elle entend l'interprétation de Madeleine, elle ne peut réprimer un soupir de colère. Mais comment, comment fait-elle pour toujours se donner l'air d'avoir raison ? Même son père, qu'elle a toujours cru clairvoyant, n'y voit que du feu. Devant l'impatience de Josée, Robert aussi a un frisson de colère. Elle l'indispose. À cause d'elle, on va avoir droit à un autre matin sous le signe de la mésentente. Et finalement, ce qui se passe avec son frère ne la regarde pas. Sa réponse, à lui, sort sèche comme le vent du désert.

— Josée, ça me ferait un plaisir immense si tu cessais de nous rabattre les oreilles avec tes inquiétudes au sujet de Michel. Ce n'est pas la première fois que je te dis que ça ne te regarde pas. Tu commences à me taper sérieusement sur les nerfs. On sait ce qu'on a à faire Madeleine et moi, d'accord ? Et puis, je te ferais remarquer que ça m'arrivait à moi aussi de découcher à seize ans et ça ne m'a pas empêché de devenir un adulte responsable.

Josée ne répond pas, mais bouscule sa chaise pour se relever. Madeleine a une inquiétude dans l'œil. Robert n'est-il pas allé trop loin ? Il n'y a qu'avec Josée qu'elle arrive à entretenir des rapports quasi normaux. Il ne faudrait pas que Robert la monte contre elle.

Une longue tension flotte dans le silence qui a suivi l'exposé de Robert. C'est à cet instant que Michel fait son apparition. Le regard narquois de Robert n'échappe ni à Josée, ni à Madeleine. Michel a l'air fatigué, les mains tremblantes et les yeux rouges. Son père l'attaque de plein front.

— Peux-tu bien me dire où tu étais, toi ? Espérais-tu que ton absence allait passer inaperçue ? Tu n'es pas à l'auberge, ici. J'aimerais que tu ne l'oublies pas.

— Excuse... Excuse-moi papa. Je ne voulais pas vous inquiéter, mais... mais hier on a pris quelques bières et j'ai trouvé dangereux que Martin vienne me reconduire dans l'état où il était. Il... il était un peu tard pour prévenir... Je... Je... Me voilà.

Robert a un regard inquisiteur. Mais l'explication est logique et d'autant plus raisonnable. L'exagération du geste est compensée par la sagesse de la décision. Son fils n'est pas en danger, comme le croit Josée. Il se lève et vient à lui.

— Raisonnement sage, Michel. Mais si cela se reproduit, appelle ! Quelle que soit l'heure, tu m'as bien compris ? Ou nous irons te chercher ou nous serons rassurés.

Trop heureux de s'en tirer à si bon compte, Michel acquiesce en souriant.

— OK papa. Je promets... Et merci de ne pas m'en vouloir.

— Bien sûr que je ne t'en veux pas. Mais cela ne veut pas dire de te mettre à boire comme un ivrogne. Il y a un monde entre une erreur occasionnelle et une cuite quotidienne. J'espère qu'on se comprend bien.

— Oui, bien sûr... Ne t'inquiète pas. Est-ce que je peux monter maintenant ? J'ai... J'ai mal à la tête et j'aimerais bien dormir encore un peu.

C'est l'éclat de rire de son père qui l'accompagne jusqu'à sa chambre, où il se réfugie.

Pourtant Josée n'est nullement convaincue. Elle n'aime le regard vague de Michel. Lui qui était si direct, si spontané... D'emblée, elle en veut violemment à Madeleine. C'est de sa faute si son père se montre si négligent. Elle sait qu'avec Catherine, la situation n'en resterait pas là. Sa mère n'accepterait jamais de voir Michel entrer dans cet état. Malgré toutes les meilleures explications du monde ! En se retournant, elle voit le sourire de Madeleine. Son sourire de victoire facile. Alors Josée entre dans une colère froide. Si c'est la guerre que ça prend pour réveiller son père, ils vont l'avoir. Michel en est l'enjeu.

Appuyée contre le comptoir, Josée fait délibérément obstacle au grille-pain. Madeleine s'approche, mal à l'aise, une tranche de pain à la main. Josée la regarde venir, presque méprisante. C'est la première fois qu'elle se sent de taille à affronter la grande Madeleine. En ce moment, il y a deux femmes face à face. Assurance du corps et assurance du cœur. Robert qui connaît bien sa fille sait que l'orage menace. Il se replie derrière le paravent de son journal. Il n'a aucune envie d'intervenir. Elles sont toutes deux en âge de se défendre.

— Ôte-toi de là, Josée. Je veux me faire une rôtie.

Madeleine ne se contrôle plus. Depuis des mois qu'on lui fait sentir par toutes les façons qu'elle n'est qu'une indésirable ; ce matin la coupe déborde. Tant pis pour Robert, tant pis pour tout. Mais Josée est toutes griffes dehors. Une lumière dorée danse dans la fente de ses yeux.

— S'il vous plaît…

Madeleine recule d'un pas, surprise de l'attaque. Sa main tremble un peu, ce qui n'échappe pas à Josée qui se redresse encore davantage. Mais ce n'est pas la première fois que Madeleine a à se défendre. Elle riposte, arrogante.

— Pardon, ma petite ?

Son mépris n'atteint pas Josée. Elle est forte de toute l'inquiétude qu'elle a pour son frère. Elle devient méprisante à son tour. Elle sait manier les mots, Josée, et connaît la manière de les dire. D'une voix suave, elle riposte.

— Quand on est poli, on dit s'il vous plaît.

Madeleine ne répond pas. Elle comprend subitement que Josée est en train de lui signifier qu'elle n'est pas chez elle. Ici, c'est encore la cuisine de Catherine. C'est précis et net. Madeleine n'est pas maître de la situation. L'a-t-elle déjà été ? En elle gronde la rage de voir que tous ses efforts n'ont servi à rien. Alors, autant par provocation que par défense, sa main s'élève et s'abat, en un éclair, sur la joue de Josée. Sur-le-champ, elle comprend l'erreur qu'elle vient de commettre. Les longs cheveux blonds de Josée balaient l'affront et posent une fraîcheur sur sa figure. Mais elle n'a pas cillé. Un pli victorieux creuse le menton à fossettes. Madeleine a perdu pied et s'est abaissée au rang de simple courtisane. Finie la grâce de son impeccable maîtrise d'elle-même. Josée quitte la cuisine d'un pas lent. Aussitôt, un nez se glisse au-dessus du bouclier de papier journal.

— Tu n'aurais pas dû, Madeleine. Même si elle le méritait, tu n'aurais pas dû.

Ambivalence du discours et des sentiments. L'homme et le père se disputent un instant, puis préfèrent oublier l'incident. Pourtant, tout au fond de lui, jaillit la nostalgie des matins calmes à l'odeur de café et de pain grillé. Pendant une seconde, l'ennui de Catherine se fait presque violence. Ébranlé par cette sensation d'inconfort, il replonge dans l'anonymat rassurant de ses nouvelles.

Madeleine, en se retournant vers lui, se brise le regard sur le papier toujours déployé. Elle a un soupir de soulagement. S'il se cache ainsi, c'est qu'il n'accorde pas trop d'importance à l'incident. Elle pointe le menton et refait un sourire, juste pour lui. Du bout de ses longs doigts, elle repousse la feuille de papier et plonge la flamme de son regard dans l'eau calme et placide de celui de Robert. Elle, qui sait si bien provoquer l'ébullition, se fait toute douceur.

— Pardonne-moi, je ne sais pas ce qui m'a pris. La fatigue, sans doute... Je vais m'excuser auprès de Josée. Elle ne méritait pas ce que j'ai fait.

Alors le journal se replie et vient se ranger contre l'assiette. Il n'est plus d'aucune utilité. La moustache se retrousse et le pli entre les sourcils s'efface pendant que le claquement des sandales quitte la cuisine pour venir mourir contre la porte de Josée. C'est une voix qu'elle veut amicale qui accompagne le grattement sur la porte.

— Josée ? C'est moi, Madeleine. Est-ce que je peux entrer ?

Elle entend un grognement et le bruit d'une chaise que l'on repousse. La porte s'ouvre lentement et très peu.

— Qu'est-ce que tu veux ?

— M'excuser. Je ne sais pas ce qui m'a pris.

C'est beaucoup pour Madeleine que de dire ces quelques mots, même si elle n'a pas tellement le choix. Mais c'est trop peu pour Josée. Madeleine le saisit rapidement au silence qui succède à ses paroles. Alors elle tend la main vers Josée et la pose sur son bras.

— Tu sais, Josée, ce n'est pas facile pour moi. La maison, le travail, vous tous... C'est si nouveau, si différent de tout ce que j'ai connu. Seule, je n'y arriverai pas. J'ai besoin de votre aide. J'ai besoin de toi, Josée.

Paroles difficiles à prononcer pour l'orgueilleuse Madeleine. Celle qui se vante de toujours s'en sortir seule. Il n'y a que pour Robert qu'elle soit prête à jouer les contrites.

Josée regarde la main de Madeleine posée sur son bras. À peine un effleurement, pourtant il la brûle. Elle a l'impression de trahir sa mère. Le silence s'incruste. Josée hésite encore. D'abord une gifle et maintenant la même main qui se tend vers elle. Josée, si elle n'est pas rancunière, n'arrive pas à faire confiance. Elle est prête à oublier l'affront, mais sans plus.

— D'accord pour cette fois. Je m'excuse, moi aussi.

La porte se referme sur ces mots. Madeleine a un soupir de soulagement. Mais elle sait qu'elle va devoir rester sur ses gardes. Rien n'est encore acquis. En redescendant, elle repense à Harvard. Oui, il n'y a que ce départ qui pourrait mettre un terme à la vie insensée qu'elle doit mener ici. En entrant dans la cuisine, elle se jure qu'en septembre elle et Robert seront partis. Elle va remettre la maison à Catherine avec tous ceux qu'elle contient. Tous sauf un.

20

Ce soir, Michel n'a pas envie de rejoindre les copains. Maman est de retour et il ose croire qu'avec elle, il saura reprendre pied. Il n'est pas très fier de son comportement des derniers temps. Ni de son attitude envers elle quand elle lui a dit vouloir vivre avec Étienne. Il peut comprendre qu'elle ait envie d'un peu de bonheur, elle aussi. Et ce soir, il a envie de le lui dire. Il a envie aussi d'entendre dire qu'on l'aime.

Il frappe un coup timide à la porte, puis un second plus vigoureux. Mais il n'y a pas de réponse. Dans sa déception, il donne un grand coup de pied contre le mur. Chez lui, la colère finit toujours par l'emporter. Il repart, les épaules voûtées. Ici aussi, on l'abandonne. Il ne reste qu'avec la bande de copains où il soit toujours le bienvenu. Parce qu'il dérange, Michel, avec ses ambitions de bonheur qui ne ressemblent plus à celles des autres. Quand lui a-t-on demandé son avis ? Qui se préoccupe de savoir ce qu'il ressent ? Personne, jamais personne. Il n'a qu'à accepter ce qu'on lui propose. Il a sincèrement essayé de faire la part des choses, mais il en est incapable. Alors, puisqu'il semble que rayer le passé soit à la mode, Michel a décidé d'en faire autant. Il a commencé par balancer ses copains de toujours, exaspéré qu'il était par leurs regards curieux et leurs questions indiscrètes. Avec sa facilité à trouver le mot pour rire et sa nonchalance à jouer les durs, il s'est vite taillé une place dans une nouvelle bande. Ici, on admire son sang-froid et on loue sa placidité. Avec eux, il retrouve cette adulation qui le poussait, jadis, à être meilleur. À dix-sept ans, ses nouveaux amis ne peuvent comprendre son regard blessé ni deviner ce qui se cache derrière son indifférence blasée. Dans la bande, c'est Michel qui est le fort, le dur. Avec sa moustache et ses traits anguleux, il peut facilement passer pour un homme. C'est toujours vers lui qu'on se tourne pour se procurer de la bière et de la drogue. Il peut fréquenter les bars sans jamais être dérangé. Il a vite appris à repérer les visages et il sait marchander. Et personne ne se doute de rien à la maison. Sauf, peut-être, Josée. Mais peu lui importe. Maintenant, à la maison, c'est Madeleine qui décide et elle semble fort aise quand il s'en va. Alors, le jour, il joue à l'enfant docile : tondre la pelouse, couper les haies, laver la voiture... Et, le soir, il retrouve la bande pour s'amuser avec eux : prendre un verre, fumer un joint, sauter une fille. On a voulu régler sa vie, mais ils vont voir que lui, Michel, il n'avait pas dit son dernier mot.

Quand juillet est arrivé, la touffeur de l'air a facilement rejoint l'esprit de Michel. L'immobilité que les grandes chaleurs posent sur les choses convient à sa pensée fatiguée. À la maison, les relations sont plus tendues. Michel ne cherche même plus à être poli. Madeleine sait très bien qu'il la déteste et elle l'évite. Quant à son père, il semble satisfait tant qu'il se montre disponible pour les corvées. Il a bien vu que son arrivée remarquée de l'autre matin a modifié les humeurs, mais il n'en tient pas compte.

Puis un beau soir, papa a parlé de voyage à la mer et l'impatience des derniers jours s'est volatilisée comme par enchantement. Madeleine papillonne, emballée par l'idée. Comme Catherine, les années passées. Toute la maisonnée frémit de plaisir, oubliant subitement les rancœurs et les tensions. La mer… Michel regarde de loin, participe d'un éclat de rire à l'euphorie générale. La famille est morte, vive la famille. Il déteste Madeleine. Il les déteste tous.

Puis Marc est arrivé avec son grand rire face à tout, sa désinvolture naturelle, sa simplicité devant les disputes, ses bonnes idées pour occuper le temps. Rapidement, les filles ont embarqué dans la roue de la bonne humeur. Papa a retrouvé son calme imperturbable et Madeleine son rire grinçant. Seul Michel hésite. Pourquoi faire confiance à cet oncle qu'il ne voit que rarement ? Il entend les éclats de bonne humeur, mais lui, il n'a plus envie de rire avec eux.

Alors à chaque soir, il se dépêche de rejoindre les amis parce qu'avec eux il arrive encore à rire. Ils sont sa nouvelle famille et Martin est son frère.

Le jour se lève à peine. Un rayon en diagonale, encore pâlot, frappe un coin de la table, le transforme en décor, l'isole du reste de la cuisine. Michel, la tête appuyée sur un bras, somnole. Il vient tout juste d'arriver et n'a pas eu la force de monter à sa chambre. Il s'est affalé sur la chaise, invité par le halo qui l'habillait.

« Juste un instant, un tout petit instant. Après, je regagne ma chambre. Il faut qu'on croit que j'y ai passé la nuit. Il faut absolument qu'on croit… »

Sa tête se vide peu à peu. C'est si fatigant de penser et Michel est épuisé comme à chaque fois qu'il prend des drogues plus fortes. Il plonge dans le vide jusqu'à n'être plus rien. Un grand vide qui l'engloutit et qui, invariablement, se transforme en formidable nausée qui le réveille. Mais Michel se fout des réveils.

Il s'est endormi dans le rayon de soleil. Ses boucles cuivrées dansent dans la lumière tamisée du petit jour. La pièce est calme et la clarté immobile. Michel a un dernier tressautement des épaules. Lentement, son corps se détend et les muscles s'affaissent pendant que sa respiration se fait profonde. Un premier ronflement et une main qui glisse sur son genou, échappant les clés qu'elle maintenait silencieusement. Le tintement est insolite, énorme dans la maison endormie. Il se répercute contre les murs et heurte le plafond. Une planche craque, un clou éclate et le silence revient. Mais plus fragile, comme fêlé, laissant tous les sons pénétrer la maison qu'on vient de réveiller.

Marc, couché dans le salon, se retourne en grognant. Les oiseaux font à présent un vacarme assourdissant qui entre par la fenêtre grande ouverte. Il grogne encore, fronce les sourcils, se frotte le nez et repousse les couvertures. Il fait chaud et humide. L'absence d'air le recouvre d'une pellicule d'inconfort. Il ouvre un œil assoiffé. La distance qui le sépare de la cuisine le fait se retourner contre le mur. Pourtant les oiseaux exagèrent leur chant et la soif lui dessèche la gorge. Une brève indécision accompagne un long bâillement de paresse, puis il se lève. Une autre planche gémit sous ses pas et la clarté de la cuisine le fait cligner des paupières. C'est alors qu'il aperçoit Michel. Une forte odeur d'alcool et de sueur surcharge l'air déjà rare. Marc va à l'évier et se prend un verre d'eau. Ensuite, il s'approche de Michel et le contemple un instant, rempli de pitié. On dirait un enfant abandonné et sale ou un vieillard édenté qui cuve son vin. Marc lui secoue délicatement l'épaule. Un tressaillement excessif, une haleine fétide, un regard craintif. Michel est brutalement extirpé de son sommeil. Un long frisson le fait frémir. C'est à ce moment qu'il entrevoit Marc, penché sur lui. Il a un sourire qui ne dupe personne.

— Pas chaud, ici. Je... Je ne voulais pas déranger... Je crois que je vais monter à ma chambre.

— En effet, tu serais mieux dans ton lit. Tu n'es pas très beau à voir.

— Ce... C'est à cause de... On a pris quelques bières hier. Avec les copains... Ça... Ça arrive de temps en temps. Papa ne... Papa est au courant. Il dit que c'est pas trop grave.

— Pas trop grave ? Ouais, on en reparlera. Pour l'instant, je vais t'aider à monter.

Michel est tenté de s'appuyer sur le bras offert à cause de la grande lassitude qui ne veut pas le quitter. Il a un autre bâillement pendant que sa main tremblante frotte ses paupières. Puis il redresse les épaules. Marc ne doit pas s'inquiéter. Sinon son père le saura et, cela, il ne le veut surtout pas.

— Pas besoin que tu m'aides. Je suis capable de monter seul. Il ne faudrait quand même pas exagérer.

Il se relève chancelant ; il faut qu'il tienne debout. Marc ne doit pas s'en faire pour lui. Personne ne doit savoir. Alors il s'oblige à marcher posément. « Allons, vas-y doucement. Lève la tête et marche droit. C'est pas si difficile de partir de la cuisine pour se rendre à l'escalier. Vas-y, tu y es... Là à gauche. Monte maintenant. Non, non ! Pas la rampe. N'oublie pas : tu n'as pris que quelques bières. »

Michel monte l'escalier péniblement, une marche à la fois. Épuisé, complètement vidé, il se laisse tomber sur son lit. Aussitôt, le sommeil le ravit à ses inquiétudes.

Marc n'a rien fait pour le soutenir. La colère lui a fait serrer les poings et la pitié fermer les yeux. Ce n'est pas quelques bières prises le soir précédent qui peuvent causer un tel effondrement. Michel le grand rieur, le désinvolte… Marc revient au salon, se recouche. Mais le sommeil se refuse à lui, courtisane capricieuse qui joue les indécises, qui a les yeux de Michel. Le médecin en lui est inquiet. « Comment se fait-il que Robert n'ait rien vu ? Qu'il ne sache rien ? »

Incapable de se rendormir, Marc enfile un jeans et sort sur le balcon. Une bonne brise s'est levée et ride la surface de l'eau en faisant chanter les arbres. L'air est stimulant, après la nuit torride qu'on a connue. Marc s'arrête sur la galerie et prend quelques bonnes respirations, les bras en croix. Puis, en courant, il descend vers la plage, bifurque au dernier moment et vient s'asseoir sur le quai. Que de souvenirs, que d'années en arrière ! Lui aussi s'est remis de nombreuses cuites au même endroit, confiant ses malaises et ses bonnes résolutions à ce même lac. Et alors ? Michel n'est-il pas rendu à ce moment de l'adolescence où il est bien difficile de dissocier liberté et devoir ? Un jeune qui découvre et qui paie pour apprendre ? Oui et non. Le malaise subsiste, le fait soupirer d'indécision. Va-t-il venir encore une fois se mêler de la vie d'un autre même si cet autre est son neveu et qu'il se sent obligé d'en parler à Robert ? La vie lui semble bien fragile, cet été, dans la maison du lac. Il ne veut surtout pas contribuer à envenimer les rapports entre ses habitants. Alors ? Il s'était bien promis de ne plus jamais tenter d'aider les autres quand il n'était pas vraiment concerné. Surtout après ce qui s'est passé à Boston. Il a profondément regretté les quelques mots qui avaient mis fin à l'incertitude de son frère. Quand il a appris que Catherine était retournée vivre chez sa mère, il avait compris qu'il avait parlé sur une intuition basée uniquement sur des apparences. Une terrible méprise... Mais il était trop tard pour revenir en arrière.

C'est pourquoi ce matin, devant le lac qui pétille de joie et de soleil, il se demande ce qu'il doit faire. Il a peur de se tromper à nouveau, de blesser Michel encore plus gravement. Peur, aussi, de heurter Robert. C'est lui le père, il doit savoir ce qu'il a à faire. Et Michel a dit qu'il savait.

Puis, il repense au voyage qu'ils doivent entreprendre dans deux semaines. N'est-ce pas là l'occasion rêvée pour observer son neveu ? Non, finalement, il ne dira rien. Pas pour l'instant. Il préfère attendre, pour être certain de ce qu'il avance et essayer de comprendre ce qui pousse Michel à agir ainsi. Et s'il voit qu'il ne s'est pas trompé, il parlera. À Robert, bien sûr, mais aussi à Catherine. Depuis qu'il est ici, il se rend compte à quel point elle manque à l'âme de cette demeure. Robert l'a complètement écartée de sa vie. Personne n'ose parler d'elle. Comme si on en avait peur. Avec lassitude, il remonte vers la maison.

Toute la journée, il a épié Michel. Il a remarqué ses regards fuyants et ses bouderies. Il a senti que les rires de Josée sonnaient faux et admis qu'Isabelle n'était plus l'enfant taquin qu'il connaissait. Et ces cernes sous les yeux de Madeleine… Comment se fait-il qu'il ne les ait pas vus avant ? Brusquement, il lui semble évident qu'il y a un manque de complicité dans l'air, une lourdeur indéfinissable. Dans cette maison qu'il appelait la maison du bonheur, il comprend subitement que c'est Catherine qui était l'artisan du bien-être de chacun.

Le soir venu, désireux de prendre un certain recul, il annonce qu'il s'offre une virée de célibataire.

— Question de me retremper dans mon ancien milieu. Ne m'attendez pas… J'en ai sûrement pour une bonne partie de la nuit.

Il fait montre d'un enthousiasme forcé, car le cœur n'y est pas. Il s'arrête dans le premier bar ouvert. Un coin nouveau qu'il ne connaît pas. Il est encore tôt et l'endroit presque désert à l'exception de quelques jeunes qui discutent, un verre à la main. Comme Michel doit le faire, probablement. Il se tourne à demi et s'amuse à fixer le groupe de jeunes qui parlent fort, rient et s'apostrophent. Une image normale presque rassurante qui le ramène à sa propre jeunesse. Rien de nouveau ni de surprenant. Marc n'a aucune sensation de malaise devant ces jeunes. Alors d'où lui vient cette hantise devant Michel ? Son regard trouble, ses mains tremblantes, le fait qu'il soit son neveu ? Autour de Michel, il y a une odeur de mensonge, Marc en est persuadé. Ce n'est pas le fait qu'il boive qui l'agace à ce point. Mais plutôt la manière et la raison.

Le bar s'emplit tranquillement. La musique se met en branle, bruyante, assommante. Distraitement, Marc regarde les quelques couples qui ont envahi la minuscule piste de danse. Il les trouve beaux. Un peu plus et il se laisserait envahir par la nostalgie d'une jeunesse partie trop vite. Le vieux célibataire qu'il est envie cet espoir devant la vie. « S'ils m'entendaient, ils me traiteraient de sinistre voyeur, pense-t-il amusé. Pourtant, merde, que j'aimerais me retrouver à leur âge ! »

En regardant autour de lui, Marc s'aperçoit qu'il est probablement le plus âgé. Il n'est pas à sa place dans ce bar où des jeunes s'amusent à jouer aux adultes. On le regarde même du coin de l'œil, se demandant probablement ce qu'il fait là. Marc a un sourire moqueur pour lui-même. C'est qu'il est bien ici. Il prend plaisir à admirer cette jeunesse et se revoit à leur âge. Il y a vingt ans… Et dans trente ans d'autres jeunes feront la même chose, s'imaginant être les premiers à défier le monde et ses conventions. Incapable de se décider à partir, Marc se retourne pour commander un dernier verre. En relevant la tête pour payer, il se heurte à un reflet de Michel dans la glace qui surplombe les bouteilles. Un Michel animé, aux joues empourprées, qui ressemble davantage au garçon qu'il connaissait. Il argumente et discute vivement avec un étranger.

Un homme entre deux âges, bien mis. Michel gesticule, parle des mains et de la bouche. Il semble bien virulent celui qui les étouffe de tiédeur à la maison. La musique est assourdissante, l'atmosphère brusquement suffocante. Le reflet continue à s'agiter et à grimacer. Marc en oublie de boire son verre et observe le film muet de cette conversation. Puis Michel se lève et quitte le bar. Marc est paralysé par l'indécision. Doit-il le suivre ? Quand il voit l'inconnu se lever à son tour, c'est par instinct qu'il lui emboîte le pas. Il n'a que le temps de voir Michel et l'inconnu s'engouffrer dans une voiture. Brève et fulgurante certitude de deux regards qui se croisent presque sans se voir. Alors, sans plus hésiter, Marc se dirige vers son auto. Brusquement, c'est chez Catherine qu'il a envie de finir la soirée. Il sait qu'elle habite maintenant au Samuel Holland. « Dans dix minutes, je devrais être là. »

Catherine semblait l'attendre. Lui ou un autre, qu'importe. Elle a un large sourire quand elle lui ouvre la porte. Elle est seule.

— Marc ! La bonne surprise. Entre ! Je suis si heureuse de te voir.

Un bonheur partagé, mais teinté de gêne pour Marc. Il rougit un peu en lui tendant la main. Ils ne se sont pas revus depuis l'été dernier. Lui a-t-elle pardonné ? Catherine semble deviner son tourment. Sans hésiter, elle prend sa main entre les siennes. Elle a appris que de dire les choses facilite la vie.

— Mon pauvre Marc ! D'où te vient ce visage long comme un jour sans pain ? Si tu penses à ce que tu as dit à Robert, ne t'en fais pas. C'est oublié. J'avoue qu'il y a eu un moment où je te vouais au diable. Mais c'est bien fini. De toute façon, si tu as précipité les choses, tu ne les as pas provoquées. Cela serait arrivé à un moment ou à un autre. Tu n'y es pour rien.

Il y a une grande sérénité dans la voix de Catherine. Marc est soulagé en se disant que la complicité n'est peut-être pas morte entre eux. Ils ont toujours été heureux de la compagnie de l'autre.

— Merci, Catherine. Je… Je ne voulais pas, tu sais. Je… Oh, et puis merde ! Je t'aime beaucoup.

— Moi aussi Marc, je t'aime beaucoup.

Et sur ce, Catherine éclate de rire.

— Ma parole, on est en train de se faire une déclaration dans les règles. Que dirais-tu d'une bonne limonade pour arroser le tout ?

— Bonne idée. Avec cette chaleur.

Marc trouve que Catherine a changé. Elle lui semble plus forte, plus calme. Il la trouve encore plus belle.

Ils s'installent confortablement dans le salon et retrouvent spontanément cette facilité de langage qui a toujours existé entre eux. Ce qu'on devient, ce qu'on fait, ce qu'on espère. Catherine est à dire qu'elle cherche une maison ou un appartement plus grand.

— Tu sais, Marc, je ne passerai pas le reste de ma vie à voir les enfants une fois de temps en temps… Je m'ennuie tellement !

Trois mots et il comprend facilement ce que doit être la vie pour elle, loin d'eux. Ils sont toute sa raison d'être et on lui demande de fonctionner quand même. Les enfants… Il sait à quel point elle les aime.

— Je crois bien que tu n'es pas la seule à t'ennuyer.

La tristesse qui s'était glissée dans le regard de Catherine se change aussitôt en inquiétude. Même à distance, la mère n'a rien changé à ses attitudes. Marc n'a encore rien dit, mais elle sait qu'il va lui parler de Michel.

— C'est Michel, n'est-ce pas ?

Alors Marc se dit qu'il a eu raison de s'adresser à elle. Catherine saura sûrement ce qu'il doit faire.

— Oui, c'est Michel. Savais-tu qu'il boit ?

Catherine se redresse vivement. Michel, boire ? Une douleur fulgurante lui traverse le cœur. Michel, son Michel… Pourquoi ? Comment se fait-il que Robert le laisse faire ?

— Non, Marc, je ne le savais pas. Il vient si peu me voir. Je pensais bien naïvement qu'il boudait… Tu sais, il n'a pas très bien pris le fait que je décide de vivre ici. Mais je ne le croyais pas malheureux. Choqué oui, mais pas malheureux… C'est ma faute, j'aurais dû mieux expliquer. Peut-être même attendre… Pauvre Michel ! Si tu savais, Marc, comme je trouve difficile d'être mère à distance. Quand je suis revenue d'Afrique, je croyais que tout allait changer. Pour Étienne, c'était facile: l'hôpital, les patients. Il a repris sa vie là où il l'avait laissée en partant. Mais moi ? C'est des enfants dont j'ai besoin pour être heureuse. Étienne a beaucoup de bonne volonté, mais je sais que ça ne suffira pas. Il y a Robert aussi et il refuse catégoriquement de me parler. J'ai essayé, mais ça ne donne rien. Et j'ai peur de blesser les enfants si je consulte un avocat. Madeleine et Robert sont si butés. Et pendant ce temps, je m'ennuie tellement.

C'est la première fois qu'elle le dit aussi ouvertement depuis son retour. Comme si, à cet instant son cœur débordait. Marc vient s'asseoir près d'elle, l'attire contre lui.

— Si tu savais comme je te comprends, Catherine. On a un but, un avenir tout tracé devant soi, puis du jour au lendemain, plus rien. Le vide… J'ai l'impression que Michel ressent la même chose. Josée, Isabelle et Michel ont aussi besoin de toi. Et peut-être encore plus qu'avant.

Cela, elle le sait et l'a toujours su. C'est pour ça qu'à son retour elle a trouvé de bien belles phrases pour leur dire que rien n'était changé entre eux. Oui, de bien belles phrases. Mais la réalité est toute autre. Peut-on ramener une raison de vivre à quelques heures par semaine ? C'est bien peu pour occuper la vie de Catherine, même si son cœur a trouvé une raison valable de battre. Étienne, c'est beaucoup pour elle, mais ce n'est pas tout. Elle en prend conscience à chaque jour qui passe.

— Qu'est-ce que je peux faire, Marc ? Je n'ai pas envie de détruire les enfants par des procédures et des médisances à n'en plus finir. Tu sais comment ça se passe quand les avocats s'en mêlent ! Je te l'ai dit : cela me fait peur. Si Robert voulait comprendre… Mais, dans le fond, il a les mêmes besoins, les mêmes envies. Ce sont ses enfants, à lui aussi.

— Il va falloir que Robert accepte que tu reprennes ta place dans la vie de vos enfants. C'est essentiel pour eux… La preuve, c'est le comportement de Michel. Tiens, j'ai une idée. Si tu demandais à Michel de venir s'installer ici pendant le voyage ? Je suis certain que c'est une corvée pour lui de nous accompagner. Ce serait comme une première étape.

Catherine se relève. Elle se sent mieux d'avoir parlé avec Marc. Il a raison : Robert va devoir l'écouter. Il n'a plus le choix. Il y a Michel…

— Quand je suis revenue d'Afrique, j'ai dit aux enfants qu'ils avaient deux maisons maintenant. Il est temps que cela devienne une réalité. Demain, j'appelle Robert. Et s'il ne veut pas me parler, j'irai moi-même à la maison. Il n'est pas dit que mes enfants ne seront pas tous heureux.

Catherine a un sourire franc, lumineux. Elle replonge avec assurance dans sa vie de mère, la seule qu'elle connaisse. Son choix et sa vérité.

On reprend un verre de limonade, la conversation se fait légère. Puis Étienne arrive et Catherine fait les présentations. Il est réticent à lui tendre la main. N'est-il pas le frère de Robert ? Mais rapidement, Étienne ne voit plus que l'homme, que l'ami. Ils se ressemblent. Alors on se met à parler de Michel. En pensée, on installe un lit de fortune dans un coin du salon. Bien sûr on sera un peu à l'étroit, mais qu'importe… C'est en attendant.

Puis les deux hommes se mettent à parler métier : de l'alcool, un fléau chez les jeunes et de la médecine avec ses solutions… Catherine se dissocie de la conversation, se retire en elle. Avec Marc elle a mis le doigt sur une vérité. Osera-t-elle dire ouvertement à Étienne qu'elle n'est pas totalement heureuse ? Lui qui parle de voyage prochain avec elle. Leurs grandes ambitions à l'échelle de la planète. Comment… Comment dire qu'elle ne sait plus si elle a envie de partir ? Comment apprendre à faire confiance à l'autre quand on a si peu confiance en soi ? La vie, cet éternel recommencement.

21

Crissement de pneus et démarrage en trombe. Du coin de l'œil Michel aperçoit Marc, debout sur le trottoir. Il a le pressentiment qu'il n'était là que pour lui. Un instant, le temps de se dire qu'il est fou. Il quitte la voiture deux rues plus loin.

— Salut, Marcel. Ce soir, à minuit, nous serons là.

Puis, il se fond à la noirceur d'une ruelle. Nerveux. Et si Marc l'avait vraiment vu ? Michel craint la colère paternelle et ses grands interdits. « Finies les sorties le soir, mon garçon ! » Alors sa colère à lui se met à gronder. Il a une sensation d'impuissance qui lui fait serrer les poings.

L'image de Madeleine se fait claire et précise dans son esprit. Comme il la déteste ! Si elle n'était pas là peut-être que lui, Michel, ne sentirait pas ce besoin de toujours fuir. Il se met à courir de toutes ses forces, dans le dédale des rues du quartier latin. Une course folle qui le soulage et lui redonne son calme. La logique reprend le dessus. En réalité, Marc n'a rien vu du tout. Et puis, s'il n'a pas parlé ce matin pourquoi le ferait-il ce soir ? Pourtant, en frappant à la porte de Martin, il se promet d'être encore plus vigilant. Il ne pourrait supporter d'être confiné à la maison.

La porte s'entrouvre et une mèche de cheveux blonds apparaît.

— Puis ? L'as-tu ?

Michel se glisse à l'intérieur, ombre furtive qui se confond aux autres dans cette piaule de mauvais goût. Une chambre infecte, lourde de la chaleur étouffante de l'air qui enveloppe la ville. C'est le père de Martin qui est le bailleur de fonds de ce réduit situé sous les combles dans une maison mal entretenue. Juste pour ne pas avoir à supporter la musique de son fils. Monsieur Savard achète sa tranquillité en se disant généreux et compréhensif des besoins de la jeunesse. Depuis longtemps, Martin a appris qu'il ne sert à rien de discuter avec son père. Depuis toujours monsieur Savard lui a appris que tout s'achète.

Un décor sordide qui sent le renfermé. Un amas de vieilleries glanées ici et là au petit bonheur des greniers de tout le monde. Un halo jaunâtre à l'odeur d'encens laisse deviner une paillasse dans un coin. Quelques chandeliers, plateaux et vases chatoient dans la pénombre. Un décor sordide, certes, mais qu'ils trouvent exceptionnel. Ils sont ici chez eux. Michel referme la porte derrière lui.

— Non, je ne l'ai pas. Marcel a dit de le retrouver à minuit dans un bar de la rue Saint-Paul. En attendant, je boirais bien un petit quelque chose.

Ils prennent quelques bières pour tromper l'attente. Ce soir, exceptionnellement, on aura droit à un peu de cocaïne pour finir la soirée en beauté. Une virée de première. Peu à peu, Michel oublie ses craintes. Marc s'estompe de ses pensées. Des amis se joignent à eux. On fait le bilan de la fortune collective. Cent dollars ! Ils ont l'impression de nager en pleine richesse. On ouvre une bouteille de vin pour fêter l'événement. Puis quelques filles s'amènent. Michel se sent euphorique. Merveilleuse boisson qui facilite la vie, les relations. Il se prend un autre verre, ose glisser sa main sur celle qui est à côté de lui. Puis il passe son bras autour des épaules dénudées. Il fait chaud ce soir. C'est une si belle nuit d'été !

On rigole de tout et de rien en surveillant l'heure. On planifie la nuit qui vient.

— Qui reste à coucher ?

Martin sort des sacs de couchage et essaie d'installer tout le monde le plus confortablement possible. Michel a une courte hésitation. Avec Marc à la maison, il serait plus sage de rentrer ce soir. Il regarde la petite blonde qui lui donne la main et il la trouve jolie. Elle ressemble vaguement à maman. Il n'a pas envie de la quitter.

— Et toi ? Est-ce que tu restes ?

La question la fait rougir. Elle baisse les yeux pour répondre.

— Je peux rester. Mes parents sont absents pour quelques jours.

Michel resserre alors son étreinte sur les épaules. Sa décision est prise. Il rentrera à l'aube, comme il le fait si souvent.

— Merveilleux. Tu m'attends ici. Je pars avec Martin pour quelques minutes et on se retrouve après.

Martin empoche l'argent sur la table d'une main tremblante. La bière, la nervosité. Il a brusquement hâte d'être de retour.

— Allons Michel, grouille-toi !

La porte se referme sur le bruit d'une dégringolade dans l'escalier, martèlement feutré des espadrilles qui dévalent les trois étages. Ils passent devant le café voisin en rigolant et prennent place dans l'auto de Martin en calculant la quantité de cocaïne à laquelle ils auront droit. C'est peu, mais cela suffira. La belle nuit qu'ils vont passer ! Martin démarre en fou. Il est fier de la petite auto sport que son père lui a offert pour ses dix-sept ans. C'est vrai qu'il a un père généreux. Il appuie sur l'accélérateur.

— Écoute-moi ce moteur ! Ça ronronne là-dedans…

Le boulevard est désert. Le moteur gronde, avide de vitesse. Michel pense à la petite blonde qui l'attend. À deux rues de là, le feu vire au jaune. Par réflexe, Martin a un petit regard sur sa gauche avant d'enfoncer l'accélérateur. Le feu passe au rouge, mais de toute façon, il n'y a jamais personne dans le coin à cette heure-là.

— Cramponne-toi Michel, on va passer.

Martin regarde l'indicateur de vitesse. Cent trente, cent quarante...

— Wow ! Regarde-moi ce boli...

L'autobus qui rentrait au terminus a à peine dévié de quelques pieds. Il y a un énorme bruit de ferraille tordue suivi d'un chuintement qui se fond dans le cri d'un piéton. Puis, c'est le silence. Une grande stupeur. Le chauffeur se précipite, tremblant, sa casquette à la main. Le promeneur, malgré l'heure tardive, court à la première maison et frappe à la porte de coups redoublés. Le chauffeur tremble de tout son corps en tournant nerveusement sa casquette entre ses doigts.

— Je l'ai vu. J'ai donné un coup de volant. Je vous jure que j'ai donné un coup de volant...

De l'auto, il ne reste qu'un paquet de tôle coincé sous l'autobus. Le chuintement revient au moment où le piéton arrive en courant. Alors le chauffeur d'autobus remet sa casquette en soupirant de soulagement. Il n'est plus seul. Bientôt le hurlement d'une sirène déchire la nuit.

Marc vient à peine de mettre un pied dans le vestibule quand la sonnerie du téléphone se met à carillonner. Insistance bruyante qui le fait sursauter. Il se précipite pour ne pas ameuter toute la maisonnée. Un appel en pleine nuit, c'est toujours de mauvais augure. Quelques mots brefs. À peine une ombre de surprise.

— Hôtel-Dieu ? Nous arrivons immédiatement.

Il a un instant de regret cruel. Pourquoi n'a-t-il pas parlé à Michel ? Il se sent coupable. Mais aussitôt, il se secoue. Le temps n'est pas aux remords. D'abord appeler Catherine, ensuite prévenir son frère.

Il hésite un instant devant le sommeil paisible de celui qui ne se doute de rien. « Pauvre vieux. » Avec ménagement, il lui pousse l'épaule.

— Robert ! Allons, réveille !

Un œil abruti se pose sur lui. C'est une voix endormie qui s'adresse à lui.

— Qu'est-ce que tu veux ? Mais, ma parole, il fait encore nuit !

— Je sais Robert. Il n'est que minuit et demi. Tu viens d'avoir un appel de l'hôpital. C'est Michel. Il a eu un accident.

En moins de deux minutes, Robert est habillé et prêt à partir. Michel... Il a l'impression que son cœur a cessé de battre et c'est extrêmement douloureux. Il n'y a plus rien d'autre en lui que cette douleur au cœur.

Catherine est déjà là. Les yeux rougis, pétrissant un vieux mouchoir dans ses mains. Dès qu'elle voit Robert, elle se lève nerveusement. Elle a un long regard de chagrin qui se pose sur lui, puis elle se tourne vers Madeleine. Alors elle se rassoit.

— Bonsoir, Robert.

Il lui fallait dire quelque chose, n'importe quoi. Il a un sourire triste pour elle, puis ils se retrouvent face à face et l'attente commence. Michel est en salle d'opération.

En un rien de temps, la tranquillité de la nuit disparaît. Quatre ambulances coup sur coup et l'urgence ressemble à une ruche bourdonnante. Une fourmilière de pas pressés soutenant les chuchotis, les pleurs, les centaines de bruits feutrés qui les rejoignent. Une porte se referme dans un frôlement d'air et Catherine relève la tête avec une lueur d'espoir. Ce n'est qu'une infirmière qui traverse la salle à petits pas rapides et silencieux. Catherine prend conscience qu'ils sont plusieurs à attendre. Elle regarde sa montre machinalement. Les secondes tombent au compte-gouttes. Le temps a pris une forme presque palpable. Il s'égrène peu à peu, complice de l'anxiété et de la grande inquiétude qu'on a pour celui qu'on aime.

Puis une voix impersonnelle lance un nom. C'est un bris dans l'attente. Toutes les têtes se redressent en même temps. Le nom se place sur une figure et une femme sort de l'anonymat. On sait qui elle est à l'instant où elle se lève, un peu gênée de tous ces regards curieux posés sur elle. Soulagée, elle s'engouffre derrière une porte. La femme n'existe plus. Quelques regards se croisent avant de se tourner vers la pendule. Alors chacun retombe dans ses pensées. L'attente continue.

Madeleine est pendue au bras de Robert. Dans un besoin vital de meubler le temps qui n'en finit plus, Catherine se met à l'observer. Elles ne se sont pas revues depuis l'hiver, depuis le départ pour Boston. Elle était son amie, sa confidente. Parfois elle l'enviait.

Parfois aussi, elle la détestait. La grande, la forte, la belle Madeleine. Elle savait si bien faire ! Comment se fait-il que ce soir elle ne ressente ni colère, ni rien du tout face à elle ? Marc lui fait un sourire. Catherine aimerait bien lui demander pourquoi elle ne ressent rien devant Madeleine. Mais la question ne se pose pas. Il est des mots qu'il vaut mieux garder pour soi. Catherine ramène alors les yeux sur le couple qui est devant elle. Image grotesque de ces parents qui attendent des nouvelles de leur fils ! Robert et Catherine, en face l'un de l'autre, une table entre eux, comme pour mieux marquer les limites de chacun. C'est ridicule ! La présence de Madeleine et d'Étienne lui est tout à coup insupportable. Que font-ils ici ? Ils n'ont aucune place dans cette attente. Michel n'est rien pour eux. Ou si peu. Michel, c'est le fils de Catherine et de Robert. Un enfant qu'ils ont voulu et fait avec amour. Alors que fait Madeleine cramponnée au bras de Robert comme si elle avait peur de s'écrouler ? Que fait Étienne à lui caresser la main ? Le geste lui est agacement. Elle retire son bras, l'enfouit dans la manche de son chandail. C'est avec Robert qu'elle voudrait attendre. Avec lui et personne d'autre. Il n'y a qu'avec lui qu'elle puisse partager sa douleur de mère. Ce sont eux, les parents, qui sont à l'origine de ce désastre… Oui, elle comprend maintenant son indifférence à Madeleine. C'est qu'elle n'est rien dans leur douleur de parents. C'est à cause de Michel qu'ils sont ici et pour lui. Elle voudrait avoir le courage de crier qu'ils s'en aillent. Qu'ils les laissent seuls à attendre des nouvelles de leur fils. Seuls à pleurer sur lui. Catherine ferme les yeux sur un long vertige, une brutale envie de confier sa tête à l'épaule de Robert. Cet homme, encore son mari, le père de ses enfants. Combien d'attentes comme celle-ci ont-ils vécues ensemble ? Robert s'en souvient-il, lui aussi ? À la naissance des enfants, à l'école pour recevoir le bulletin, chez le médecin, dans une gare au retour des camps, à la maison quand ils oubliaient la permission de minuit... Non, Robert ne peut avoir oublié. C'est toute leur vie qui se tisse à travers ces attentes. Personne ne peut oublier sa vie.

Robert vient de poser les yeux sur elle. Il a un regard de bête traquée. Elle devine que sa souffrance est aussi grande que la sienne. Aussi solitaire. Catherine se retient pour ne pas se lever et venir à lui. Robert... C'est sa vie de mère et d'épouse. Tous ces petits riens dérisoires : les sourires gourmands devant un bon repas, la satisfaction qui hérissait la moustache, les cris pour la douche, les pleurnichements d'Isabelle devant les devoirs. C'était son équilibre à elle. Ce qu'elle voyait comme des insignifiances, elle comprend aujourd'hui que c'était sa vie, son choix de vie. Étienne a repris sa main. Elle se tourne vers lui, presque surprise de le voir là. Étienne... Oui, il y a Étienne maintenant. Robert et Étienne. Elle est brusquement très fatiguée. Quelle heure est-il ? Et Michel qui se débat entre la vie et la mort. La douleur lui revient. « Accroche-toi, Michel ! »

— Les parents Lefrançois !

Catherine s'est levée d'un bond. Un long sourire éclaire le visage de l'infirmière qui se tient dans l'embrasure de la porte. Alors Catherine se permet de respirer.

— Madame Lefrançois ? Le médecin qui a opéré votre fils vient d'appeler. Tout s'est bien passé, mais il demande de vous voir quand même. Il est au troisième étage. C'est la deuxième porte à gauche, en sortant de l'ascenseur.

Puis elle tourne les talons, pressée par une autre tâche. Robert est debout. Madeleine aussi. Catherine a un sourire reconnaissant pour Étienne qui est resté assis. On a dit les parents. Il comprend si bien les choses, Étienne. Puis elle se tourne vers Madeleine.

— Toi, tu restes ici, Madeleine.

Catherine, la menue, est plus haute qu'une montagne en ce moment. Il y a une force incroyable en elle pour l'aider à défendre ce qui lui revient. Il est grand temps que la mère se fasse entendre. Madeleine pose un regard dédaigneux sur elle, hautain. Pourtant Madeleine a peur comme jamais. Robert, le père, est trop fortement sollicité, et Catherine, dans sa douleur de mère, est très belle. Tous ces souvenirs qu'ils partagent ensemble elle et lui, Robert et Catherine. Alors Madeleine se fait lourde au bras de Robert.

— C'est à Robert de décider.

Mais Catherine n'est pas de cet avis. Elle se redresse. Elle va dire les choses comme elle les pense. Madeleine n'a pas su faire avec Michel, alors qu'elle se retire. Son fils n'a pas besoin de sa sollicitude. C'est d'amour dont il se meurt.

— Robert décidera ce qu'il voudra, mais moi, je ne veux pas de ta présence en haut. S'il est incapable de monter sans toi, eh bien ! qu'il m'attende ici. Mais toi, tu ne viendras pas.

Madeleine ne reconnaît pas la femme qui lui tient tête et elle se met à la craindre, comme elle craignait la mère en elle. Elle se rapproche encore plus de Robert. N'est-elle pas sa source d'énergie, comme il le dit si souvent en riant ? Alors, qu'attend-il pour dire qu'il veut qu'elle soit là, avec lui ? C'est elle maintenant qui partage, qui vit avec lui pour le meilleur et pour le pire. Pourtant, c'est un regard d'excuse que Robert lui envoie.

— Je... Je crois que Catherine a raison. Attends-moi ici, ça ne devrait pas être long.

— Mais Robert...

Il ne l'écoute déjà plus. Il se dégage, fait un pas vers Catherine. C'est avec elle qu'il veut vivre cet instant. Michel c'est leur fils, celui qu'ils n'ont pas su comprendre et aimer comme il le méritait. Catherine a un sourire de réconfort pour lui, heureuse de voir qu'elle est comprise. Il est des choses, en apparence banales, qui peuvent être si importantes... Elle a un regard pour Marc et Étienne et, ajustant son pas à celui de Robert, elle se dirige vers l'ascenseur.

Le médecin est bref, précis, impitoyable. Michel vivra, mais il ne peut assurer qu'il marchera normalement.

— Encore chanceux qu'on ait pu lui sauver les jambes. De la vraie bouillie... Seul l'avenir nous dira à quel point l'opération a réussi. J'ai bon espoir, mais allez donc savoir! Dans quelques semaines nous en reparlerons... C'est tout pour l'instant... Connaissiez-vous Martin, son copain?

Et, devant la négation de Robert et de Catherine, il ajoute:

— Il a eu moins de chance. On a dû l'amputer... Ses parents ne savent pas encore. Ils m'attendent dans la pièce voisine. Martin, c'est le fils d'un ami.

Sur un signe de tête, il s'éloigne. Mais, brusquement, il fait volte-face et revient vers eux.

— Ah oui, j'oubliais... Il y avait une forte concentration d'alcool dans le sang de votre fils. Ne soyez pas surpris si la police communique avec vous. Ils vont sûrement faire enquête.

Puis il disparaît derrière la porte. Robert se sent coupable. Pourquoi n'a-t-il pas écouté Josée? C'est elle qui avait raison. Josée n'entendait que la voix de son cœur. Pas les statistiques. Catherine sent un tremblement dans la main de Robert qu'elle avait spontanément prise quand le médecin leur parlait. Elle est surprise. Robert, son homme si fort! Maintenant, elle aurait envie de le protéger comme un enfant. Rapidement, elle pose ses lèvres sur la main tremblante, puis elle se précipite vers le couloir.

— Docteur ?

Le petit homme sec se retourne, la dévisage un instant.

— Oui ?

Catherine s'arrête à sa hauteur. Ils sont presque de la même grandeur.

— Est-ce qu'on peut le voir ?

— C'est qu'il est en salle de ré…

Leurs regards se rencontrent. Le visage de Catherine vibre d'assurance et d'amour. Le médecin hausse les épaules. Il a un bref sourire.

— Pourquoi pas ? Il est en salle de réveil. Dernière porte au fond du couloir. Mais juste un instant, d'accord ?

— Merci, docteur. C'est promis, juste un instant.

22

Catherine revit ! Michel a besoin d'elle et personne ne peut plus le contester. Ses ambitions, ses rêves l'habitent à nouveau, entiers, pleinement satisfaisants. Elle renoue avec elle-même et retrouve avec émotion ses attachements, ses vérités, ses priorités. Elle a besoin des autres pour être heureuse. Pas de l'Éthiopie ni des grandes causes à l'échelle du globe. Non, ça, c'est la vie d'Étienne. Pas la sienne. Catherine c'est la femme de l'amour simple et facile, au jour le jour. Un sourire, un encouragement.

Déjà six semaines que Michel est à l'hôpital. Six semaines à le soutenir, à lutter avec lui, à subir ses crises de rage et de désespoir. C'est un malade difficile, Michel, avec ses protestations, ses cris de douleur, ses argumentations, ses impatiences. Mais Catherine en rit. Son fils est bien vivant. Il n'y a plus de tiédeur dans ses propos. Hier, quand on lui a enlevé ses plâtres, il était prêt à sauter sur ses deux pieds. Sa frustration a retenti dans tout l'hôpital quand le médecin l'a retenu.

— Minute, jeune homme. La course ce n'est pas pour aujourd'hui ni même pour demain. Tu vas devoir réapprendre à marcher, comme un bébé. Ça va être long, difficile et douloureux. Et autant être franc avec toi: ça ne fonctionnera pas tout à fait comme avant.

Le regard haineux de Michel l'avait fait se taire. Ce médecin, aussi doué et compétent soit-il, ne connaît pas Michel comme Catherine le connaît. Elle a eu un grand éclat de rire devant l'impatience de son fils. Avec de la volonté on peut faire des miracles. Elle n'a aucun doute: Michel remarchera et plus vite qu'on le pense.

La nuit est tombée. Une nuit de lune et d'étoiles, de souffle léger sur la ville qui clignote au pied de son balcon. L'automne se fait désirer et l'été en profite pour prendre tous ses aises.

Étienne n'est pas encore rentré, mais Catherine ne souffre plus de son absence. Josée vient tout juste de la quitter: elles ont passé la soirée ensemble, au chevet de Michel, à l'entendre se lamenter que la physiothérapie est une méthode fort lente. Elles ont ri de le voir si colérique et décidé. En quittant l'hôpital Josée lui a dit, dans un murmure ému, qu'elle ne savait pas qu'elle aimait son frère à ce point. Catherine et ses enfants ont laissé la surface des choses pour plonger dans l'essence de leurs sentiments. Ils ont tous tremblé au nom d'un même amour. Ils ont connu la formidable inquiétude de perdre un des leurs. Plus rien ne sera pareil entre eux. Ils ont besoin de la présence de chacun d'entre eux et personne ne peut plus le nier. Un équilibre pour Catherine qui se retrouve face à ses enfants. Elle a compris qu'elle était bien de sa solitude : apprendre à penser à soi pour ensuite mieux se donner aux autres. Une grande sérénité enveloppe Catherine Girard car elle a enfin accepté ce qu'elle est : une femme d'indécision, de volte-face, d'envie des autres comme d'elle-même.

Pendant les quelques semaines qui viennent de passer, elle a souvent revu Robert et quelques fois Madeleine. Quelques jours après l'accident, quand Madeleine était venue visiter Michel, Robert a compris que son fils n'était pas prêt à cette rencontre. Il avait bien du chemin à faire, Michel. Ce n'est pas de se réveiller en vie qui a modifié sa façon de voir les choses. Et Robert l'a accepté. Quand il a vu les poings de Michel agripper le drap blanc en apercevant Madeleine, Robert s'est juré de ne plus piétiner la liberté de ses enfants. Et le rire haut perché de Madeleine sonnait faux dans cette chambre faite pour apprendre la vie. Elle ne serait jamais leur mère. Comment avait-il pu croire qu'elle puisse remplacer Catherine ?

Alors Madeleine a décidé de faire quand même le voyage projeté. Elle comprenait que Robert avait besoin de recul. Besoin de faire le point. En elle, aussi, il y avait cet appel à la solitude, au silence. Elle se sentait en grande partie responsable de tout ce gâchis et devait regarder honnêtement l'avenir en face. Qu'y avait-il vraiment entre elle et Robert ? Une grande attirance ou un amour profond ? Alors, décrétant qu'elle avait besoin de repos avant la rentrée, elle avait pris la route de Cape Cod en compagnie de Marc qu'elle laisserait sur son chemin. Robert n'a pas cherché à la retenir. Il ne savait même plus s'il en avait envie. En la saluant de la main quand elle est partie, il s'est dit que lui aussi allait se reposer. Il se savait égoïste et ingrat de penser ainsi, mais il n'y pouvait rien. Oui, il voulait se reposer avec les filles et Michel. Et aussi auprès de Catherine qu'il rencontre quotidiennement à l'hôpital. Même si Étienne est souvent présent avec elle. Car, peu à peu, Robert a compris Catherine et les enfants de s'être attachés à cet homme entier et droit. Ce jour-là, il y a eu des rires entre eux. Oh, des riens ! Quelques souvenirs que Catherine a osé ressortir du passé. Oui, ils ont ri malgré la visible bouderie de Michel qui pose encore un regard critique sur ses parents.

Pourtant, cet après-midi, il a accueilli Catherine d'un sourire un peu triste. Une excuse devant elle et la vie qui a changé. Immobile sur son lit, il peut prendre tout son temps pour essayer de comprendre.

— Tu sais, maman, je vous aime papa et toi.

Catherine l'a embrassé.

— Nous aussi nous t'aimons.

Catherine et lui n'en reparleront pas. L'essentiel est dit et maintenant elle s'en contente sans chercher les pourquoi et les comment. Elle a fini d'attendre. Elle prend les choses une à la fois. Catherine ne sait pas encore ce que sera sa vie demain, mais chose certaine, ce sera son choix et celui de ceux qu'elle aime.

C'est pourquoi ce soir, elle est assise sur le balcon, un verre de jus à la main, avec rien d'autre en tête que le plaisir de se laisser aller. Elle ferme les yeux et respire longuement, profondément. Quiétude de quelques instants seulement. Brusquement, c'est le branle-bas dans l'appartement. Une porte claque et la fait sursauter. Un ouragan traverse le salon. Étienne vient d'arriver. C'est un volcan en ébullition qui vient la rejoindre.

— Catherine, Catherine !

Elle a un sourire moqueur pour l'homme échevelé qui paraît sur la galerie.

— Quel énervement ! Il y a le feu ou quoi ?

Étienne ne tient pas en place. Lui si calme, si pondéré. Il s'assoit, se relève, s'agenouille devant elle.

— Je... J'ai pris les escaliers pour aller plus vite... Devine ! Ça y est, nous partons !

Un froncement de sourcils accueille son enthousiasme. Comment peut-il penser vacances quand Michel commence à peine sa réhabilitation ?

Catherine ne comprend pas. Elle n'a aucune envie de partir. Plus tard, peut-être. Avec Michel, tiens, quand il ira mieux.

— C'est bien gentil Étienne, mais je t'avouerai que ton idée ne m'emballe pas tellement. Je n'ai pas le cœur aux vacances et...

— Qui parle de vacances ? Tu n'y es pas du tout. Notre demande est acceptée. Nous repartons pour l'Afrique. Pour quatre mois, cette fois-ci. Développement et Paix compte sur nous. Ils m'ont appelé cet après-midi.

Son regard brille d'une grande joie intérieure. Les grandes œuvres, les dépassements, c'est son égoïsme à lui. C'est toute sa vie ! Ensemble, ils vont à nouveau relever le défi et aider ceux qui en ont le plus besoin. Étienne, c'est une âme de missionnaire. Il attend un geste, un emballement. Mais c'est une grande douceur qui se pose sur lui.

— Mais il y a les enfants, Étienne.

— Les enfants ? Bien sûr, d'accord. Mais Michel va mieux et Robert est là pour y voir. Pense un peu à tous ces autres enfants qui meurent de faim. Eux aussi ont besoin de nous. Et puis, on ne part pas pour toujours. Dans quatre mois, on sera de retour et…

— Mes enfants ont besoin de moi, Étienne…

C'est sa réalité à elle. Étienne est peut-être un homme de grands défis, mais elle, elle est une femme de petites choses. Et, en ce moment, elle comprend que les deux sont d'une importance capitale. Pour la première fois, Catherine a envie de décider lucidement de sa vie. Elle ne veut plus qu'on le fasse pour elle. C'est avec une grande tendresse qu'elle prend la main qu'Étienne a mise sur ses genoux.

— Je regrette, mais je ne partirai pas.

— Catherine !

Est-ce un ultimatum ? Catherine et l'Afrique, ses deux amours les plus importantes. Pourtant, il baisse le front en admettant qu'il serait incapable de renoncer à ses croisades. Malgré tout l'amour qu'il ressent pour Catherine. En relevant la tête, il voit l'appel muet de son regard. Oui, Catherine a raison. Ne connaît-il pas leurs différences depuis le tout premier jour où il l'a rencontrée ?

Catherine reste toute douceur dans le silence qui les enveloppe. Elle devine la douleur d'Étienne, mais elle ne cèdera pas. L'Éthiopie a peut-être été son traitement de choc, mais aujourd'hui, elle n'en a pas besoin pour vivre. Même si elle sait que probablement, un jour, elle y reviendra. Mais, pour l'instant, son devoir passe par les siens. C'est avec eux qu'elle peut se dépasser, donner le meilleur d'elle-même. Elle pose ses mains sur les épaules d'Étienne, l'oblige à la regarder droit dans les yeux avant de parler.

— Étienne, partir au loin, toujours faire plus et mieux pour les démunis, c'est ta vie à toi. Je l'ai compris en le vivant avec toi. Et je l'accepte, parce que cela fait partie de ce que tu es. Jamais je ne te demanderai de rester pour moi. Mais, en retour, ne me demande pas de t'accompagner. Quand nous sommes revenus en juin, j'étais sincère quand je disais vouloir continuer à partager cette vie avec toi. Moi aussi, je me voyais l'amie de l'univers. Mais je me trompais. Ma vie à moi, elle est ici avec mes enfants, et j'ai envie d'aller jusqu'au bout de ce que j'ai commencé avec eux.

Étienne comprend. Ne le savait-il pas en acceptant l'offre de Développement et Paix sans lui en parler ? Au fond de lui, il savait qu'elle ne viendrait pas, et lui, il a accepté malgré tout. Il a sa vérité à vivre, comme Catherine a la sienne.

— D'accord, Catherine. Je sais que tu as raison. Michel est encore fragile à bien des niveaux et tu as aussi des choses à remettre en place avec les enfants et Robert. J'espère seulement que tu vas penser un peu à moi et que tu vas m'attendre.

Catherine a un sourire tremblant de larmes. Elle prend conscience qu'ils sont à la croisée des chemins. De quoi demain sera-t-il fait ? Catherine ne saurait répondre. Cela ne dépend pas uniquement d'elle. Il n'y a que l'avenir qui puisse répondre à cette question. Une chose est certaine, cependant, c'est la tendresse qui les unit. Cela, jamais rien ne pourra l'effacer.

— Comment peux-tu en douter ? Bien sûr que je vais penser à toi et t'attendre. Et, si tu le permets, c'est ici que je vais le faire. Je vais arroser les plantes, apprendre la patience à Michel et préparer la rentrée des filles. Et quand tu reviendras, nous ferons une grande fête, tous ensemble.

Le silence revient. Tout a été dit. Étienne comprend que Catherine va tendre la main à Robert et tenter de reconquérir sa vie. C'est dans sa nature d'aller jusqu'au bout en ce sens. Et il sait aussi qu'aujourd'hui, elle est assez forte pour se faire entendre. Et entre eux, lui le médecin aux grands horizons et elle la mère, il y aura toujours un grand respect, un grand amour. Celui qui fait accepter l'autre dans ses changements, ses désirs, ses volontés, sans la crainte de se voir rejeté. Chacun a droit à sa vérité. La vie, au fond, n'est qu'un long et difficile apprentissage de l'amour.

Et ce soir-là, longtemps, silencieusement, main dans la main, ils regardent la ville qui s'affole devant eux.

23

Depuis l'accident de Michel, Robert vit enfermé dans sa culpabilité. Tout est de sa faute. C'est lui qui vivait auprès d'eux, c'est lui qui aurait dû deviner. Il a une peur terrible de voir tout s'écrouler autour de lui. Comment, comment dit-on que l'on a peur ?

Michel doit bientôt sortir de l'hôpital et Catherine lui en a parlé hier. Que feront-ils ? Où ira-t-il ? Catherine lui a fait remarquer que Madeleine ne peut pas vivre en permanence avec eux. Pas pour le moment. Michel a fait de grands pas dans ce sens, mais il n'est pas prêt à faire le grand saut. Madeleine pourrait-elle retourner à son appartement pendant quelque temps ? Catherine lui a même offert d'être là le jour et, lui, il prendrait la relève le soir. Il lui a demandé quelques jours de réflexion. Et, depuis hier, il a peur de dire à Madeleine qu'elle doit se glisser à nouveau dans l'ombre de sa vie. Saura-t-elle comprendre et accepter ?

Pourtant, il a vu Madeleine pleurer pour son fils, il l'a entendue regretter ses erreurs face aux enfants.

Pourquoi n'avait-elle pas compris qu'ils n'étaient pas un reflet de Catherine ? Ils avaient leurs peines et leurs désirs bien à eux. Le regret de Madeleine était sincère et elle a partagé la culpabilité de Robert jusqu'au bout. Mais Robert, lui, il n'a rien dit car il ne sait toujours pas les mots qui parlent des émotions. Et comment Madeleine, qui n'a jamais été mère, pourrait-elle comprendre la douleur que l'on a pour ses enfants ? Alors il se referme sur lui-même, joue du sourire et de la désinvolture. Sourire pour Michel, sourire pour Madeleine, sourire aussi pour Catherine quand il la rencontre à l'hôpital. Cette Catherine nouvelle, forte, indépendante. Cette femme qui rit facilement, qui parle librement. Qui est-elle ? Alors il se met à penser que c'est lui encore le grand coupable. Jamais il ne l'a vue aussi belle. Il a le profond regret de ne pas avoir su regarder avant. Cette femme qu'il voyait comme une ombre dans sa vie, n'était-elle une ombre que dans sa tête ? Que lui aurait-elle appris s'il s'était donné la peine de l'écouter ? C'est à ce moment que le regret se transforme en remords. Et il s'enfonce davantage dans son silence et ses apparences.

L'été tire à sa fin. L'air s'habille de fraîcheurs nouvelles et les arbres font coquetterie de quelques feuilles dorées. Les vacanciers commencent à poser les volets pour la saison froide. Le ciel est moutonneux. On pense à la rentrée, on boucle la boucle. Une nouvelle année s'annonce et Michel sera bientôt de retour.

Un samedi pour être heureux, pour penser à soi. Madeleine est assise sur la galerie et en profite pour classer ses notes de cours. Les filles sont sur la plage. Robert n'est pas encore descendu. Madeleine pose un regard inquiet sur la fenêtre de leur chambre. Robert vit en retrait depuis l'accident. Elle se l'imagine enfoncé jusqu'au nez dans les couvertures, puis avec un soupir, elle revient à ses copies.

Comment pourrait-elle deviner que Robert ne dort plus depuis l'aube ? Il a fait semblant tout le temps qu'elle était à ses côtés, mais quand il a su que tout le monde était sorti, il a laissé couler ses larmes. Puis il est venu à la fenêtre. Il regarde le lac et ses filles qui se chamaillent à savoir qui prendra les rames de la chaloupe. Josée, Isabelle... Ses filles. Les filles de Catherine aussi. Cela, il l'avait volontairement oublié pendant un certain temps. Un peu plus près, il voit le pied de Madeleine qui se balance mollement. Que fait-elle ? Va-t-elle venir le voir comme elle l'a fait à quelques reprises cet été ? Il sait qu'il doit lui parler, lui demander de reprendre son appartement pour quelque temps. Ce ne sera sans doute pas facile pour elle, pour eux. Mais Robert est conscient qu'ils n'ont pas le choix. Madeleine va sûrement le comprendre, elle aussi. Comme à chaque fois qu'il a à parler de ses sentiments, il cherche en lui les bons mots. Ceux qui diront de s'en aller sans fermer la porte. C'est pour Michel qu'il le fait. Le pied de Madeleine a disparu.

Une angoisse et une joie en même temps quand il perçoit un pas dans l'escalier. La porte s'ouvre.

— Mais qu'est-ce que tu fais là ? Je croyais que tu dormais encore et je suis venue te dire qu'il fait une journée superbe.

Robert ne répond pas. Il sait ce qu'il doit dire, mais pas comment le dire. Il regarde Madeleine, l'air abattu. Alors elle s'approche de lui et met sa main sur son front.

— Que se passe-t-il ? Es-tu malade ? As-tu besoin de quelque chose ?

Elle tourbillonne dans la chambre, ferme les persiennes. Subitement, sa présence est un grand vent qui suffoque Robert.

— Mais, non, je n'ai besoin de rien. Je veux que tu me laisses seul.

Il voudrait tant qu'elle comprenne sans qu'il ait besoin de parler. Brusquement, il ne sait plus comment lui demander de partir. Va-t-elle comprendre que sa famille a besoin de se retrouver seule pour un moment ? Il a peur de sa réaction. Madeleine vient à nouveau vers lui, l'embrasse sur la joue.

— Si tu veux dormir, je ne te dérangerai pas. Il faut que tu sois en forme pour la rentrée. Je vais...

— Qui parle de rentrée ?

Madeleine ne l'écoute pas. Elle le prend par la main, le pousse vers le lit, lui fait son sourire provocant. Alors, d'un seul coup, son agressivité est entière. Il la repousse d'une main.

— Je me fous de la rentrée. Je veux qu'on me fiche la paix. Tu entends ? Fiche-moi la paix. Arrête de tourbillonner et de bourdonner. Tu m'étourdis. Il faut que tu quittes la maison quelque temps. Il faut que tu partes, car Michel va revenir. Il me semble que c'est clair, non ? Je crois bien que tu es la seule à croire que tout est réglé, que tout va pour le mieux avec les enfants. Mais c'est loin d'être le cas. Alors je te demande de nous laisser un certain temps. Car, moi aussi, j'ai besoin de me retrouver. D'être seul avec mes échecs, avec ma vie qui tombe en lambeaux. Tu ne te rends compte de rien, n'est-ce pas ? Tu n'as pas encore compris que c'est de ma faute si Michel a failli mourir ? Tu n'as pas remarqué que je tourne en rond comme une bourrique depuis qu'il est à l'hôpital ? C'est mon inconscience, c'est notre inconscience à tous les deux qui l'a poussé à bout. Je n'ai rien réussi de bon. Je suis un mauvais père, je n'ai pas su être un bon mari, et maintenant, même si tu n'en dis rien, je suis certain d'être un piètre amant. Alors, de grâce, laisse-moi faire le point avec ma ruine.

Il se tait, brusquement épuisé. Il a parlé tout croche, mais il a parlé. Pourtant, au lieu de ressentir un soulagement, il n'est plus qu'une horrible gêne devant Madeleine. Sa réalité a éclaté au grand jour et sa timidité en est toute bouleversée. Et c'est elle qu'il a le plus déchirée dans sa tentative maladroite. Il n'aspire qu'à un peu de consolation, même si elle n'est pas méritée. Il souhaite que Madeleine va lui tendre son épaule et lui dire qu'elle l'aime malgré tout. Il attend, paupières baissées, persuadé qu'elle ne lui refusera pas cette compréhension. Madeleine va faire le pas qui les sépare. Elle est forte, Madeleine, et elle est capable de prendre sur elle la détresse qu'il a osé montrer.

Pourtant, elle reste immobile. La seule chose qu'elle a vraiment comprise, c'est qu'il lui a demandé de partir. Et Madeleine ne veut plus de sacrifice, de rejet. Elle s'est contentée de l'ombre pendant assez longtemps, il ne peut pas lui demander d'y revenir. Même si elle reconnaît ses erreurs, elle ne veut plus être la seule à en payer le prix. Robert s'est donné à elle, il n'a pas le droit de se retirer parce que le jeu n'est pas exactement comme il le voulait. Ce n'est pas sa faute à elle si Michel n'est pas le garçon solide que l'on croyait. Elle, Madeleine, elle est la force de Robert, son stimulant. Et ce n'est pas elle qui le dit, c'est lui. Elle n'a rien inventé. Elle est prête à bien des renoncements pour lui, mais pas de tout reprendre à zéro. Elle n'a plus la force de se battre.

Une grande froideur se glisse dans la chambre, soutenue par la douleur insoutenable de l'incompréhension. Robert ne demande qu'un soutien et Madeleine n'est plus capable de donner. Figés à leur position, pantelants, ils ne savent plus s'ils ont le droit d'attendre quelque chose de l'autre. Je t'aimais parce que tu étais conforme à mes besoins. Si tu changes, tu ne veux plus rien dire pour moi.

Madeleine ne répond toujours pas. Elle est assise sur le lit, les yeux dans le vague, assommée par la vérité qu'elle a toujours soupçonnée. C'est par les enfants qu'il s'éloigne d'elle. Robert revient à la fenêtre. Au silence de Madeleine, il sait qu'elle ne l'a pas compris, qu'elle refuse quelque compromis que ce soit. Et lui non plus ne veut pas de compromis. Jamais, il ne pourrait remettre la maison et les enfants à Catherine sans condition. Même s'il aime Madeleine, les enfants passeront toujours avant. Il prend conscience de l'horreur du sacrifice qu'il a demandé à Catherine au printemps dernier. D'un doigt distrait, il écarte deux lamelles de la persienne. Là-bas, sur le lac, les filles rament en cadence. Il fait beau. Si beau. Dehors, il y a ses filles et Michel doit revenir. Elle est là la réussite de sa vie. Pourquoi chercher plus loin ? C'est suffisant pour occuper sa vie et son cœur. Robert regarde ses filles et il se dit qu'il est temps qu'il apprenne à vivre. Prendre le temps... Il retrouve le confort de son silence. La douceur d'un silence feutré... Il n'a jamais hurlé. Il est un homme fait de discrétion, de pudeur, de timidité. Pourquoi vouloir changer à tout prix ce qu'il est ? Pour qui le ferait-il ? Il a besoin qu'on le devine, qu'on lui prenne la main pour le faire sortir de son mutisme. Sinon, les mots d'émotion n'arrivent pas à lui ou bien ils sortent de travers et blessent. Un peu comme Michel. Non, Robert n'aura plus jamais envie de crier. Les mots qu'il a crachés dans son désarroi lui ont fait trop mal. Mais là encore, en ce moment où il sourit à l'image de ses filles sur le lac, un mot de Madeleine suffirait à les effacer. Un sourire, l'accueil d'un bras qui s'offre. Si Madeleine l'aime, elle va le comprendre et lui pardonner cette souffrance qu'il lui a causée involontairement. Parce qu'elle va comprendre que sa douleur à lui est encore plus grande.

Pour toute réponse, il a droit au claquement de la porte et au ricanement des talons de ses sandales dans l'escalier. Alors Robert a un soupir. Comme un regret et un soulagement entremêlés. Tout à coup, l'air lui semble plus respirable. En reportant le regard sur le lac, il se dit qu'il lui reste les enfants à partager avec Catherine. C'est déjà beaucoup. C'est même plus que ce qu'il avait ces derniers mois.

24

L'automne est bel et bien là maintenant. Les arbres ont retrouvé leurs couleurs folles et la montagne est plus flamboyante que jamais. Une brise fraîche ride la surface de l'eau, gonfle les quelques vagues qui viennent mourir en soupirant sur la plage. Les filles sont parties pour l'école et Robert a réintégré ses quartiers à l'université. La maison est calme, reposante, accueillante. Ce matin, c'est le retour de l'enfant prodigue. Michel revient chez lui. Catherine sera à son poste le jour et, tel que convenu, Robert prendra la relève le soir. Un nouvel ordre, une nouvelle façon d'être qui semble convenir à tous. Après l'orage que Madeleine a fait pleuvoir sur la maison du bord du lac, plus rien ne pourrait déranger ses habitants. Chacun soupire d'aise devant le calme revenu.

Car elle a tempêté fort la colère de Madeleine. Toute la rancœur de vingt ans de frustration qui éclate d'un seul coup. L'agression de son pas militaire dans l'escalier n'était que les prémices de ce qui allait suivre. Une crise de désespoir qu'elle a semée sans discernement, qu'elle a hurlée à travers les pièces de la maison en récupérant toutes ses choses.

Oui, elle allait partir, mais si Robert ne partait pas avec elle, plus jamais ils ne se reverraient. Une grande détresse que Robert se sentait impuissant à calmer. Peut-on rafistoler la vie que l'on est en train de détruire, même si ce n'est pas du tout ce que l'on veut faire ? Il a demandé pardon et tenté d'expliquer, mais Madeleine lui a répondu par sa haine crachée en pleine figure.

C'était elle ou les enfants. Toutes ces années d'attente et de fidélité réduites à l'expression d'une fierté bafouée. Robert ne demandait qu'un éloignement temporaire, mais Madeleine y voyait une trahison. Pourtant, il ne pouvait la suivre à ses conditions. Les enfants aussi avaient besoin de lui. Pourquoi ne voulait-elle pas l'accepter ? Alors, impitoyablement, en compensation ou en défense, elle a volontairement égratigné ces enfants qui l'avaient toujours meurtrie. Ces enfants que Catherine lui avait donnés alors que c'est elle, Madeleine, qui rêvait de le faire. Que n'a-t-elle pas dit pour déchirer l'image de cette Catherine trop douce ? L'insignifiante, la voleuse, la petite Catherine. Sans même s'en rendre compte, Madeleine détruisait elle-même ce qui avait déjà existé entre elle et Robert. Jamais il n'accepterait que l'on fasse du mal aux siens. Elle est partie en claquant la porte, immense de son amour rejeté. Elle n'était que blessure à vif, mais personne ne l'a su. Robert n'aurait pas ses tics d'agacement ni la satisfaction de la voir pleurer. Elle n'avait rien compris, coincée qu'elle était depuis toujours entre la douleur, l'espoir et l'angoisse.

Avec le départ de Madeleine, la sérénité a repris sa place dans la maison. Les filles n'ont rien dit, mais par leurs gestes, elles ont dit à leur père qu'elles l'aimaient. Elles ont vu ses larmes et l'ont consolé de leurs rires. Ensemble, ils retrouvaient leur douceur d'être.

Robert n'a pas parlé du départ de Madeleine à Catherine. Il a simplement dit qu'il acceptait son entente, que tout était arrangé. À elle non plus, il n'a jamais su dire ce qu'il ressentait. Pourtant, il sait qu'il l'a profondément aimée. Alors, que s'est-il passé dans leur vie ? Aujourd'hui, Catherine n'a plus besoin de lui pour être heureuse. Un autre lui a redonné ses sourires. Ceux qu'il aimait tant quand il avait vingt ans. Que s'est-il passé pour qu'il prenne conscience, un jour, qu'ils avaient disparu et qu'il en soit frustré ? Il n'a pas tenté d'en connaître la cause et n'a vu que sa déception à lui.

Ce matin, Catherine et Michel arrivent ensemble à la maison en riant. Elle est frémissante d'entendre les rires de son fils maladroit sur ses jambes flageolantes, tout tremblant de respirer l'air pur. Après une brève tournée du jardin et quelques pas sur la plage, il demande à rentrer. En mettant les pieds dans la cuisine, l'odeur de la maison lui tire des larmes.

— Dire, maman, que j'aurais pu ne jamais revoir tout cela.

Moustache en bataille, nez en l'air, il va d'une pièce à l'autre sans se rassasier de reconnaître les choses et les senteurs. Il tremble d'une joie nouvelle, celle de savoir tout ce qu'il aurait pu perdre. Il le dit et le redit sans se lasser. Et Catherine, à deux pas derrière lui, a une émotion dans les yeux et un tremblement au menton. Oui, vraiment, son fils est guéri. Il a repris goût à la vie. Puis il monte se coucher. Les émotions du matin, l'ivresse de la liberté retrouvée l'ont épuisé. Il s'endort comme un bébé. Alors Catherine s'offre spontanément une détente au bout du quai. Face au lac, ce lac tant décrié qui lui manque comme la présence d'un être cher.

Avec émotion, elle revoit ce matin d'automne où elle avait aidé le jour à se lever. Était-ce hier ou l'an dernier ? En cet instant où elle se retrouve chez elle dans ce qui a toujours été sa vie, le temps n'existe plus. Elle prend subitement conscience que sa vie aurait très bien pu se poursuivre telle qu'elle était sans qu'elle y porte ombrage. Souffre-t-on de ce qu'on ne connaît pas ? Pourtant, il y a eu une seconde gestation dans sa vie. Une lente et douloureuse gestation apparue un peu avec Étienne, provoquée peut-être par ce mal d'être qu'elle n'arrivait pas à identifier. Elle ne saura probablement jamais ce qui a fait qu'un bon matin, elle s'est levée à l'aube et qu'elle a eu envie d'un peu plus, d'un peu mieux dans sa vie. Aujourd'hui, cela n'a plus tellement d'importance. Car tout ce qu'elle a découvert en elle, malgré les larmes et la douleur, toute cette vie qui germait et qui n'arrivait pas à s'extérioriser, elle la possède aujourd'hui. Catherine est enfin née au bonheur. Malgré tous ces changements dans sa vie, elle peut enfin dire qu'elle est heureuse. Oui, elle est heureuse de ce fils qu'elle a appris à connaître et qui s'ouvre à la vie. Elle est heureuse aussi d'Étienne, reparti au bout du monde pour suivre sa destinée, et bien présent dans ses pensées. D'un commun accord, ils se sont laissés en ami. C'est trop long quatre mois et la vie trop capricieuse pour les serments de fidélité. En la quittant à l'aéroport, Étienne l'a embrassée près de l'oreille en lui souhaitant de la chance. Il la connaît si bien. C'est une femme de fidélité avant tout, Catherine. Alors, maintenant, elle est bien aussi de ce mari qui recommence à sourire. La moustache hérissée ne lui fait plus peur, elle commence même à la comprendre. De son silence au sujet de Madeleine, elle a deviné que tout n'allait pas pour le mieux. Alors elle laisse sa main tendue. Si un jour il veut la saisir, elle ne se dérobera pas. Mais elle n'attend plus pour être heureuse. Il y a trop de gens autour d'elle et trop de choses à faire pour occuper sa vie et son cœur. Elle sait maintenant qu'il faut prendre le bonheur où il est et l'accepter tel qu'il se présente à nous.

Le lac est paisible. Le vent est tombé et le clapotis de l'eau contre le quai est à peine perceptible. Comment a-t-elle pu dire un jour qu'il était insipide ?

Comment a-t-elle pu étouffer devant les eaux calmes ? Que de sagesse camouflée dans cette douceur ! Une sérénité qui, ce matin, la fait vibrer autant que le fracas de la vague. Ce n'est pas la puissance qui fait la force. Il n'y a que dans la maîtrise qu'on peut crier victoire. La simple possession ne suffit pas. C'est le message qu'Étienne trimbale partout avec lui. Comme elle a hâte de le revoir !

Le bruit d'une voiture sur la route lui fait lever la tête en même temps qu'elle entend le tintement de la cloche de la chapelle. Il est midi. Le ciel est complètement dégagé et il est d'une blancheur presque chaude. On dirait un ciel d'été. La sonnerie du téléphone la fait se retourner. Un coup, deux. Elle a un instant d'hésitation, puis le bruit cesse. Dans un soupir de contentement, elle revient face au lac. Elle a encore tant de choses à lui dire.

C'est à ce même instant que Robert paraît sur la galerie. Il a un frisson de joie quand il aperçoit la silhouette de Catherine assise au bout du quai. Oui, tant de joie ce matin. Michel est là, et Catherine, et cet appel maintenant.

Catherine entend le pas de Robert qui dévale la pente d'herbe, le crissement du sable sous sa semelle, le martèlement de ses pieds sur le bois du quai. Il vient s'asseoir près d'elle. C'est la première fois depuis si longtemps qu'ils sont ici, ensemble, dans ce qui était leur maison, et elle en est heureuse. Robert rompt le silence, lui parle du temps exceptionnellement doux et de sa joie de savoir Michel de retour. Il dit les cours qui ont repris et même une excuse pour ne pas être allé lui aussi chercher leur fils à l'hôpital. Oui, Robert le taciturne, parle sans s'arrêter. Et Catherine qui l'écoute dire toutes ces banalités entend aussi la peur en lui. Il est là avec elle en plein milieu de la journée. Il n'a pas attendu qu'elle remonte vers la maison et il parle de tout et de rien, lui qui ne parle jamais pour ne rien dire. Alors Catherine comprend qu'il serait peut-être temps de parler du voyage qu'elle a fait à Ogunquit, d'Étienne et de l'Afrique. Temps aussi de parler de son séjour à Boston et de cette vie qu'ils avaient bâtie à deux et qui voulait dire tant de choses malgré les silences. Aujourd'hui, Catherine comprend la peur qui se cache dans les grandes envolées de Robert, son paravent à lui. Il lui aurait suffi de regarder pour comprendre. Dans le nouveau-né, il y a déjà l'homme et sa mort aussi. Oui, Catherine a compris qu'il faut savoir dire les choses au temps propice. Hier aurait été trop tôt, et demain peut-être trop tard. Comme il faut savoir écouter le silence qui parle. Alors elle tend le bras, pose sa main sur celle de Robert. Leurs doigts se cherchent un instant, se trouvent, se reconnaissent.

Robert a une hésitation, puis il lui dit:

— Tu sais, le téléphone tout à l'heure, c'était Bill… Bill Walsh, le doyen à Harvard. Quand je suis parti en mars, il m'avait offert de rester avec eux comme professeur pour un an… Il… Il désire une réponse. Dis, Catherine, toi, qu'en penses-tu ?

Alors Catherine saisit que Robert, à sa manière, est en train de lui dire qu'il l'aime encore et toujours. Qu'entre eux tout peut renaître, qu'il a envie d'essayer. Lentement, leurs regards se tournent l'un vers l'autre et refont connaissance à leur tour. Il y a tant de choses dans un regard.

— Et si tu me parlais de Boston, Robert ? Je pourrais peut-être te répondre, parce que finalement, tu ne m'en as rien dit !

À ces mots Robert s'anime. Il y a tant à dire sur Boston, Harvard…

Sous ce beau soleil d'automne, tandis que Robert se met à raconter, Catherine s'aperçoit, un peu surprise, que le coin des yeux de Robert est tout chiffonné de sourire, un peu comme celui d'Étienne quand il parle de l'Afrique.

DU MÊME AUTEUR CHEZ LE MÊME ÉDITEUR :

Histoires de femmes, tome 1 : *Éléonore, une femme de cœur*, 2018
Histoires de femmes, tome 2 : *Félicité, une femme d'honneur*, 2018
Histoires de femmes, tome 3 : *Marion, une femme en devenir*, 2019

Une simple histoire d'amour, tome 1 : *L'incendie*, 2017
Une simple histoire d'amour, tome 2 : *La déroute*, 2017
Une simple histoire d'amour, tome 3 : *Les rafales*, 2017
Une simple histoire d'amour, tome 4 : *Les embellies*, 2018

L'amour au temps d'une guerre, tome 1 : *1939-1942*, 2015
L'amour au temps d'une guerre, tome 2 : *1942-1945*, 2016
L'amour au temps d'une guerre, tome 3 : *1945-1948*, 2016

Les héritiers du fleuve, tome 1 : *1887-1893*, 2013
Les héritiers du fleuve, tome 2 : *1898-1914*, 2013
Les héritiers du fleuve, tome 3 : *1918-1929*, 2014
Les héritiers du fleuve, tome 4 : *1931-1939*, 2014

Les années du silence 1 : *La tourmente* (1995) et *La délivrance* (1995), réédition 2014
Les années du silence 2 : *La sérénité* (1998) et *La destinée* (2000), réédition 2014
Les années du silence 3 : *Les bourrasques* (2001) et *L'oasis* (2002), réédition 2014

Mémoires d'un quartier, tome 1 : *Laura*, 2008
Mémoires d'un quartier, tome 2 : *Antoine*, 2008
Mémoires d'un quartier, tome 3 : *Évangéline*, 2009
Mémoires d'un quartier, tome 4 : *Bernadette*, 2009
Mémoires d'un quartier, tome 5 : *Adrien*, 2010
Mémoires d'un quartier, tome 6 : *Francine*, 2010
Mémoires d'un quartier, tome 7 : *Marcel*, 2010
Mémoires d'un quartier, tome 8 : *Laura, la suite*, 2011

Mémoires d'un quartier, tome 9: *Antoine, la suite,* 2011
Mémoires d'un quartier, tome 10: *Évangéline, la suite,* 2011
Mémoires d'un quartier, tome 11: *Bernadette, la suite,* 2012
Mémoires d'un quartier, tome 12: *Adrien, la suite,* 2012

La dernière saison, tome 1: *Jeanne,* 2006
La dernière saison, tome 2: *Thomas,* 2007
La dernière saison, tome 3: *Les enfants de Jeanne,* 2012

Les sœurs Deblois, tome 1: *Charlotte,* 2003
Les sœurs Deblois, tome 2: *Émilie,* 2004
Les sœurs Deblois, tome 3: *Anne,* 2005
Les sœurs Deblois, tome 4: *Le demi-frère,* 2005

Les demoiselles du quartier, nouvelles, 2003, réédition 2015

De l'autre côté du mur, récit-témoignage, 2001

Au-delà des mots, roman autobiographique, 1999

Boomerang, roman en collaboration avec Loui Sansfaçon, 1998, réédition 2015

« *Queen Size* », 1997

L'infiltrateur, roman basé sur des faits vécus, 1996, réédition 2015

La fille de Joseph, roman, 1994, 2006, 2014
(réédition du *Tournesol,* 1984)

Entre l'eau douce et la mer, 1994

Visitez le site Web de l'auteur:
www.louisetremblaydessiambre.com

À PROPOS DE L'AUTEUR

Mère de neuf enfants, peintre,
écrivaine prolifique, Louise Tremblay d'Essiambre
a vendu plus de deux millions d'exemplaires
des quarante-sept ouvrages qu'elle a publiés.
Elle habite Terrebonne et consacre son temps
à la cuisine, à la peinture et à l'écriture.